題記：

在說中沉默，在沉默中說。

——作者

目次

第一部

一切都是從那個中午開始的。

那中午是一塊銳利無比的大石頭，它一下擊中了我的胸口，而我的胸口在這幾年時間裏已經從肉變成了玻璃，咣當一聲就被砸壞了。

當時我站在單位的院子裏，感到陽光無比眩目，光芒攜帶著那種我以前沒有感到過的重量整個壓下來，整個院子都布滿了這種異樣的陽光，柏樹、丁香、牆、玻璃、垃圾筒，在這個中午的陽光下全都變得有些奇怪，一種白得有些刺眼的亮光從它們身上各各反射出來，不管我的眼睛看哪個方向，這個院子裏所有的光線都聚集到我的眼睛裏，刺得我直想流淚。

辦公室裏空無一人，大家都打飯去了，或者結伙到外面吃。走廊兩邊也沒有人。自行車滿滿地靠放在走廊的一邊，一輛車就是一個人。全單位開大會，所有的車都堆在一起，我到得早，所以我的車在最裏面，被兩三層車擋住了，我絕望地搬開一輛又一輛車，我摸著自己的車的時候心裏難過極了，我已經知道，別人的車之所以全在這裏堆著，是因為別人不需要回家，因為他們接著就要開會，一點半就要開會，開會的就是繼續聘用的，沒有得到開會通知的人就意味著不被聘用，而沒有得到通知的人全單位只有我一個。

他們什麼都沒有對我說，我站在院子裏看到所有的人興高采烈地去吃飯的背影時自己明白了過來，院子裏的樹葉發著亮，他們後腦勺的頭髮也發著亮。然後辦公室空了，走廊空了，院子也空了。

從這個中午開始，我整個人變得有些神經兮兮，有時獨自發呆，有時碰到不管誰都要嘮叨一遍解聘的事，我意識到從此我的生活就要改變了，我再也沒有班可上，再也沒有人需要我上班了。

我有時在家悶頭大睡，有時在街上的閱報欄看看報，主要是看招聘消息，那幾乎全是文秘、電腦錄入員、服務員，沒有合適我的職業。我頭腦麻木，一籌莫展。沒有人能幫助我，我的心情灰暗到了極點。

這種情形延續了一個多月，有一天我忽然想起了《深港建設報》這一碼事，我的精神才開始振作起來。

這個現在已經不存在了的報紙曾經像一隻瑰麗的大氣球，它懸掛在天空中，天藍的背景是神秘繁華的香港，汽球下方是浮動在明亮的陽光中的玻璃山般的高樓，那就是深圳。氣球、藍天以及閃爍著金屬光芒的高樓渾然一體，它是一個鮮明奪目的目標，對我來說意味著冒險、再生直至輝煌，雖然它遠在南方的天邊，但它的光芒直抵京城。

冬天的時候東北一家報紙的編輯來京組稿，到我們《環境時報》副刊辦公室坐了一會兒，那個臉上長著麻點、說話也像麻雀一樣的女孩喳喳地說：要不是我臉上有點問題我早就去深圳了，他們來招人，我們東北新聞界挺受衝擊的，我有好幾個朋友都走了。麻雀興致甚高，簡直就像這家尚在籌辦之中的什麼《深港建設報》的義務推銷員。她說這個報紙下半年籌辦，明年創刊，是國家正式辦的，可能是為九七香港回歸做準備，月薪最低一千五百，每年有半年輪換到香港工作。麻雀走後不久，我的一個上海的朋友A和N城的朋友B分別來了電話和信，原來A已捷足先登去了這家報社，讓我幫忙在北京組點名人的稿，說報紙正在試刊，需要名家撐臺面，只要有名就行，不在乎寫什麼，他們的殺手鐧是稿酬優厚，每千字二百至三百，即大名家千字三百，中名家千字二百五，小名家千字二百，若是特大的名家如冰心什麼的，價格還可以提高。這個稿酬標準把我嚇了一大跳，我們時報是千字三十至五十，名人們說，給你們稿子是扶貧性質的。B的來信說他已把簡歷寄去《深港建設報》，他說像我這樣的估計可拿到月薪二千元。B是當年曾經有過與我結婚念頭的男人，他認為我既然已經離婚，孩子又沒放在身邊，何不去深圳闖一闖。在我看來，B有點重續舊情的意思。

在冬天的時候，解聘的遭遇尚未到來，它被時間包裹得嚴嚴實實，一點影子都看不到，一點氣息都沒有逸出。《環境時報》的院子裏，丁香樹在安靜地過冬，柏樹從容地蒼翠著，副刊部紅色的門框、綠色的窗框、灰色的屋頂全都毫無聲息地端伏在冬季裏。時間一塊一塊地流動，在它的上空，嗶嗶剝剝地爆響的是《深港建設報》。現在回想起冬季，這個報紙的名字的確就像爆竹一樣在那段日子炸響。深是深圳，港是香港，深港就是這兩個地方的綜合，是一加一大於二的相加，深圳已是一個熱火朝天的名字，再加上一個繁華美妙的香港，簡直就無以復加。正如深圳是焰火火紅的顏色，香港就是這顏色裏閃亮的金光，它們互相輝映，蔚為大觀，一次、二次、三次地閃爍在灰色陰沉的冬季，在《環境時報》的院子裏發出充滿蠱惑的聲音，那輝煌的亮光在熄滅之後還不停地重新閃爍，像某種製作精良技巧高超的特種焰火，它們的聲音一直回蕩在冬季。在單位只要有不愉快的事情發生，《深港建設報》幾個字就會魚貫來到我的眼前，它們像風一樣連成一片，將我心中的烏雲驅除乾淨，露出蔚藍明淨的天空。

被解聘之前我從未真正想到要去試試。在我的想像中，深圳是一個終日忙碌、沒有午睡和閑暇的地方，而且所有的東西都貴得嚇人。我既害怕高速度又害怕高消費，更重要的是我清楚自己青春已逝，妙齡不再，在那個看重色相的地方我沒有什麼優勢。因此《深港建設報》在我的意念中一直是一隻懸浮在空中的氣球，而不是一塊可以充飢的蛋糕。但我現在還是來了這裏，而且《深港建設報》都完蛋了我還呆在這裏，這連我自己都覺得有點匪夷所思。

我和南紅住在這個叫赤尾村的地方，聽地名就有一種窮途末路之感。我丟掉了工作，南紅不但失去了她的男朋友和珠寶城的位置，還得了盆腔炎躺在床上，頭髮裏長出的虱子像芝麻一樣。我們各自中斷了自己的生活，時間空蕩蕩的，窗外菜地的氣味無聊地停留在房間裏，就像一個討厭的人蹲在屋子的中間，半天一動不動。

大糞的臭味從關緊的窗口逸進來，那是一畦包菜，一畦青蒜，一畦小蔥聯合發出的氣味，但在它們中間或在它們之上，我還是常常看到單位院子的那些丁香，那些白色的花朵從青芒鋒立的蔥蒜間升起。環繞著丁香的垃圾筒，土黃色的陶釉上有一隻黑白間雜的大熊貓，年深日久，下部積滿了塵土與污跡。我的心情時好時壞。

南紅躺在床上，眼睛看著天花板。我們互相懶得說話，我知道她的疲憊比我更甚。她既疲憊又煩躁，躺在床上使勁抓她的頭。這種指甲接觸頭皮發出的聲音是世界上最難聽的聲音之一。房間裏的一切全都混亂不堪，桌子上擺著油和醬油、火柴、鹽，床上塞著梳子、美容霜，床頂的鐵架上掛著兩個人的胸罩和三角短褲，它們曾在大雨來臨之前的悶熱中散發出難聞的微腥氣息。南紅說如果天再這樣反常地熱下去，大家就會都死光。她又說如果死光了人，天也許還是這麼熱。

她對什麼都不抱信心。有時自己不願意吃飯，說她懶得吃，吃不吃無所謂，死了就拉倒了。有時她又想通了，說怎麼活都是活著，這時她就表示想吃炒米粉。我也喜歡吃，於是積極去買菜，到附近的農貿市場買來米粉、青蒜、肥瘦肉、豆芽，它們色味俱全地出現在我們的小屋裏，它們的氣味就是生活的氣味，是生活中誘人的一面。現在我明白了為什麼在犯人被砍頭之前要給他們喝酒吃肉，吃了好吃的東西，基本的生活願望就滿足了。在炒米粉的日子裏，我們的心情就比較好，屋子裏彌漫著豬油和青蒜的香味，我們什麼都不想，解聘、人工流產、離婚、上環，等等事情我們一概不知道。我們除了想著享受豬油和青蒜的香味之外什麼都不管，所以每次我買了菜回來就放在房間的桌子上，讓南紅躺在床上就能看到它們，然後我才一樣一樣地拿到廚房的水池去清洗。清水沖刷著我的雙手，光滑而清涼，我在這時容易感到一種久違了的閑情逸致，那是一種只有在童年的時光才會有的心情，在那種心情中，任何方向都是無比空闊的草地，往天上也可以打滾，往地底下也可以打滾。

但好心情總是一閃而逝，南紅撓頭的聲音把虱子的概念傳給了我，我對虱子本來沒有什麼印象，從未仔細看到過這種與人類關係密切的小動物，在我的想像中，那首先是一種肥碩的蟲子，肚子大而圓，裏面裝滿了一肚血，牠的四隻細腿在人的毛髮或肌膚上爬來爬去，有時在衣服的皺褶裏。牠在誰的頭皮上咬一口誰就會感到一陣刺癢。如果誰老不洗頭洗澡牠就會出現在誰的身上。

有的虱子有翅膀，這樣的虱子是狗的虱子。狗虱與人虱是不同的。

南紅撓頭的聲音充滿了快感。我說南紅你把頭髮剃掉算了，我來幫你。

她不作聲。也不翻身。後來我找房東借了一把剪刀，如果這是一把剃刀就更好了，它銀光閃閃，薄而鋒利，我輕輕地刮著南紅的頭皮，她的頭髮脫落的地方頭皮泛著青色，就像電影《誘僧》劇照裏陳沖的光頭一樣，那是滿街的報攤上一再出現的著名光頭。這樣的光頭有著一種輕盈的優美，一無牽掛萬事俱休的優美，視覺上新鮮而哀絕，使這種離女人最遠的髮式（如果這也算一種髮式的話）反而最具有女性的味道，它怪異而神秘，令人想到一些非同凡響的事件。但我沒有找到剃刀，即使找到了也不敢用，弄不好會把南紅的頭皮刮出血來。

她低頭坐在床上，我在她周圍鋪了一些晚報，用她的枕巾掖住她的脖子。我用剪刀剪，深一刀淺一刀，效果就像狗啃。她的頭髮結成一縷一縷的，沒有美感，握在手上滑膩膩的。一個女孩是否時髦，一個女人是否優雅，頭髮是最直接的標誌，它首先必須乾淨，然後才談得上其他。

頭髮剪到一半的時候我看到了虱子。

這是我生平第一次看見真正的虱子，我小時候生活在鎮子上，很早就知道有這種動物，並且知道有一種梳頭的工具叫做篦子的就是專門對付虱子的，幾乎每家都有。我也聽說過某某女生曾經長過虱子，但我們都躲得遠遠的，虱子像病毒一樣會傳染，不一定因為講衛生就不長虱子。女生的長髮油汪汪的，善良的老教師用篦子替她從髮根梳到髮梢，那種油膩膩的感覺通過空氣都能感覺到，就像此刻我手上捏著的南紅的頭髮，在我鬆手後還沾著我的手。

後來我看見了牠們，我盡可能地貼近頭髮根剪掉頭髮，虱子無處藏身，牠們夾在頭髮中落到報紙上。我一共看到了兩隻，牠們的形狀和大小都像芝麻那樣，灰色、有細鬚，捅牠們一下就飛快地爬，我估計牠們的殼有一定的硬度，所以阿Q咬起來才會響，放到火裏燒也會產生「劈劈啪啪」的聲音。我比較欣賞小而硬的蟲子，最討厭肉呼呼的蛆。

剃了頭的南紅坐在床沿上，菜地的風從窗口吹進來，床上來不及收拾的報紙和頭髮險些被掀起來。如果牠們被吹起來就會在屋裏彌漫，牠們沒有了根，輕而細，任何微小的風都會使牠們離開原來的地方。

消滅了虱子並不能使我心情好起來，牠出現在南紅的頭髮上向我昭示了生活的真相，在我知道被解聘的消息的那一刻起我就聽到了虱子的聲音，我覺得牠們其實早就不動聲色地爬進了我的生活中，而我的生活就像紛亂的頭髮，缺乏護理，缺少光澤，局促不暢，往任何方向梳都是一團死結，要梳通只有犧牲頭髮。

剃了頭的南紅變得安靜了，她不再搔頭，也不像以前那樣老躺在床上不動，她有時坐起來，走動走動。後來她開始對我說她自己的事，控制不住地說了又說。她說史紅星這個人實在非常小器，簡直不像男人，又說老歪雖然是個混蛋，但這個人還是有點好玩，而且比較大方。她還跟我說她的一次懷孕，一次放環，一次晚上給家裏打長話被人搶了錢，她母親在電話裏聽到她一聲尖叫就沒有聲音了，還有一次她跟人合住的房間被偷得一乾二淨，好一點的衣服都被人拿走了，現在的衣服都是後來買的。

她跟我說她的一切，訴說使她舒服。

有一天我忽然說：南紅，我想把你的故事寫成小說。

她當時正坐在床角裏晃著身子，好像想起了一首當時流行的情歌。她停下來，看看我。我說我也許能寫成一部長篇小說，有一個認識的人做了書商，他勸我寫寫自己，說現在這類書能賣得動。我還沒有想定，我覺得自己的生活太平淡，每天上班下班的沒有什麼寫頭，不像你的生活豐富多彩，還有驚險的成份，我想先揀精彩的寫，如果能寫成就寫我自己，如果真的能寫成暢銷書，我和扣扣的生活就不成問題了，起碼兩三年內不用急著找工作。

南紅沒有說話。她又開始搖晃身子，但她晃得有些慢，看來她是在想。半天她說你寫吧，不要用我的真名就行，就算我作貢獻吧。

我買了兩本稿紙和圓珠筆，吃完早飯我就把廚房的灶臺擦乾淨，好在這一帶農民的房子都裝修得不錯，每家的灶臺都貼了瓷磚。我把房間裏唯一的一張木椅子搬到廚房，把灶臺當做我的桌子，嶄新而厚實的一本稿紙端正地放在瓷磚上，乾淨、明亮，目清氣爽的，有一種新的開始的感覺。我覺得選中廚房寫作的念頭真的不賴，房間裏雖然有一張三屜桌，但它上面堆滿了亂糟糟的東西不說，更要命的是床上躺著南紅，我擺脫不了背後有一雙眼睛直勾勾看著自己的感覺，即使她毫無好奇心，一天到晚渾然不覺，我也沒法在有人的房間裏寫出東西來，便何況我寫的就是這個人。

我暗暗慶幸南紅租住的這套一居室五臟俱全，廚房裏有瓷磚的灶臺，這真是太好了。廚房，這是多麼令我感到安全的地方。我躍躍欲試地坐下來，心裏充滿了興奮。

但我一時有些寫不出來。

我多年不寫作，現在才發現自己找不到語感了。我心裏擁擠著許多東西，不管我在做什麼，到街上買東西、做飯、洗衣服、上廁所，甚至在跟南紅說著話，我要寫的東西都會在我的腦子裏奔騰，它們真像是大海裏的水，層層疊疊，一浪又一浪。但它們沒有流暢的通道，我不知道怎樣才能把它們寫出來。我腦子裏出現的是某件事的開始或結局、某個人無法忘記的面容，某陣心疼的疼，某時生氣的氣，但我就是不知道怎麼把它們寫出來。

我完全沒有想到，僅僅五年不寫作，我原有的語言能力就幾乎完全喪失了。我在一張紙上亂劃，咬咬牙寫下了一行行字，但我發現它們乾巴巴的缺乏彈性、沒有生命，離我這個人的內心十分遙遠。它們羅列在紙上，真像一些喪失了米粒的穀殼，形容醜陋，使我心情惡劣，根本無法繼續我的練習。

我到底是在哪裏丟失了我的語言的呢？它們竟然在不知不覺中就被丟失了，就像時間一樣無聲地流走了。我看到它們像斷了線的珠子滴落的時候我正在為吃飯和孩子而忙碌，它們落地的聲音我無從察覺。我完全知道自己誇大了它們，我當年的語言也許只是一種石頭，我卻在時光的流轉中把它們看成了晶石。現在我下筆艱澀，回想起幾年前的寫作，覺得當時差不多心裏想寫的東西總能很快找到表達，或者說它們像正手和反手，互相迎接和尋找，然後在空中響亮地拍響，它們互相發現，各自的拇指、中指、無名指、小指以及掌心是完全吻合的。我加倍地放大這種逝去的感覺，它們變得如同一片床前的明月之光，散發著無與倫比的氣息，那些早已掩埋在箱底的舊作使我產生了一種鄉愁般的懷念。

到底是什麼從根本上損害了我的語言能力？當我深究這個問題，令人疲憊的婚姻家庭和工作就像沙暴一樣來勢洶洶，沙子呼嘯而起，一切瑣碎的記憶令人頭疼。五年來我缺乏充足的睡眠，稍有空閑，首先想到的就是好好睡上一覺，對別的一切均無奢望，我根本沒有耐心來考慮自己的願望和內心。現在我暗暗慶幸生活的斷裂給我帶來的希望，也許一切都來得及。我從事物的反面找到了正面：雖然我的語言表達已經很不理想，但我的感受力還在，語感的好壞我一眼還是能夠作出判斷，這是早年N城的寫作生涯給我的一份饋贈。大學畢業後的幾年時間裏我曾經寫詩，詩歌這種形式對語言純度的要求使我受到了良好的訓練，同時在大學時代大量的閱讀也強化了我的語言感受力，由此我想到，我完全有可能恢復我的寫作能力。

我開始到圖書館去。從赤尾村到在荔湖公園的圖書館很方便，不用倒車，坐十三路，三站就到了。而且那裏環境也不錯，有一個荔湖，雖然跟北海不能比，但畢竟是一個湖，還有比別處更多更集中的草地和樹木，這比赤尾村的喧鬧和混雜要好多了。

在大學和N城，圖書館是我經常去的地方，它使我感到親切，我對它的內部結構瞭如指掌。進了門我就像回到了自己家，無需找任何人打聽，輕車熟路徑直找到了中文期刊閱覽室，那裏有許多我曾經十分熟悉的雜誌，從大學時代開始我就經常翻閱它們，婚後生了孩子，差不多有五年沒有正經看雜誌了。現在我在一個陌生的地方重新看到了它們，它們一本一本安靜地擺在書架上，我看到它們，就像看到多年不通音訊的老朋友，它們的封面雖然已不同往日，但各自刊名的字體依然如故，魯迅體、茅盾體、毛澤東體，還有規整的標宋，這真像老朋友雖然換了衣服，但面孔還是那一張，我看到刊名馬上就記起了它們各自的風格。我站在書架前，心裏有一種感動和無比的舒服。我首先找到那幾本曾經發表過我的詩歌的刊物，我看到當年的責任編輯還在，他們的名字印在扉頁或者尾頁，或者每一篇作品的最後，在括號裏。責編中有的見過面，他們因筆會到N城來，有的一直沒有見過。

在那個上午，我幾乎不能靜下心來讀任何一本雜誌，我打開一本，心裏又惦記著另一本，每本的目錄中都有一些吸引我讀的篇目，五年前活躍的青年作家的名字有一些如今還在目錄上，我喜歡他們那些富有新鮮感的文字。我後來才意識到，我之所以不去借閱那些偉大的經典名著，而是急著看當代最新的作品，是因為我指望這些同代人寫下的文字中那新鮮的語感刺激我，使我迅速恢復我的語言能力。當然，這只是一個小小的功利的目的，不管我寫不寫作，閱讀都會給我帶來極大的快感。那幾個我熟悉的名字集中在幾本期刊裏，它們對我有著某種召喚力。我不否認，我心懷的隱秘願望與這些人有關。

閱讀喚起了我即將遺忘的一切，雜誌的名字、作家的名字、責編的名字，以及閱覽室裏安靜的氣氛，讀者夢幻般的神情，它們整體的氣息包裹著我，與寫作相關的往事就這樣撲面而來。構思、寫作、激動、投稿、發表、拿到樣刊和稿費，這些親歷的印象一一回到了我的心裏。

我一時不知道從什麼地方開始，從南紅離開N城到深圳，還是從去年冬天她來北京，從她一個男友寫到另一個男友，或者乾脆從八〇年代寫起，那些誇張的尖叫和做作的擁抱、別出心裁的生日晚會、稀奇古怪的衣服，……許多個點都可以切入，這些點像星星一樣布滿了南方的天空。它們變動著自己的位置，像在冰上行走那樣優美地滑動，形成各自的軌跡，它們互相交叉使我眼花繚亂，無從下手。

同時我也不知道怎麼把這些生活中的點連結起來，連結的方式有許多種，到底哪一種是最好的?我想我所能做的有兩點，一是將我所想到的不分先後統統寫出來，然後按照不同的方法把它們連接起來，這樣或許可以判斷出哪一種組合更理想。第二是我根本不連結它們，就讓它們像天上的星星一樣撒滿整個天空，不同的人不同的連結構成不同的星座。要知道，星座這種東西本來就是人類按照人類的原則和需要強加的。

我想我臉上的恍惚神情就是持續的閱讀帶來的，我把它們帶回赤尾村，我推門進房的手勢就帶上了它們，我去買回的青菜上和我洗的衣服的皺褶裏，有時會浮出一些句子和單詞，這些攜帶著能量的詞句像一些具有巫性的咒符，跳蕩在我與南紅合住的屋子裏，使我看到某種傷口、破裂、恐懼與期待。

那些在這個時候打中我的內心的詞句就像七〇年代盛行的針灸，它們刺中了我的啞門穴，於是啞巴說話，鐵樹開花。就這樣，我不能不寫下那些支離破碎的片斷，我相信，它們等候的就是我。

第二部

（冬天的時候）

冬天的時候是南紅來北京的時候。

那天是星期天，天黑得特別早，四點不到街上的燈都開了。過了一會我再往窗口看的時候，雪花已經在漫天飛舞，它們像雪白的鵝毛在街燈橙黃色的光暈下搖搖晃晃地落下來，之多、之零亂、之熱鬧繁喧，與它們安靜的落下，最後悄無聲息地化為水恰成兩極。我第一次意識到雪的這兩種不同的秉性，加上那是北京入冬以來的第一場雪，我在窗前看了很久。

這是我婚後五年少有的奢侈時分，要不是離了婚，女兒送回了母親家，縱有閑暇也沒有心情望雪。下雪使我心情不錯，我什麼都不想，只盯著雪花，心裏平靜如水。

快十一點的時候電話突然響了，這是很反常的情況，我一下緊張起來。我不知道是不是該接這個電話。作為一個獨居的女人，我在很短的時間裏就變得小心過頭，對每一件事都疑慮重重。疑慮絕對是有重量的，它一重重從我的頭腦注滿我的全身，成為我疲憊的來源之一。當時我腦子裏同時閃出了幾種可能：騷擾電話？搶劫者？母親來長途告訴我扣扣病了？等等。

我手心的汗開始滲出，電話鈴停了之後又響起來，我拿起聽筒，聽見一個沙啞的女聲說：

是老黑家嗎？

我說是。她說哎呀你的電話沒變！我一點都聽不出來是誰。韋南紅的聲音完全變了，完全是她自己所說的「好滄桑啊」的那種滄桑而沙啞的聲音，有點神秘，有點性感，往日N城歲月那種尖而細同時高八度的音質幾乎蕩然無存，只有那一驚一乍的語速沒有改變。

她說她在北京機場，飛機晚點了剛到。我馬上就答應讓她住到我家。然後我又等了半小時，這半個小時中大雪紛飛。

半個小時後我穿好大衣包緊頭巾到街上等她，這時候雪花變得更大更輕了，它們在空中飄舞的姿勢有一種難以言說的美，淒艷、纏綿而又決絕，而且比白天和黃昏更多了一層靈的成份。我從未獨自在下雪的深夜露天呆過，這個夜晚由於南紅的到來給了我清晰的記憶。

我記得很清楚，在雪花飛舞中從出租車裏鑽出來的南紅，她戴著一頂寬沿的黑色呢帽，身上是一件長及腳踝的黑絲長風衣，它迎風飄飛的輕盈質感使我覺得這肯定是一種絲綢。雪花大朵大朵地落在她的帽子和風衣上，雪的白色在她濃黑的全身襯托下顯得極其艷麗，那是一種冷到極點、冷入骨的艷，全無人間色彩的艷。那整幅風雪美人圖在瑟瑟發抖，南紅縮著頸吸著鼻子說：怎麼北京這麼冷啊！

到家之後她脫去了風衣，露出袒胸的低領毛衣，胸前一大片皮膚是一種太陽曬出來的褐色，散發出南方的氣息和性的氣息。在北京，我很少看到有人這樣穿，除了那些在高檔轎車裏端坐不動的小姐。南紅戴著一條式樣十分別致的白金項鍊，鍊條纖細，胸前垂著一粒閃閃發光的鑽石或水晶。我對寶石毫無常識，無法判斷它們到底是什麼。她化著妝，臉上的脂粉有些殘了，眼角的皺紋隱約可見，只有口紅還鮮豔完整，大概在出租車裏剛剛補過。

她抬起臉問：我老多了吧？我沒說話。她又說：很坎坷的。

我準備給她燒一鍋洗澡水，我並沒有覺得沒有熱水器會是一個問題，在N城生活的女孩都是用桶或者水盆接水洗澡的，南紅即使在深圳呆了十年她骨子裏也仍然是一個N城女孩。N城漫長而炎熱的夏天把一盆又一盆的溫水潑到我們身上，這是一件十分方便的日常事情，那時候絕大多數人家都不搞什麼噴淋器。但是南紅奇怪地問：你為什麼不安一個熱水器呢？

接著她又發現了我家地板鋪的是早已過時而且已經陳舊不堪的地板革，她環顧四周，桌子、組合櫃、書櫥、沙發、茶几，看出了這個家庭的寒酸。

她忍不住說：我真不明白你為什麼要來北京，我實在看不出有什麼好。

我說你聽沒聽說過圓明園的流浪畫家，他們把戶口、職業、家庭什麼都扔掉了，還經常要餓肚子。

南紅漫不經心地說，我真不明白他們為什麼要這樣，這樣有什麼意思。

這話使我感到了大大的意外。以我所知的八〇年代的韋南紅，她那種對諸多藝術門類的狂熱以及旁若無人的浪漫情懷，壓根就應該是圓明園中堅定的一員。有段時間她常在家裏或學校穿一件寬大的厚布衣服，上面沾滿了油畫顏料，她還交了許多畫家朋友，其中有當時N城最有名氣的青年畫家。我記得曾經有某個下午，她把我拉到一位在美國成功地舉辦了個人畫展的青年畫家的家裏，熱心地讓我看人家在國外的風光照片。

南紅的油畫興趣起碼持續了三年，在我離開N城之後還收到了她寄來的一張她的油畫作品的照片，據信上說是她的畢業創作，而且曾經在學院的元旦畫展上展出過。畫面的背景是濃黑，兩把錯落展開的巨大的中國折扇占據了幾乎整個畫面，一紅一藍，色彩給人以奇峻之感，折扇的竹條架隱隱約約。折扇的濃紅和艷藍前面是一位跪著的白衣少女，她長髮披垂，臉部正對著觀者。

我想這幅畫如果沒有學上三年大概是畫不出來的。也就是說，南紅起碼算得上是一位美術青年（她同時也是一名熱情的文學青年，N城所有的青年詩人和小說家全都認識她），如果在她藝術學院師範畢業的時候有人鼓動她放棄一切到北京尋求發展，她太有可能像直奔深圳那樣直奔圓明園了。

我想南紅已經完全變了。人都會變這我知道，但確實想不到她會變得這麼快，這麼徹底。

南紅第二天出去跑了一天，中飯和晚飯都沒有回來吃，晚上快十點才回來。整整一天，深圳的長途來了三次找她，是一個聽不出年齡的男人的聲音，南方人，講一口以前我聽慣了的半生不熟的普通話。

她回來後耐著心坐了一會，只坐了一會就又撲到電話上了。我等著她打完電話跟我聊聊天，說說她這幾年的事。

她沒有說。

她拿出一堆金項鍊和鑲著寶石的戒指給我看，她說明天她將到天津去，然後從天津到濟南，現在是銷售旺季，她要把這些樣品帶到她所包幹的地區的珠寶店。到濟南將坐火車，隨身帶的珠寶去掉了一半，她就不會那麼緊張了。她熱心地對我進行寶石啟蒙，從藍寶、紅寶、綠寶講到鑽石，從歐泊、石榴石、紫晶石講到黃玉。她舉著一小把金項鍊讓我挑一條買下來，她說在她手裏買很便宜，外面買會貴得多，她又幫我選了一條非常細、戴在脖子上幾乎看不見、團在手心只有一滴水那麼大的二十一Ｋ金的一種款式，她說內行的人都不會戴二十四Ｋ金的，足金太軟，缺乏硬度，加工不出太好的款式。

於是我就花了一百多元錢買了下來。

這個晚上就這樣過去了，第二天她去天津，我去上班。此後又是一直沒通音訊。

我壓根想不到，幾個月後我還是去了深圳，儘管我那麼不喜歡這個城市，不喜歡被這個城市加工過的南紅，我還是來了。命運有時候就是以惡作劇的面目出現的。

（關於南紅的回憶：南非）

南非是南紅最大的理想。

在八〇年代的N城，南紅無論熱愛詩歌還是熱愛繪畫，她總是念念不忘非洲，她記得那些稀奇古怪的非洲小國的國名，什麼納米比亞、索馬里、莫桑比克等等，她還喜歡隔一段時間就到農學院去，那裏有不少來自非洲的留學生，他們從自己炎熱的國家來到這個炎熱的省份，學習怎樣把水稻種得更好。這些黑皮膚青年是N城街頭最常見到的外國人。

N城並不是一個開放城市，也沒有可資觀光的旅遊資源，它只是邊陲省份的省會。雖然是省會，卻比別的省會少著許多輝煌，它先天不足，後天也不足，它既小又缺乏統一規劃。它唯一可以驕傲的是擁有兩三條種著棕櫚的街道，寬大而美麗的棕櫚葉子構成著這個城市的亞熱帶風光。N城的街頭很少看得見白種的外國人，如果他們出現在十字路口，就總是會被來自四個方向的回頭駐足的人們所困惑。這些為數不多像大熊貓一樣稀有的白種老外大多數是遊覽了著名的桂林山水之後到N城來的，他們發現N城毫無特點和魅力，於是趕緊離開了。

只有非洲的黑人留學生會長時間地穿行在我們城市的街頭。他們熟練地騎著自行車，穿著牛仔褲，上身是帶格子的襯衫，他們頭髮短而卷曲，眼白和牙齒同樣潔白，發出閃亮的瓷光。因此我們難以辨認和區別他們到底誰是誰。他們面容一致地走在N城的大街上，我們對此司空見慣，從來不會回頭多看他們一眼。

我不明白南紅為什麼會對他們發生興趣，不明白她是因為熱愛非洲才熱愛非洲青年，抑或是相反。她對非洲的興趣大概始於八〇年代中期，那時臺灣三毛的撒哈拉沙漠的童話正在席捲大陸，而N城街頭的黑人青年適時而降，他們中的一兩個來到了南紅的生日晚會上，我覺得這不過是南紅喜歡新奇刺激的又一花招，就跟她從一種奇裝異服跨越到另一種奇裝異服一樣。

對於南紅一如既往地想念非洲我一直感到奇怪，她寫詩的時候聲稱畢業後要去非洲工作，迷上服裝設計也說將來要去非洲，到了學油畫她還是說：我將來肯定是要去非洲的。我說你去做什麼呢，去畫畫嗎？她說我反正是要去的，去幹什麼工作都可以，有時間就畫畫，沒時間就不畫。這樣的對話在N城有過好幾次。南紅的一些有點成就的朋友（N城的青年畫家或作家，南紅總是風風火火地拜人家為師，交往的次數一多，就成了朋友）有時會當著她的面預言，她這樣見異思遷兩年之中換三種方向將來會一事無成，他們為她擔心，這樣飄來飄去，沒有事業（八〇年代這是一個莊重的詞）就如同沒有根，將來在生活中找不到自己的位置，只能像一般女孩那樣嫁人過日子。

現在我想起來，這些話是一個叫顏海天的男人說的。顏海天是藝術學院的教師、青年油畫家，曾有作品在全國美展中展出過，畫風時變，前途莫測。在一個夏天的傍晚，我們三人坐在學院操場的草地上乘涼，天光一點點散盡，四周的教室、禮堂、宿舍樓、樹木一點點暗下來，抬頭望一次它們的色調就變化一點，在黃昏太陽落山的時候這種變化十分明顯，可以從紅光漫射的夕照迅速過渡到灰暗的夜色，使人怦然心動，如同黃昏將人一生的濃縮放在了眼前，作了明白的暗示，心裏的蒼涼和空茫很容易就生長出來。天上的星星一顆一顆地從淺灰、深灰、灰黑、濃黑中浮現出來，最後布滿了整個天空，這又使人從晚霞消逝的暗淡中振奮起來，心裏注滿了無端的感動。那個八〇年代N城的天空現在又回到了我的視野中，夜氣降臨在我的頭髮上，我墊坐的那本文學雜誌有點潮潤，我和顏海天、韋南紅三人各隔著兩三米坐著，他們的面容和青草的氣息浮動在剛剛降臨的夜晚中。

顏海天說南紅你現在年輕，可以當文學青年也可以當美術青年，但人不能當一輩子文學青年，不可能幾十歲了還像文學青年一樣東遊西蕩。

然後三人都沒有說話。大片大片的空白從我們中間穿插而過。那個黃昏的特別之處就在於你可以很奢侈地為未來擔心和嘆息，而未來的壓力還遠遠地躲在暗處。

顏海天又說南紅你交際這樣廣，我為你想到了一種角色，當美術鑒賞家，中介人，像歐洲的貴婦人，向沙龍、畫廊、美術批評家推薦優秀作品和畫家，這用不著你刻苦畫畫，也不需要太高的理論水平。

我也覺得這是目前所能想到的南紅的最好出路。但是顏海天一揮手就把這個大肥皂泡戳破了。他說不過南紅，我覺得你不夠品味，這種人眼光得非常準。能從許多人中發現天才，發現某些別人還不承認但又非常獨創非常有價值的東西，這你更不行，你一切都得聽別人說，混了幾年也沒形成自己的目光。

這些話使我心懷憂鬱。不知道南紅將來怎麼辦，能做一個什麼樣的人呢？

南紅忽然說：我將來要到非洲去！語氣十分堅定。

顏海天說你去非洲幹什麼？南紅說反正是要到非洲去。

冬天的時候南紅從深圳來，她從聲音到外貌都發生了巨大的變化，我以為她的非洲也早就消失乾淨。結果她還是說：我將來要到南非去。

就像非洲就生長在她的身體裏，生長得像那些健康細胞一樣正常，只要一息尚存，非洲就不會丟失。唯一的區別是，非洲具體成了南非。

聽到南非我有些陌生，反應不過來南非就是當年南紅的非洲中的一個國家。她提醒我說，我不是一直就要到非洲去的嗎？南非出產黃金和鑽石。她說她將來準備移民南非，她的珠寶知識會使她很容易在珠寶業找到工作。她還認識了一個男朋友，是南非一家大公司的代理，她可能跟他一起去。她正在托人辦理有關南非的事，快的話明年就可能去成，慢的話等幾年也沒關係，這樣她小時候的願望就實現了。

我當時對南紅有一種重逢後的陌生，對她一進門就撲向電話，對她對我的物質現狀的否定態度等等有一種彌漫的不快，加上我不習慣太晚睡覺，而她的南非又出現在半夜，這樣我的心智被以上那些因素以及濃重的睡意遮蔽著，基本處於與夜晚同樣黑暗的狀態。現在在深圳，在赤尾村，空氣中是海的氣息，當我再次碰到南非這個詞，它所攜帶的海洋般的藍色忽然被熱帶的陽光所照耀，隔著它和南紅的浩瀚的印度洋明亮地顯現了，那些藍色的波浪一浪又一浪地從南紅的身體發出，直抵南非，它們推動時發出的一陣又一陣鐘聲般的濤鳴向我展示了一條燦爛的航道，某艘童話中才有的白色宮殿般的巨大客輪無聲地滑動在波濤之上，大朵大朵的海星結綴在南紅的肩膀上發出彩虹的光芒，海風腥鹹的氣味使她變得像海水一樣渾身蔚藍。

香港，這個繁花似錦的名字；雅加達，這個珍珠般潔白的名字；開普敦，這個黃金般閃爍的名字，它們一一從海洋的深處浮動在波濤之上。從香港到雅加達一八五〇海浬，從雅加達到開普敦五一八〇海浬，只要穿越印度洋就能到達南非的開普敦，只要坐海船就能從香港到達雅加達。而深圳與香港只有一街之隔！

我想這很可能是南紅畢業後來深圳的潛在原因。

赤尾村的南非在南紅的枕頭邊或抽屜裏，我想她的箱子裏的舊影集上或許還有幾張與非洲黑人留學生的合影。她是一個熱衷於照相和保留照片的人。（我將在她這裏發現我的一張舊照片，那上面是N城八〇年代文學聚會的某一瞬間。）她的全部關於南非的線索僅僅是一本簡易的世界地圖冊和兩份有關南非的剪報，一篇題為《南非金礦與華工血淚》，說的是世紀初招工到南非採金礦的華工的血淚史。另一篇叫做《我在美麗的南非》，是兩頁雜誌上的文章，為一名古人類學者所作，因為人類起源的第一個階段以南方古猿化石為代表，而該類化石最早就是在南非開普敦發現的，只有到南非的博物館才能實地考察這些意義非凡的化石頭骨。這篇有著美麗誘惑標題的文章通篇都說的是枯燥的化石頭骨，唯一可取之處是那幅壓題照片，有半頁的篇幅，五位學者站在一塊標示著南非經緯度的橫幅木牌前，露出燦爛的笑容。我很少看到如此整齊的每個人都露出白色牙齒的合影照片，他們的笑容單一而奪目，每一個人都是一個亮點，這種亮光從內心深處發出，到達牙齒，然後像花一樣開放在臉上，笑容的光輝互相輝映，連成一片透明的光幕。他們的身後是刻痕鮮明色調深淺不一的裸露岩石，有一角藍天將畫面破開，儘管這是一幅黑白照片，但在我的感覺中卻是色彩十分鮮明豐富的彩照，所以在我第二次看到它的時候還以為並不是同一張照片。它上面那一角藍而透明的天空以及火紅的岩石給了我如此之深的印象，我不知道在哪裏看到了它們，也許正是照片上人的笑容的燦爛光輝把一切都鍍上了光和色，連同他們自己。畫面上三位男士一位穿著白西服，一位穿著黑襯衣，一位穿著格子襯衣，兩位女士穿著花襯衣和黑色外套，就是這樣一些簡單的衣服，但我感到了畫面的絢爛奪目。在照片的底部，襯著七個美麗的反白立體標宋字：我在美麗的南非。這幾個平常的字無端地給了我一種驚奇，仿佛它們不是我們隨處可見的漢字，而是一種只有南非才生長的美麗事物，是某種潔白的花朵，襯托在由蔚藍與火紅兩種顏色組成的南非的圖案上，天長而地久。

南紅所知道的南非就是這些。這不是一個真實的南非，在她到達南非之前，無論她擁有多少南非的資料她都無法擁有一個事實中的南非。南非浸泡在海水中，鑲嵌在黃金和鑽石裏，濃縮在南紅的身體內。南紅體內的南非，有著紅色的山和藍色的海，有大片大片的草地和綿羊，有大片大片的玉米地，玉米寬大的葉子曾經出現在南紅蹩腳的詩歌和素描中，它們的沙漠跟三毛的撒哈拉沙漠差不多，它的黑人跟N城的農學院的黑人差不多。

南紅攜帶著這個南非，躺在赤尾村出租的農民房子裏。

（關於南紅的筆記：闖深圳的簡歷）

韋南紅在藝術學院讀的是藝術師範系，畢業後她的同班同學大部分分到了市、地、縣各級中學當了美術教師。南紅不想當中學教師，由於她交際廣泛，這一點很容易就做到了。於是她分到N城一家金屬工藝品廠技術科，兩個月後跟領導徹底鬧翻，於是不要檔案空手去了深圳。

先是在G省駐深圳辦事處招待所住了一個星期，睡那種六個人一間的架子床上鋪，正好有一個空床位，不用付房錢。住了一週之後，找到了一個月收入三百多元的工作，在國貿中心當文員。結果試用期未滿就被炒掉了。只好又回到G省辦事處招待所，住六個人一間的架子床，跟臨時打工的服務員擠在一起。

後來她得到一個機會到新麗得珠寶公司幹，她在金屬工藝品廠學到的見識還派上了用場。新麗得在一家大酒店的其中一層，有職員住房，條件不錯，又能學到業務，總算落下腳了，卻不料部門經理是個色鬼，一天到晚性騷擾，南紅忍無可忍，辭了工作住到一個女友家。

後來又找到了一個工作，後來又辭了。最後才到了珠寶城搞銷售。

我知道，這個簡歷就像一齣肥皂劇那樣毫無新意，平庸乏味，我連寫一遍的耐心都沒有。但這就是南紅自己告訴我的她闖深圳幾年的經歷。由於她事先所渲染的坎坷，使我覺得這份經歷不夠曲折、不夠大起大落、奇峰突起、懸念叢生。在她沒說完的時候我還有一點好奇心在支撐著，當她說完後我回頭一想就覺得實在太平淡無奇了。我所記得的只是從一個公司到另一個公司，被人偷光了所有東西，又被搶了錢包，此外還交了幾個男朋友（這事她開始的時候總是點到為止，後來她才忍不住說他們，控制不住地說），得了一場婦科病。這些全都是一些概念，它們像磚頭一樣有著一目了然的外形。我作為一名局外人所看到的不外就是這些概念的連綴，就像磚頭連著磚頭一樣乏味。

我想南紅經歷過的那些沒有被講出來的時光才是真正的時光，它們深藏在一個又一個概念的內部，那些切膚的疼痛只有南紅才能辨認出來，在她把它們變成了話並且說出來的同時，真實的碎片在她的身體中掠過，它們碰痛了她，使她情緒動蕩，但我一點都看不見它們，我跟南紅處在兩個不同的心理時空中，互不相干，我無法碰到她。

後來我發現，在她幾年的深圳生活中，每一點轉折都隱藏著一個男人的影子，一個住處、一份職業、一點機會，幾乎全都與一名男朋友有關。儘管她或者略去他們，或者蜻蜓點水一晃而過，但他們化為了碎片擁塞在她的內心，在任何時候都可能逸出。她從來不對我刻意隱瞞他們，只是她在講述她的異性交往史時支離破碎，時序倒錯，混亂不堪，我很難從中理出一個頭緒來。但是頭緒對她不重要，對我也不那麼重要，反正每一個男人就是一個單獨的頭緒，誰先誰後無足輕重，他們這些頭緒交織到一起形成一張網，女人如同網中之魚，無處逃遁。

（寫作）

現在我想解聘也許對我是一件不壞的事，我突然有了一大片一大片的時間，再也不用去上班了，再也不用看領導的眼色，再也不會挨批評了。現在《深港建設報》下馬，我一時找不到別的工作，機會就這樣來了，寫作本來是我喜歡做的事情，但我始終沒有實現這點隱秘的心願，一次都沒有。不光時間被切割得支離破碎，感受也是如此。割碎它們的是菜市、廚房、單位、工資、睡眠不足和體質下降。這一切對於我的寫作願望就像一些蛀蟲，它們在我的生活中亂爬，把我的願望蛀得所剩無幾。

日常生活鋪天蓋地，一層又一層地擋住了我的夢想。夢中的光亮一碰到現實就被擋住了，它的影子越來越模糊，直至完全消失。我對自己也越來越不自信，我想即使我把一切都扔掉，我是否就能實現自己的夢想呢？我已經三十多歲了，女人到了這個年齡，幹什麼都晚了，一切未知的事情全都有了答案，嫁一個男人，生一個孩子，一切就定型了。本來是一汪水，流來流去，任何一個點都可能發光，定型就意味著被裝進了容器裏，各種形狀各異的瓶子，不管什麼樣的瓶子，結果都是一樣的，那就是永遠不能流動了，直到在裏頭發臭變乾。除非瓶子破了或倒了。但是水怎麼能撐破瓶子呢？

命運這個詞又一次站立在我的面前，它是多麼強大和不可抗拒。我不願意被解聘，但還是被解聘了；我不想到深圳來，但還是來了；我以為我永遠不會再寫作，但我突然間發現，內心的念頭一下來到了，時間也奇蹟般地出現在眼前。我是一個經常會聽到命運的聲音的人，那些聲音變幻莫測，有時來勢洶洶，像鋪天蓋地的噪音，嘯叫著環繞我的頭腦飛轉，它們運轉的速度又變成另一種噪音，這雙重的噪音一下就把你打倒了。更多的時候是一種竊竊私語，你不知道它們從哪裏發出，它們在說出什麼，但它們從空氣中源源不絕地湧過來，牆上窗上天花板和地板，桌子、凳子和床，到處都是它們細細的聲音，它們平凡得聽不見。有一些特殊的時候，命運的聲音是一種樂曲，它躡手躡腳，輕盈地逶迤而來，像一陣風，從門口進來，砰的一聲，令人精神振作。就像現在這樣，那句從久遠的N城歲月裏來到的樂句一下驅散了形形式式的噪音，它使空氣純淨，並且產生宜人的顫動，它像一個久未謀面的老朋友從已經逝去的N城歲月中浮出，親切地站在你的面前。

（關於南紅的筆記　一）

南紅經常提到兩個男人，一個是江西人，再一個是家在軍區的男人。她自始至終也沒告訴我他們的名字，她在講她跟他們的事的時候總是說江西人，家在軍區的那人，後來我告訴南紅，我不想在小說中直接寫江西人，這樣所有江西籍的人看了都會心裏不舒服，從而會影響我的成功，我必須給他們取一個名字。南紅想了一會，說可以把那個江西人叫老歪，因為他的眼睛有點斜，而那個家在軍區的男人，我可以隨便給他取一個名字。

南紅那時身體調養得好些了，心情也跟著好起來，她兩三天就洗一次頭，每天洗澡換衣服，屋子裏彌漫著洗髮劑和浴液的清香氣味，平添了清潔和積極的新氣象，我剛住進來時那種無處不在的晦氣也像被這彌漫的清潔氣味所驅趕，幾乎是蕩然無存了。我們同時發現，最好的空氣清新器原來就是我們自身，而真正的空氣清新劑就是良好的心情。

南紅的頭髮已經長了寸把長，她的頭看起來像一隻刺猬，這種不長不短的樣子總是最難看的，還不如全禿的時候別有一種嫵媚和性感，還有一種決絕的悲哀之美。再加上有陳沖《誘僧》正領風騷，光頭也算得上是一種時髦，只有不長不短才最尷尬。

她的氣色和心情好起來就開始照鏡子，有時她用摩絲把頭髮貼緊，把難看的刺猬頭弄成一個勉強能算得上是一種髮型的超短髮型，有時為了配合這個髮型，南紅就會化上妝，她抹上一種明亮的口紅，這時立即就會顯得年輕些同時也漂亮些。這時南紅就會說，我將來要去南非。她把南非的圖片貼在床頭的牆上，那是開普敦的海濱風光照，蔚藍的海水和白色的房子，它們那麼小地站立在南紅的床頭，就像一隻誘惑的眼睛閃爍不定。

我從來就覺得南非是個沒法去的地方，雖然確實有這樣一個地方，但我們很少聽到有人要到那裏去，也沒有看到有熟人或朋友，或者朋友的朋友，熟人的熟人從那裏回來，它在我們的意識中就成了與美、澳、加等國處在不同世界的不同質的事物，它跟南極或北極或者珠峰相似，只是少數人為了特殊的目的才去的地方，對大多數人來說，把它們當作一個象徵還是一個童話都無所謂，反正我們永遠都不要到那裏去。

南紅在深圳混了兩、三年，對詩歌、繪畫以及一切跟文學藝術沾上邊的東西統統都喪失了熱情，唯獨對南非的嚮往沒有變，這是她最後的一點浪漫情懷，一點就是全部，就因為她還有點東西，我覺得她還是以前那個南紅。我是一個對遠方雖然有幻想但定力不夠的人，我十八九歲的時候曾幻想有朝一日能去南極，到了二十多歲又幻想去西藏，到二十八九歲就什麼都不想了。一次懷孕和打胎就把任何幻想都打掉了。南紅在經歷了人流、放環大出血、盆腔炎之後還對南非矢志不渝，確實很不容易。

她沒有給我看老歪的照片，我不知道是不願意給我看還是根本就沒有，我覺得可能是後者。深圳給我的感覺是一個頻繁更換男朋友的地方，沒有什麼需要記住，永世不忘，也沒有時間來記取，異性的照片或合影不光沒有必要，而且是十二分的多餘。對於一個新的朋友，你把兩個月前的舊照片往哪裏藏呢？而且藏著又用來幹什麼呢？一邊拍照下來一邊又不得不盡快處理，實在是自己給自己找麻煩。南紅給我看的照片幾乎全是她一個人的，有騎馬的、打保齡球的、穿著泳裝坐在游泳池邊的白色沙灘椅上的、站在歐洲情調的度假村前的，等等。其中騎馬那張她曾寄給我，當時她剛到深圳不久，工作還沒有找到，就照了這樣一張春風得意的照片，穿著一套黑色卡腰的衣服，有點像專門的騎士裝，還戴著一頂呢帽，雖然看上去不倫不類，但由於騎在了馬上，脫離了庸常的日常生活，看起來也不覺得太怪。馬是一匹褐色的高頭大馬，十分高大漂亮，跟電視賽馬場面中的那些世界名駒相比毫不遜色，與此相比，旅遊景點那些供遊人騎坐拍照的馬根本就不能算馬，牠們的馴服、無精打采、麻木不仁徹底喪失了馬的本性，即使沒有那些人氣太重的旅遊背景牠們也顯得虛假。在我的印象中，南紅似乎是從N城一頭衝上廣州近郊那匹油光水亮的大馬，然後回眸一笑，進入一種當代的浮華和浪漫之中。

老歪的頭部就在這片喧囂的繁華中浮現出來，我覺得他屬於那種雖說不能算醜但亦不能算周正的年輕人，既不蠢也不聰明，有些瘦，偏矮，但在深圳的街上還走得出去。南紅說他有一個大姐在北京的一家什麼雜誌，這家雜誌既有外資，又有上層的後臺，在深圳搞了一個辦事處，辦事處實際上只有老歪姐姐一個人，她一年中只有兩個月在深圳，房間總是空著。於是老歪興致勃勃地從南昌的一家工廠的技術科辭了職，來給辦事處看房子，他志得意滿地通知他的師範大專班同學，他要去闖深圳了。

在九〇年代，大哥大和轎車日益成為男人是否成功、是否有地位、是否正在幹事而不是遊手好閑的必要道具，它們的普遍使一切女人感到沒有這兩樣東西的男人根本就不是男人，老歪的道具簡直就是從天而降，專門在辦事處八成新地等候著他，他在街頭氣氛的裹挾下，三下兩下就把公家的財產在心理上變成了私人的。在我的印象中，深圳的大多數女人在接受一個男人的開始，總是收拾好自己，坐上一輛由男人開來的車，去赴一次晚餐，她們春夏秋冬穿著裙子，像影視裏高雅的歐洲女人那樣側身進入車裏，坐穩後才把小腿抽進去，但這種小腿往往粗短、肥厚、笨拙，完全不像廣告裏出現的那樣標準美腿的修長、瘦削、優雅和神秘。不過這就是大街上的感覺，她們遍布在深圳的大街上，坐上男人的汽車，吃男人請的晚飯。

（有關的兩個詞：孤寒，衰）

南紅說在深圳，只要是單身女人，就經常會有男人請吃飯。從早茶到晚飯到宵夜，沒有人請吃飯的女人是可恥的，說明你特別老或者特別醜。不請女人吃飯的男人也是可恥的，說明你不會開心或者是窮光蛋。深圳這樣的地方聚集了無數各種年齡的單身男女，這是一個來「闖」的地方，闖就意味著拋家別舍，隻身前往。在這個隻身闖蕩的城市裏，誰都有一份被注定了的孤單，這點孤單像空氣一樣，可以隨時忘掉，又可以隨時跑出來，可以隨便地壓在心裏，又可以無限地膨脹和彌漫，搞得昏天黑地地讓人難過。

有誰願意在高速運轉的一天之後獨自吃飯呢？有誰願意在輸贏未卜的一天開始之前一個人吃早點呢？未免黯淡和低調了啊。一個人開始又一個人結束，這只能用一個詞來形容，這個詞就是：孤寒。

孤寒是最要不得的，是人之大忌，誰被人說了孤寒，那就真是慘到底了。這世界除了幹力氣活的就只有書生這一類人可以理所當然地稱其為孤寒，沒有人會覺得他們慘到底，因為書生就應該是這樣的，清清苦苦地讀書做學問，秀才人情半張紙。但這些來闖深圳的人都不是來做書生的，而是要賺大錢得富貴，他們中有不少人本就是能人，有著一身的本事；有些雖本事不太大，但在原來的地方失了意，失了意就是一種刺激，正憋著勁要長本事；有的既沒有本事又不曾失意，但有的是求富貴的雄心；最末流的什麼都沒有，卻有混生活的無限好興致，以及同樣求富貴的僥倖心理。這許多來闖深圳的人來了是要炒股、開公司、發大財，他們決不能讓人認為自己孤寒，且不說他們拋妻別子孤身在外需要一個女人身體的溫暖，他們也還有一種對外表明身份和地位的需要，這情形跟必須擁有轎車和房子一樣，你可以不坐這車，但你不可以沒有，沒有就是孤寒。在深圳，生為男人而要打的出門，是件沒什麼面子的事情。

擁有女人就像擁有房子和汽車一樣，決不是什麼虛榮心，而是一種身份，是成功男人的標誌。誰能說標誌是虛榮呢？擁有的女人，或者說陪你吃飯的女人（起碼算一種暫時的擁有）越年輕漂亮，氣質越好（闖深圳的男人大多數受過高等教育，懂得欣賞女人的氣質，他們知道身邊轉著俗不可耐的女人的男人無疑是向世人宣布自己是沒文化的暴發戶）、檔次越高、種類越多、更換越頻繁就越是成功。這點不需要誰來指明，所有的人都是這樣看的，幾千年來就是這樣，以後還將是這樣。

而女人對成功男人的喜歡和環繞同樣不是虛榮心，不是男人們所指責的勢利眼。一個成功的男人和一個失意的男人是完全不同的，在他們身邊的女人會把這種不同一下就嗅出來，並且在心裏將它們放大，再在與親密女友的竊竊私語中再一次放大，好的會更好，糟的就更糟。成功男人的從容、鎮定、驕傲以及由此帶來的氣質不凡就像光環一樣美化了他們，又像陽光，使他們的周圍的空氣會比較輕、比較流暢，站在他們身邊的女人（那些美麗年輕又沒有什麼頭腦，靠男人的寵愛而獲得成功感的女人）會因此容光煥發，自豪之情油然而生。這樣一種成功的人被稱為有福的人，福份這種東西是天之所賜，並不是人人有份的，只有少數人才有，他們由福星高照直接變成福星，誰跟著他們就會有好運氣。

那些失意的男人總是心情不好，他們既尖刻又脆弱，一點也容不下成功的人，他們總是要在女人跟前罵倒別人以變得高人一頭，他們總以為自己比別人聰明十倍，有無數的計劃但從來幹不成任何一件事，他們怨天尤人因而心理陰暗，他們即使身邊有女人也總是擔心她們走掉，這種擔心使他們患得患失、形容猥瑣。一個總是失敗的人被稱為「衰」，在北方有一個相應的詞：晦氣。若是跟衰人在一起混難免不沾上衰氣，難免不處處倒霉。是人都不願倒霉，對女人當然也不能苛求。那些失意的男人即使在明亮的陽光下也是灰撲撲的，失意就像一種病毒，侵入了失意者的五臟六腑，損害他們的機體，它們在體內繁殖、膨脹，逸出體外像毒霧一樣繚繞不散。

失意的人永遠也不想讓別人知道他的失意，他們總是要把失意藏起來。他們起碼要在吃晚飯的時候不要顯得那麼孤寒，他們雖然沒有自己的住宅和轎車，但是請女人吃飯卻是必須的，這使他們看起來不至於孤寒，而不孤寒就是得意的開始。兩個人吃早茶又兩個人吃晚飯，或者宵夜，男人有機會在女人在面前高談闊論，將不著邊際的勃勃雄心變成一種虛假的自我感覺，既迷惑女人也迷惑他們自己。

這是多麼壯麗的景觀！無論是得意的男人還是失了意卻不願意別人知道的男人統統都要請女人吃飯。在深圳，這座充塞著玻璃和鋼鐵的大峽谷的都市，陽光在玻璃上變換了顏色，裝飾燈如瀑布般流瀉，滿街跳蕩著金銀銅鐵的光芒，塵土的顆粒也在這光芒中熠熠生輝，變換著橙黃、橙紅、金色、黃色、白亮、紅色等種種色彩，它們從容地從地面上升，升騰到空中，從容而輕盈，女人或者男人從這些光中走過，像風一樣拂動這些輕如煙塵的顆粒。光塵彌漫直到深夜。

（關於南紅的筆記　二）

一切都是從請吃飯開始的。

銷售部的女孩是離老歪最近的女孩，他走進大酒店的方形旋轉門就會看見她們，他走在大堂裏也會看見，他走進電梯間也總是看見，他不乘電梯走樓梯也會看見一個那樣的女孩得得地從上面步行下來，她們的高跟鞋碰在鋪有地毯的樓梯上沒有發出聲響，得得得的聲音是老歪根據女孩的高跟鞋和下樓梯的步態想像出來的聲音。女孩們不管在大學裏多麼野性不羈，走路蹦躂，來到深圳不出半個月，就會認同一種白領麗人的步態。老闆或整個社會要求坐寫字間的女孩穿正規的裙服和高跟鞋，於是她們一穿上這身行頭就自然地挺胸收腹，把下巴收到一定的角度，把步幅調到一定的幅度並且走在一條線上，衣服（行頭）確實是很重要的，環境（舞臺）也是很重要的，女人被男人的目光訓練得對衣服有了一種近似於本能的敏感，進入一套時髦裙服裏馬上就有了白領麗人的感覺，加上又有電視劇和周遭的榜樣，她們身著行頭出現在酒店的大堂、電梯、寫字間裏，腳後跟的聲音清脆悅耳。

老歪看到那樣一個白麗女孩清脆悅耳地走下樓梯，她們的纖足和小腿總是最先撞入往上走的老歪的眼睛裏，它們像一片繁花之中兩瓣奇妙的肉色花瓣，散發著異香，閃耀著一種半明不暗類似於瓷器那樣的光澤，富有彈性地從上方向他飄來，它們靠近、擦身而過、遠離，那個女孩目不斜視，傲然走過。

老歪在大酒店的四層，珠寶行的銷售部在五層。老歪一頭走進銷售部的寫字間，他看到女孩們沒有坐在自己的方格裏，她們像首飾盒裏的珠寶一樣擠在一起議論一支口紅的顏色，她們的長相、身高、膚色、三圍各各不同，像各種珠寶的成品那樣各有千秋。後來有女孩跟老歪打招呼，後來有女孩把各種款式的金項鍊、戒指、戒面、戒托的樣品拿給老歪看。老歪說：我買了還不知給誰戴呢？

老歪要請眾女孩吃飯。

眾女孩是五個女孩。五個女孩有四個有人請了，剩下的一個就是韋南紅。南紅不是很年輕，也不是很漂亮，她像所有被N城的水土造就的女孩一樣皮膚有點黑，鼻子有點塌，如果不是她學過兩年美術打底，比較會打扮自己，會揚長避短，若是她素衣素臉走在大街上，看起來會同深圳土著女子差不多。深圳是什麼？不過是一個小鎮，跟鄉下基本上算一回事，加上嶺南的水土，無論如何也養不出堪與江浙、四川、北方（湖南以北就是北方）相比的嫩皮白膚的水靈女子。但南紅化了淡妝又披著長髮，遮住了她由於方形而顯得有些堅毅（這是一個褒揚的詞，其實南紅的性格中缺乏的正是毅力什麼的，她經常貪圖享樂，想要好吃好玩，因此她的臉型體現出來的東西也許稱之為「犟」更合適）的半邊臉，這是一個春末夏初的日子，在深圳，春天就是夏天，秋天也是夏天，只有冬天不是夏天。在這樣一個像夏天的春天的日子裏，南紅穿了一件低胸緊身黑色長袖T恤，下身穿了一條暗紅大花長裙，這使她看上去苗條而挺拔。下班時分的寫字間又像舞臺後忙碌的化妝間，女孩們紛紛打開化妝盒，對鏡補妝，她們邊補妝邊向樓下張望，那裏有各種車，從桑塔納一直到真皮外殼的卡迪拉克，她們知道哪輛車（代表了某一類、某一個檔次）是來接她們哪一個人的，哪些車將永遠不是。有車接的女孩心裏踏實，在一片踏實中她們消失不見了。

女孩們一消失似乎光線也暗了下來，光線暗了一點點就變成了黃昏，在有女孩的房間裏這種暗有些曖昧和撩人，這種暗不同一般的暗，它失去了一些光，卻加進了一些濃厚的東西，像茶一樣，又有點像煽情的背景音樂，總之這黃昏的光線使空氣重了一點，使空氣不那麼空，使黃昏室內將要一起吃飯的兩個人，有了一種緣份。緣份這個詞就是這麼好，它使再突然的事，也變得不那麼突然，而是有了一種玄機，它使不自然的事，變得自然，好像原本就應該這樣。在這個春天的黃昏，南紅的長髮半遮著臉，低胸黑色緊身T恤襯托得她的皮膚有一種釉質的光澤，在越來越暗的光線中顯得神秘動人。這個階段的南紅經歷過了兩三個男人，她的前一個有過一段吃飯的經歷（也許不僅僅是吃飯，我們無權知道這一點）的男人是一個檔次很高、很有身份的人，遵循著深圳的規矩，每次陪吃飯都要給她錢或禮物，還替她買回家的機票。但南紅說他年齡太大，四十多歲了，她接受不了。她見過他的妻子，氣質高貴、容貌出眾，看起來也很年輕。這樣的妻子對丈夫的女朋友難免會產生透不過氣的壓迫感。我想南紅很有可能就是在這份壓迫感面前落荒而逃的，因為她在說起這個人以及他美貌妻子的時候有一種掩飾不住的羨慕，而不是她自己所說的接受不了。

老歪就出現在這個空檔中。

他的單身和年輕以及春天的黃昏、以及他的汽車種種，給這兩個人帶來了一點虛假的浪漫。春天的風從街上的高樓吹到這兩個人的身上，他們吃早茶、吃晚飯、吃宵夜，他們在這家館子或那家館子面對面地坐著，黃色或白色或橙色的燈光潮濕地在他們之間浮動，他們說著自己的事和別人的事，現在的事和從前的事，雞毛蒜皮的事和重要的事。他們一不留神就陷入了打情罵俏的圈套，一打了情和罵了俏，事情頓時就變得曖昧起來，變得無法挽救、無法還原了。我覺得南紅和老歪的打情罵俏就跟她在冬天裏一到我家就撲到電話上說出的那些話相仿，她不顧我們五年沒見面，也不管剛下飛機旅途勞頓，她衝著電話說：我不，我不，我要掌你的嘴。這樣的話不停地跳出來，重重覆覆，真是既無聊又輕佻。

（我從來沒有見過這樣輕佻的南紅，她在我面前雖然也說不上持重，但總不至於把自己裝扮成一隻沒有頭腦的笨鳥。或許要全面了解一個女人，就既要看她在女人面前的表現，又要看她在某些男人面前的作派。但後者帶有私秘性，你很難窺視到。回想我自己，無論是在K. D.、閔文起還是在許森面前，我好像都沒有撒過嬌。問題是，撒嬌是不是女人的天性呢？不會撒嬌的女人是不是就活得很累？）

冬天裏電話中的那個人是誰?南紅沒有告訴我。

（關於南紅的筆記　三）

有一些款式新穎的金項鍊懸掛在南紅和老歪之間，這些金光閃閃細軟滑溜的東西本該戴在女人的頸項上，一旦綁成一把拎在手上就覺得有些彆扭和嚇人，有一種廉價的樣子。這就是南紅的業務，南紅到各地東跑西顛，就是一小把一小把地舉著請別人看樣品，希望買家把它們成批地買下來。一旦買了下來，南紅在公司裏就算有了效譽，效譽這個詞在我是一個很陌生的詞，一開始我以為是效率，我更正南紅說是效率，南紅更正我說是效譽，她說有了效譽才能在公司站住腳，一個沒有一點效譽的人誰都看不起你。

有一天下午，老歪領來了一個人，這人用六萬元做了南紅的一單業務，買走了公司的一批金項鍊，使南紅在公司開始有了效譽。這是南紅做成的第一筆業務，多日來的小心翼翼、看人眼色、受人冷眼、解雇之憂由於有了效譽而一掃而光，六萬元效譽猶如一隻巨大的救生圈，南紅坐上去，長長地舒了一口氣。既有效譽，又能提成，既體面，又有利益，說起來還是南紅到深圳一年多來最大的一筆收入。

南紅歡天喜地請老歪吃飯，臉上發著光，在公司裏低價買下的一粒水鑽像真正的鑽石一樣在這個晚上璀燦無比，它緊貼在南紅曬得有些發紅的胸脯上，它在那裏閃閃發亮，奪人眼目地將男人的眼睛牽引到女人的前胸，即使是眼睛很老實的男人在望到女人胸前晶亮的墜飾時，也會順便看到墜飾下方隱約的乳溝。

這個夜晚是一個必然的夜晚，這個夜晚是經歷了早茶和晚飯，經歷了效響的重要鋪墊才來到的，這個夜晚的結局是老歪把南紅送回了她的房間，一直到第二天才出來。在這個夜晚開始的時候，老歪第一次用手碰南紅就是以墜飾為藉口，他說讓我看看你戴的這粒鑽石，真漂亮！他把手停在南紅的胸口上，又問：這是誰給你買的？

南紅這時候已經知道了她剛剛得到的效響實際上是老歪送給她的。六萬元中有三萬是老歪炒股的收入，他借給那個想做點生意的年輕人，等人家把貨全部出手才把錢還給他。南紅想著六萬元的效響，一時有些麻木，沒有及時動手把老歪的手打下來。老歪又說：讓我摸摸你的心跳不跳。南紅這才發現危險就在眼前，她清醒過來剛剛說出：掌你！這邊已被老歪一把抱住。

這種摟抱一下就把兩個人精神和肌肉的緊張化解了，速度比陽光使冰化為水滴還要快。南紅在老歪的懷裏癱軟無力，她閉著眼任那隻手像攪動河水那樣攪動她，在這種攪動中她一滴一滴地變成了水，散發著海底動物的氣味，她潮濕的身體被對方所包容，這個女人在發出呻吟的時候在心裏說：這種事情真是舒服啊！

（室內）

在我和閔文起的夫妻生活中，好像從未有過這樣的快感，高潮就更談不上。他身體好，欲望旺盛，每星期如果不來上一次就會脾氣暴躁，無緣無故發火罵人，往往是做愛之後他的性情就跟他的生殖器一樣變得軟和起來，讓他幫忙做點家務也比較容易，什麼話都能說得通。這使我覺得男人真是一種奇怪的人類，非要射精才能心裏舒服。

我不知道一星期一次對一個四十多歲的男人來說算不算性欲旺盛，也許這種頻率只能算得上正常，我明目張膽地歸之為「旺盛」，沒準會笑掉不少人的大牙。我的依據僅僅是一次同事的聚會，清一色的五個女人，年齡在三十到四十之間，各有五到十年的婚齡，談到性的問題，大家紛紛供認，每月一次，無一人例外。稍後大家想起來，座中最漂亮豐滿的女同事有一個公開的情人，於是又重新甄別，認定她不只一個月一次，她低頭默認，大家也就善意一笑，結束該話題。我從來沒有過青春年少水乳交融的婚姻性生活，我不知道如果有，情況是不是好得多。與閔文起越到後來越像一種刑罰而不是什麼「做愛」，做愛這個詞確實是令人產生美妙的遐想，一些文學書籍和電影使我在很長時間中對性有一種美好的期待，我想像海浪覆蓋自己的全身，它們覆蓋又退去，像巨大的嘴唇在游動。我看見自己嬌小的乳房瞬間豐隆起來，形狀姣好，富有彈性，金黃色的光澤在流溢、閃動，頂端的顆粒敏感而堅挺。身體的每一處凸起與凹陷，都像花朵或海浪的律動，它們的韻律是不可扼止的喘息，一直深入到身體深處，從深處再顫動到肢體的末端。有一隻小鳥在兩乳之間鳴叫，有一隻小鳥在腹部的下方鳴叫，牠們的鳴叫傳遍全身，牠們的聲音比純金還要明亮，比陽光還要熱烈。

在事實中，有一種東西總是要取代海浪，那就是：沙粒。它們隱藏在一個體重一百多斤的男人的身體裏，由於沒有絲毫的快感，一百多斤就像是五百斤那麼重，這可怕的重量使滯澀的身體更加滯澀，沒有任何潤滑的液體，那種乾硬的磨擦帶來的疼就像眼睛裏進了沙子，而且比這更難受。眼睛裏進了沙子是一件可以自己控制的事情，只要把眼睛閉上不動，馬上就不疼了，或者眨幾下眼睛，讓淚水把沙子沖到眼角。但是房事的疼痛卻要對方停止動作才能止住，而且這個對方很可能正是要聽到女人喊疼才能更有快感，感得越厲害就越刺激，在被刺激起來的衝動中變得更加狂暴、更加猛烈、更加不管不顧。

閔文起就是這樣一個人。

每次在黑夜中，我睜眼看著自己上方的這個男人，他變形的面容、醜陋的動作、壓在我身上的重量，這一切都使我想起獸類。所以我總不願意開燈，亮光會把這些使我不適的形象變得清晰、逼真，甚至放大和變形。如果黑暗中有一隻手突然拉亮燈，恐怖就會在瞬間到來。

有一個春末的夜晚，閔文起的身體在黑暗中模糊地晃動，我睜著眼睛看牆上掛的一個鏡框，那裏面鑲著一幅攝影，上面是一只玻璃瓶子和一支百合花，當然在黑暗中看不清它們，我只看到微弱的光使它浮現的輪廓和陰影，這是結婚的時候別人送的，一直掛在我們的床的上方。我注視它是因為我沒有別的東西可以看，臥室非常小，只放得下一張大床和床頭櫃，結婚很匆忙，閔文起是二婚，我當時已經過了三十歲，覺得自己很老了，而且對愛情沒有什麼信心，只急於擺脫舊的環境。N城使我膩味透了，我當時借調到市裏一家文學雜誌幫忙，單位讓我趕快調走，並且把我的宿舍分給了一位新來的據說是有些背景的大學生，走投無路之間，一位好心的老師把我介紹給閔文起，他當時還在部隊搞宣傳，說是通過部隊到北京很容易，我看閔文起長得還可以，有點文人氣質，聊起來也懂點文學，還寫過詩，於是我就認為他是我所能找得到的最合適的丈夫了。回想起來這事的確是過於黯淡，這種黯淡化為許多細節遍布在我們的婚姻生活中。

我躺在床上，在閔文起的身體下面。有時候不太疼，這往往是工作不太累，家務也不太多的時候。這時候我身體的各種感覺就會分離，肌肉承受著重量的衝撞和擠壓，眼睛卻在臥室的四處漫遊。臥室一覽無餘，在白天看來枯燥乏味，就像我的婚姻生活本身。但在有些晚上，我會忽然有耐心看牆上鏡框的陰影，看拉開的窗簾團在一邊的皺褶，那上面淺駝色的底和深色的圖案在微弱的光線和皺褶中以一種白天所不同的姿勢出現。閔文起同意我不拉燈，但他說必須把窗簾拉開，不然一點都看不見，這也正是我的想法，完全的黑暗是枯燥的，同時也是令人絕望的。拉窗簾的往往是我，我喜歡窗簾這樣一種事物，喜歡它的功用和形式，它的質地和圖案，我把它看成是生活中剩下的最後一點美的東西。

窗口進來的微光使室內有了層次，出現了淺灰、深灰、淺黑、濃黑的各種色塊。在我三十歲前的那些獨身歲月，我有許多失眠的夜晚，我的眼睛長期以來習慣了這種充盈著微光的黑暗，我跟房間中這些層次豐富的陰影有著一種從以往的生活中延續下來的和諧，這點和諧在所有的衝突中（單位的和家庭的）使我得到一絲鬆弛，但它像一滴水一樣，實在太微小了。

在很少的一些夜晚，月亮正好就在窗前，只要它出現在這樣的位置，通常都是滿月或者是大半個圓。這時候室內的一切就會因為月光的直接進入而顯得非同尋常。月光在這樣的夜晚布滿了大半個房間，它的幽深、細膩、冰冷和華美對我有一種震撼，我們的窗臺一直放著一盆文竹，閔文起每每用殘茶澆灌，每年冬天剪枝，因而長得異常繁茂，它細長曲折的枝條纏滿了整個窗子。月光透過文竹進入室內，明亮的月光中便有著無數奇怪而散亂的陰影。在月光直接照射的界面上，一切都很清楚，牆上鏡框的百合花呈現一種淺灰的顏色，月光特殊的質地進入花瓣之中，使它看起來像一種名貴的品種。窗簾的質地也在月光下不動聲色地改變了，變得厚而輕，細膩而柔軟，不像凡俗人家的窗簾，倒像是某部超現實的電影中純審美的遺世獨立的帷幔，脫離了一切背景，只有它自身垂立於月光中。有時候我想，所有的事物都具有多重性，它們被隱藏起來，只有在特定的時候才會洩露一、二，正如平板無味的房間裏本來一覽無餘，但是層層陰影和神奇的變化就隱藏在同樣的空氣中，在月光照臨的夜晚瞬間呈現。

這樣的夜晚在我五年的婚姻生活中屈指可數，我躺在月光照耀的床上，從窗外的月亮（這是所有夜晚最重要的景物，但它常常不知道在哪裏）追索到窗簾、牆上鏡框裏灰色的花朵，一直追索到床上籠罩在月光中的我自己。有時我像那些窗簾和鏡框一樣，在月光的照徹下消失了日常性，浮想聯翩，以為自己一覺睡醒會變得光彩照人、才華非凡，我竭盡虛榮的想像，幻想自己能夠以新鮮的面目和成功出現在陽光下。

這些空想的陋習本不該出現在我這樣年齡的女人身上，無論在N城還是在《環境時報》，周圍的同齡人無一不是在腳踏實地地上班、買菜、做飯、帶孩子，只有少數具有浪漫氣質的例外。但是浪漫在這個年齡的女人身上出現總會讓人感到滑稽，年齡越大越滑稽，它沒辦法變得可愛，內心的感受與外在的形態常常相去甚遠，任何羞怯的神情憧憬的微笑都會使人看起來不合時宜，百分之一百像神經病。時間（年齡）確實是一個絕對數，酒釀的時間長了就會變酸，女人過了年齡還浪漫兮兮的就會變為笑柄。這個道理我從別人身上已經明白了。

雖然我的空想比月光照到床上的時間還要少，但由空想而派生的失望卻無所不在，像灰塵一樣沾在生活中，你得到的一切都不是你所期望的，而這得到的東西還把你搞得精疲力竭，蓬頭垢腦，面容憔悴，缺乏性欲。

那個晚上空氣濕重發悶，身體所有器官都比平時重，皮膚和四肢也有疲憊感。春天總是這樣讓人心煩。我覺得心裏有一團火在左右竄動，很想找到一個出口把它釋放出來。現在回想起來，這股無名之火已經積存很久了。我躺在床上，窗簾在兩邊垂立，天光極其微弱，窗口外面的天是一種跟室內的黑暗沒有太大區別的深灰色，兩邊的窗簾跟室內的牆溶為一體，牆上的鏡框有一點極其微弱的反光，這點反光使這一小塊方形物有了一個模糊的暗影。我躺在床上，閔文起覆蓋在我的身上，此外還蓋著一床被子，閔文起身上的氣味特別濃，有一種雄性的感覺，在各種報紙的百科文摘版上常常可以看到男性身上的氣味對女性有很大好處的報導，比如說可以使痛經不痛，心煩不煩，還能美容什麼的，我對此半信半疑。但我對閔文起身上的氣味並不反感，那是一種煙草和麵包的混合氣味，有時還會有一點較淡的香皂混合其中，使整個氣味變得乾淨而健康。

但是春天的晚上卻不一樣，天氣悶熱，他一運動身體就出汗，貼著我的皮膚濕膩膩的，我從心理到生理都反感極了，我本來就毫無快感，根本進入不了那種忘乎所以的境界。在閔文起富有節奏的動作中，我感到他的身體化為了一種流體，又黏又稠，散發著混合的熱氣，它們像被大風吹送的浪頭，一陣緊似一陣地拍打到我裸露的身體上，而我十分清醒，我覺得閔文起的全身變成流體只有那一小截還停留在堅硬的固體狀態，這真是一件怪怪的事情。但是這種由聯想產生的新奇感在一分鐘內就消失了，因為他的汗滴到了我的身體上，汗這種東西跟任何體液一樣，比如口水、尿液，當它們在自己體內的時候總是乾淨的，一旦脫離了身體立馬就變得骯髒了，而別人的體液就更是十倍的骯髒。由汗我重新發現了閔文起的身體是一種異己的東西，無法與我融為一體，在這個時刻我感到了他的重量，這重量在我感到它的時候開始迅速增加，我覺得身上並不是什麼流體，而是濕淋淋的生鐵（一點點空氣的流動就能把汗迅速變得冰涼），濕度加強了它的粗糙度，磨蹭在身上越來越不舒服，我奇怪閔文起才一百四十多斤，怎麼像有兩百斤。我問他：好了麼？他說：再等一會。我只好忍著，但內心充滿了厭惡。

我沒有聽到雷聲，但我看到窗口有隱隱的白光在閃動，它們連續閃幾下，間歇片刻，又連閃幾下，在閃動的時刻窗口呈現一片比黎明的魚肚白還要亮一些的光，它雖然比那種撕裂天空發出驚雷的閃電柔和無數倍，但還是直接照亮了我們的房間和大床，我在一瞬間看見了在我身體上方的閔文起的臉，這張臉因五官錯位而猙獰至極，既陌生又醜惡，跟他平日判若兩人，我一下覺得身上這個毗牙裂齒的人是一個從未認識的陌生人，不，是一頭陌生的野獸，而他在這個時候猛烈加重的喘息聲恰到好處地加強了我關於獸類的錯覺，他那麼長時間地壓著我，我全身的肌肉和骨頭都發酸了還不放開，我覺得再這樣下去我就要死掉了。

我開始推他，但推不動，他反而更加猛烈地撞擊我，這時他的身體變成了野獸和鐵的混合物，一下一下地砸在我身上。這個顧不上理睬我的人（或獸）開始發出一種難聽之極的非人的聲音，他頭上的汗有一滴滴到我的眼睛裏，一滴滴到我的嘴裏，我既噁心又難受，我閉著眼睛，用盡全身的力氣，一下把這個身體掀下去了。

我立刻舒服多了。

我蓋好棉被，柔軟的被子和我的肌膚相貼，一陣輕鬆感從我的內心深處湧上來，我閉上眼睛，深深地呼了一口氣，這時我才感到有點異樣，我扭頭看了看，沒有看到閔文起。我連忙探起身子，結果看到他正從地上爬起來。他光著身子站立在床邊說：真有你這樣做老婆的！

我一時十分歉疚，我說：我的確不是故意的。我又說：你快穿上衣服吧。

他不吭聲，坐在擱衣服的椅子上點著煙，一口一口地抽。抽完這支煙後就抱起他的被子到客廳去了。

在我們的生活中，那是一個關鍵的夜晚，在那之後，我們的關係就越來越淡化了。他不是一個性虐待者，也不是一個打老婆的男人，對家庭還比較有責任感。我不知道問題出在哪裏。

我沒有時間和精力來想這個問題，我累極了，第二天還要上班，我等了一會，閔文起來沒有回到床上來，我上廁所路過客廳時看到他縮在沙發上，看樣子不打算過來了。我全身鬆弛，困倦無比，睡著之前的最後一個念頭是：一切等明天再說吧。

現在當我回望離婚前的那半年時間，看到的根本不是我們之間的強烈衝突、關係惡化的具體細節，比如說經常砸碎的杯子、惡言相向、歇斯底里、對他人的無盡的訴說、家裏的混亂和骯髒、猜疑、仇恨，等等，這一切都沒有發生。我看到的是一大片忙碌、瑣碎、疲憊的日子，它們千篇一律地覆蓋著那段時間，一層又一層，不可阻擋地，像時間本身如期而至，這樣的日子結結實實地堵住了一切，在偶爾的空隙中，我才能看到我和閔文起之間越來越淡的關係，我看到的是一齣乏味的婚姻戲劇，男女主角像機器人（性能不夠良好、動力不夠足）一樣幹著永遠也幹不完的家務活，然後各自坐下來喘氣，他們累得不想說話，連互相望一眼的欲望都沒有。為什麼會這樣？是女主角體質不好，積勞太甚？還是男主角有了一個第三者。沒有人能夠知道。我們聽到的背景音響是永不停歇的電鑽和電錘，它們尖利的嘯叫無所不在。

這樣的場面亦是一場乏味冗長的夢，它缺乏新意地降臨在這個夜晚，它像一個不知疲倦的人，從夜晚走到白天，直接變成生活本身。

（關於南紅的筆記　四）

老歪和老C，我都沒有見過他們本人，但現在通過南紅的故事，他們的身影開始在這間屋子裏走動，窗外的菜地有時憑空就會變成大酒店的玻璃山，變成大堂裏富麗堂皇的枝狀大吊燈、鋪著地毯的電梯間、寂靜中忽然走下某位小姐的樓梯，珠寶行的銷售部寫字間，以及南紅的員工宿舍，那個她搬到赤尾村之前住的小房間。

我麻木的知覺和想像力在南紅的故事中逐漸恢復。我看到了他們的調情、做愛、互相利用和拋棄、傷心、創痛，老歪是如何終結的，老C又是如何出現的，或者老C在老歪之前出現，老歪在老C之後終止，這些秩序和來龍去脈我一直弄不大清楚，在南紅顛倒、混亂和破碎的敘述中，我缺乏一種把它們一一理清的能力。或許只有南紅一個人才能把它們搞清楚，或許連南紅本人也不能把它們說清楚。

在南紅的哭聲中我想起來了，老歪是在一個夜晚消失的，他在一個長途電話線的另一頭消失，南紅以為電話線的另一頭是南昌，但老歪卻告訴她是北京，他將從那裏出境前往法國，他姐姐已經為他聯繫好了一家商學院，他將在那裏念三年書。

南紅第一次聽說這個事情，老歪從深圳走的時候告訴她他要回南昌看母親，半個月就回來。南紅完全沒有思想準備，這事像晴天霹靂把她擊昏了，她說她當時對著電話又哭又笑，老歪反反覆覆說著幾句話：我對不起你，你把我忘了吧。這兩句臺詞無比乏味，像習以為常的雜草遍布在一切又長又臭的愛情電視連續劇中，但是南紅的哭泣使它們驚心動魄。它們以往出現在我眼前的時候猶如一些紙做的花草，南紅的哭泣把悲痛灌注進去，乏味的臺詞頓時變得柔腸寸斷。南紅說著老歪說的這兩句話：我對不起你，你把我忘了吧。她的聲音嘶啞碎裂，使這兩句話顫抖不已，它們完全變了樣子，像刀一樣割破了南紅的心，鮮血滴在每一個音節中，使這兩句乏味的臺詞模糊而猙獰。

在整整三個小時的長途電話裏，南紅哭了又哭，老歪的兩句乏味的話重覆了無數遍。老歪的衣服，就在她的房間裏，老歪的領帶，正掛在她的衣櫥裏。還有他的一只形狀像槍一樣的打火機，還有一雙他不常穿的白色的皮鞋。它們全都變得孤零零。一次又一次，老歪從這些東西中脫落出來，他的身體到達她的上方，他的臉也到達她的上方。他的皮膚貼到了她的皮膚上。他的身體進入到她的身體裏。但是他的臺詞只有兩句，像兩句咒語，它一出現，在她的上方的老歪的臉就消失了，而他的身體還在她的身上。她在這種情形的持續中痛哭。然後臺詞再次出現，他的身體消失了，他的臉還懸在她的上方，他目無表情地懸掛著，他的一隻手，不知從那裏遊來，拉黑了房間的燈。只有南紅的哭聲，在黑暗裏飄浮。

只有南紅才知道，她為什麼會對著電話哭三個小時，我們全都知道，深圳是一個最沒長性的地方，人像風中的樹葉一樣飄來飄去，今天在這裏，明天又到了那裏，很少有人會長久地停留在一個地方。一個男人和一個女人也是這樣，今天他們碰到了，明天他們在一起做愛，到後天他們中的一個又到哪裏去了呢？

有一個秘密，隱藏在南紅的哭聲中，她的三個小時的啜泣勾勒出了這個秘密的輪廓，那是一個很小的沒有成形的胎兒，像一瓣豆芽的芽瓣，它十分小，隱藏在南紅的身體中，誰也看不見它。但它有靈魂，凡是在神聖的子宮裏存在過的事物都擁有靈魂。失去了肉體的靈魂有時在雲朵裏，有時在流水裏，從水龍頭裏就會嘩嘩地跑出來，在炖湯的時候，一點火，從火裏就會出來。在私人診所的那個鋪著普通床單的斜形產床上，如果有誰以為，隨著某件陌生的器械伸入兩腿之間，隨著一陣永生難忘的疼痛，那個東西就會永遠消失，那就是大大的錯了。

南紅自己回家，自己躺在床上，她睡醒一覺就看到了它在那裏，在她眼睛下在對著的天花板上，淺灰的顏色，霧一樣的臉，只有臉，沒有別的。那張臉像她自己小時候的一張相片，她十歲以前跟祖母在一個村子裏，三歲的時候由在N城工作的父親領到鎮子上照了一張相。她一眼就認出了它。

她不知道它從什麼時候跟她回來了，並且那麼準確地懸掛在她的床鋪的上方，看到它她就想起了她小時候住了十年的那個小村子，那些關於鬼魂的傳說像瘴氣一樣繚繞在這個村子裏，幾乎每個人都見過鬼，祖母講起她親眼看見的鬼的故事活靈活現，它們隱藏在祖母的黑色大襟衫裏，在夏天的風中隱隱飄動。

我相信南紅確實看見了它，在赤尾村的屋子裏有時也能看見。在她的頭髮沒有長長的時候她躺在床上，她有時說它在窗口，有時說它在天花板上。

但我從來沒有看見過它。

（小人形）

我是否看見過那個從我的身體裏分離出來的、酷似我小時候樣子的小人兒？我知道它從來就沒有成為過一個小人，它只是一粒胚胎，它的人形只是我的猜想。我以為它早就消失在N城了。自從扣扣出生，我就再也沒有想到過它。

前不久我在街上亂走，陽光很好的大白天，跟鬼沒有什麼聯繫。我走到南國影聯門口，一到深圳我就聽說這是一個妓女的集散地，外地人來看電影，她們就從陪看做起，陪看是附帶的生意，上床是正經的生意。我跟所有從內地來的文化人一樣對南方的妓女懷有一點好奇心，剛來的時候有人告訴過我，在夜晚的大賓館或舞廳、迪廳門口走來走去的那些濃妝艷抹的年輕女子十有八九都是，如果穿著皮短裙，那就百分之百是了。但我總是覺得沒有看到她們。在我缺乏經驗的觀察中，每一個人都像，同時每一個人又都不像。南國影聯門口有一些女人在倘佯，妝也不是那麼的濃，裙子也不見得怎麼樣超短，我看看她們，她們也看看我。

不知道那個泰國老女人是什麼時候出現在我身後的，當我走進國貿大廈的陰影時，身上的涼爽使我的感覺神經重新敏銳起來。

我意識到有人在背後看我。

我回過頭，看到了那個泰國老女人。

其實我並不知道她的國籍，她膚色淺棕，額頭高而窄，眼窩深陷，如果她的鼻梁比較高的話我就會認為她是印度女人。聽說北京的某些大賓館曾經請過算命的印度女人坐堂，用來招徠生意。所以看到這個女人我一點都不吃驚。

她的眼神很特別，既冷漠又歹毒，她的身上散發著一種石頭一樣堅硬而冰冷的氣息，這些冷氣濃密地籠罩著她，把她與這個繁華的、炎熱的城市隔開。她既是石頭又是一團冷氣，這個城市的繁華與酷熱一點都侵入不了她，她穿著厚而結實的裙服，鎮定自若，她站在陽光中就像站在樹林濃密的陰影下。我知道我碰到了一個真正的女巫，她隨時隨地將千里之外的陰涼召喚到自己身上，這種召喚不動聲色，只有另一個女巫才能看到那些涼氣像一些隱形的綠色樹葉一片一片地飛落到她的頭髮裏、衣服的皺褶裏以及堆積在她的腳下。

我們相距有兩三米遠。我感到涼氣從她身上發散出來，把我們環繞其中，身邊不遠的車流、行人、大廈迅速變得虛幻起來，我聽不到它們喧鬧的聲音，我跟泰國女人之間有一種奇怪的安靜。

你身上有兩條陰影。泰國女人說。

我不明白她的意思。我思忖她是不是指光線作用下的陰影。

是兩個陰魂。她不動聲色地說，你以前曾經墮過兩次胎。

這句話就像一道冰冷的閃電劈著了我，一股冷氣從後腦勺直灌下來，瞬間抵達我的骨骼和血液。那個N城公園的夜晚、草地上的濕潤、薄荷和梔枝花混合的氣息以及K. D. 的臉龐全都像烏雲一樣濃縮在我的頭頂，那些我以為早就忘卻的瞬間，像雨滴一樣悴不及防地滴落下來，攜帶著使人疼痛的力量，一直打落到我身體的最裏面。

深圳街頭的陽光明亮而耀眼，那個泰國女人已不見蹤影。

我有好一會站著沒動，我擔心我一走動那個附在我身上的小陰魂就會叫喚起來。我用手撫摸自己的腰間，那裏很空，什麼都沒有，我開始明白那自然是什麼都摸不著的。我又壯著膽低頭看了一圈，我的淺色T恤和白褲子一覽無餘。

（想起一個叫K. D. 的人）

我開始慢慢走著。不知道自己要去哪裏，也不知道自己事實上走過了哪些地方。在深圳密集的玻璃山般的高廈間，N城的青草像烏雲一樣在陽光下彌漫，它們從高樓之間、馬路上、窗口那些密封的窄縫中生長出來，遮住了汽車、人流和大樓。K. D. 的聲音從青草的草尖上碰到我的耳垂，青草在我的身體下面，他的臉在我的上方。他的身體瘦高硬，就像多年以後流行的那本美國暢銷書裏描述的男主人公。當然他比那人要年輕。

他奇蹟般地出現在N城，又在一夜之間消失，混合著八〇年代末的激情和浪漫，只來得及像大火一樣燃燒。八〇年代的最後一年春天的夜晚，他突然從北京來了，他說我不知道你在這片樓群中的那一幢樓，我從住的地方步行來，摸黑走了很久，能找著你真是一個奇蹟。他穿著黑色的夾克，寒冷的氣息從他的頭髮冒出來。他站在門外，我吃驚得一句話都說不出來。他說：我真的把你找著了。

我吃驚的還有那天正好是我的生日，我一個人寂寞無比，他真的像是從天上掉下來的，從北京那麼遠的天掉到N城。我們互相吃驚著相擁在一起。我確信，那個小小的陰魂就是在這個夜晚產生的，它在誕生之中看到了我們，看到了他，他的影子投射在我的藍色窗簾上，我打扮成一個遠離人間的女人讓他給我拍照，那些照片美麗無比，完全不像我本人。它們停留在N城的那個夜晚，每一張都閃閃發光。K. D. 他赤身裸體的樣子也停留在那個夜晚，我當時沒有看清他，他脊背光滑的質感停留在我的手指上。一個結實、光滑的男性裸體是我事隔多年之後才分離出來的形象，他瘦削、完美，遠離了當時的他自己，像現代舞中穿著肉色緊身衣的舞者，伸展著有力量而又有效地控制著的肢體。在我的回望中，背景總是一片黑暗，黑暗使我無法分清到底是N城我的房間還是舞臺，我的米白色的藤椅有時在黑暗中孤零零地浮現，有一束光，不知從什麼方向照下來，緊緊地追隨他緩慢的動作。白色的光芒使他的身體有些微微發藍。

這些場面使我憂鬱，心痛，在心痛中又感到一種美。但它跟事實毫無聯繫，我不知道為什麼會在深圳的街頭看見這些。K. D. 在凌晨五點離開，我們下了樓才發現地上全是濕的，天上下著毛毛小雨，空氣潮濕而寒冷。我送他走過了半個N城，絲一樣細的雨在他的頭髮上蒙上了一層，這就是我最後看見他的樣子。那是一個非常的年份，六月初的時候我收到了他從上海虹橋機場發來的信，他信上說他過一會就要飛往美國了，不知什麼時候才能回來。又過了半年，我收到了從N城的原單位轉來的K. D. 的聖誕卡，說他在夏威夷，他想念我，希望我給他寄一張那個晚上的照片。

我沒有寄。他從此音訊全無。

我獨自到醫院做了人流。南紅照顧了我幾天。秋天的時候閔文起到N城出差，那時他已經離婚三年，他一看到我就很喜歡，他說通過部隊這條線把戶口轉到北京很容易。當時我對愛情和婚姻幸福已不抱任何希望，覺得跟誰結婚都一樣，而且N城已經使我十分厭倦了。我不加思考就作出了決定。

多年來我一直沒有想過這些事情的前因後果，繁忙而混亂的生活和工作把一切記憶全都磨損了。現在生活突然中斷，眼前的東西一下全部退去，埋藏在生活裏的根部裸露出來，我清楚地看到，在這些奇怪地扭曲著的根部上面生長著的果實就是那個孩子的靈魂。它本來隱匿在我的腰間，泰國女人的話就像一道魔法，把它釋放出來，懸掛在我的面前。

（有關的詞：做掉、人工流產、墮胎）

在南紅支離破碎的故事中，她經常說到的兩句話是：「不能總是去做掉」，「想不到放環也會大出血」，還有一句她說了一次就不說了，她大出血後不到一個月老C就要與她同床，結果感染上了盆腔炎，疼得連路都走不了。

「做掉」這樣一個簡單的詞的背後是人工流產這個巨大的事實，它聽起來沒有「墮胎」那麼可怕，在我們的意識中，「墮胎」是一個與罪惡、通姦、亂倫等等可怕的事情聯繫在一起的詞，它總是被宗教和道德這樣巨大的嘴所吐出，這兩隻嘴同時又是兩隻巨手，它們一個接一個拋出「墮胎」的鐵環，嗖嗖地套在步履蹣跚的女人身上，這些女人身上有著尚未成形的胎兒，無論她們的身份高貴還是卑賤，一旦被鐵環套住就仆仆倒地，她們再次站起來的時候將不再是原來的那個人，她們的步態和面容將發生根本的改變，這種改變絕大部分人看不見，但她們身體深處的那道傷痕直到她們死去還將留存下來。

「人工流產」卻是一個公開化、合法化、帶有科學性的中性詞，它具有通體的光明和亮度，絲毫不帶私秘性，與罪惡更是無關。在辦公室、公共汽車站、菜市等公共場所，這個詞都可能流暢而響亮地劃過，而且由於計劃生育的基本國策，它在我們的生活中堆積如山，成為居委會、街道辦事處、區政府等各級機構衡量一項任務指標的內容。由於它被使用的頻率太高，而被簡化為「人流」，人流其實是一種陰性的風，它掠過每一個女人的身上，卻永遠觸碰不到任何一個男人。

（人工流產：共同或個別的感受）

那些器械閃閃發光，寒冷而銳利。它們奇形怪狀，從來沒有在別的地方出現過，它們的彎度、刃尖、齒痕所呈現的非日常性使它們具有深不可測的複雜色彩，巫器的神秘、刑具的決絕、祭器的神聖不可抗拒，以及它們作為手術器械的尊嚴，這些品質中的任何一種都會使我們不寒而慄。當它們聚合在一起，那種寒冷決非簡單的疊加，而是一種魔法般的質變，變成刀刃之上的刀刃，寒光之上的寒光。我們驚弓之鳥般的身體即使背對它們，也會感到它藍色的火苗吱吱作響。

我們遭受白眼，白眼也是刀刃，它們在空中掠來掠去，我們尚未到達醫院就能感到它們，從大門到門診掛號處，到婦科的候診室。婦科這兩個字也是某一種形式的白眼，它只能使四十歲以上的女人感到親切，卻使二十多歲的未婚者感到無地自容。這是一個男女之事的後果必須到達的地方，這個地方一逆推就會推到性事，凡是需要遮掩的私秘的事物到了這裏都被坦露無遺。初潮的年齡、經期的長短和數量，人流史、生育史、婚史，等等，一點都沒有辦法隱瞞。我們完全喪失了意志，下意識地答出真實的情況，我們說出未婚，這本是首先需要隱瞞的事實，但我們不說她們也會知道，她們一看就會知道，一摸就會知道，而且這事即使從邏輯上也能推出，既然結了婚又從未生育過為什麼還要打胎呢？她們既不接受終身不育者又不尊重別人。就這樣，未婚這個事實從裏到外掠奪了我們的力量，我們心虛腿軟，目光遊移，穿著白大褂的女人全都是巫婆一般的明眼人，明眼人一眼就把我們入了另冊。

這個人冷冰冰地坐我們的對面，白色的大褂跟巨大的眼白的確是同一種事物，黑色的瞳孔的眼白之上，從那裏透出審判的嚴威和巫婆的狠毒。如果我們嚇得一哆嗦之後如實道出我們尚未結婚就已經做過一次或兩次人流，這已經是第二次或第三次，白色的巫婆就會說，你是只圖快活不要命了。

然後我們懷著絕望進入人工流產手術室，這是如此孤獨的時刻，如果有人陪我們來，她們將留在門外，如果我們獨自前往，每接近手術臺一步就多一層孤獨。與世隔絕，不得援救，耳邊只有一種類似於掉進深淵的呼嘯聲。在四周冷寂的敵意中聽到一句像金屬一樣硬的命令：把褲子脫了！全都脫掉。沒有羞怯和遲疑的時間，來到這裏就意味著像牲口一樣被呵斥和驅趕，把自尊和身體統統交出。「把褲子脫掉」這句話所造成的心理打擊跟被強姦的現場感受相去不遠，在手術器械之前就先碰疼了我們，或者說這句話正是手術器械的先期延伸，是刑具落下之前一刻的預備命令。

然後我們赤裸下身。這是一個只有我們自己一個人時才能坦然的姿勢，即使是面對丈夫或情人，赤裸下身走動的姿勢也會因其不雅、難看而使我們備感壓力。在這間陌生、冰冷、白色、異己的房子裏，我們下身赤裸，從腳底板直到腹部，膝蓋、大腿、臀部等全都暴露在光線中，十分細微的風從四處擁貼到我們裸露的皮膚上，下體各個部位涼嗖嗖的感覺使我們再一次驚覺到它們的裸露，這次驚覺是進一步的確證，它摧毀了我們的最後一點幻想。

我們的腦子一片空白，命令的聲音像鐵一樣楔入我們的意識，我們按照命令躺到了產床上，這是一個完全放棄了想法、聽天由命的姿勢。我們像祭品一樣把自己放到了祭壇上，等待著一種茫然的犧牲。那個指令從天而降，它不像從一個女人的嘴裏發出，沒有聲源，聲音隱匿在這間屋子的每一個空氣分子裏，它們聚集在上方，像天一樣壓下來。這個聲音說：

把兩腿叉開！

如同一個打算強暴的男人，舉著刀，說出同一句話。這使我們產生了錯覺，以為這個女人在這一瞬間變成了男人。「把兩腿叉開」，這是一個最後的姿勢，這個姿勢令我們絕望和恐懼，任何時候這個姿勢都會使我們恐懼。那個使我們成為女人的私秘之處是我們終其一生都要特別保護的地方，貞操和健康的雙重需要總是使我們本能地夾住雙腿。但現在我們仰面躺著，叉開了腿，下體的開口敞開著，那裏的肌膚最敏感，同樣的空氣和風，一下感到比別處更涼，這種冰涼加倍地提醒我們下體開口處空空蕩蕩一無遮攔，有一種懸空之感。

但對於那個將要動手的人來說天然的開口還不夠大，有一種器械，專門用來撐開子宮頸，是一種像彈弓一樣的東西。另有一種細而長的器具，用來伸入子宮弄掉裏面的胚胎，這個過程婦科稱為「刮宮」，我想那細長閃亮的鋼條也許就是叫做「宮刮」。宮頸撐觸碰到皮膚的時候我們以為開始刮宮了，肌肉緊張，驟然收縮，在僵硬的同時一層雞皮疙瘩從私處迅速蔓延到大腿、膝蓋和腳背，我們神經的高度緊張使這觸碰變形為一種疼痛，也許只是由於宮頸從未被器具碰過而有一點異樣的微疼，但我們禁不住呻吟一聲，仿佛疼痛難忍。

真正的疼痛馬上就到來了。

那根細長堅硬冰冷的鋼條（或者叫宮刮）從下部的開口處進入我們的身體，它雖然只進入我們的子宮卻像進入了我們的五臟六腑，抑或是子宮在這個時候就變作了我們的五臟六腑。它在我們身體的深處運動，用它鐵的質地強制我們的肉體，將緊貼在子宮內壁的胚胎剝離開。

那是一種比刀割的疼痛還要難受十倍的痛，沒有身受的人永遠無法知道。雖然它痛在局部卻比任何一種痛都要迅速地漲遍全身，在傳遞的過程中又加強了痛感，每一個細胞的痛都真實而直接，仿佛那個宮刮巨大的刀鋒（我從來沒有搞清楚它是否有刀刃）直接刮在每一寸皮膚和內臟上，而不只是刮在子宮裏。這種痛使我們感到一秒鐘就無比漫長，五分鐘就如同五十年。我們在此前聽到的有關經驗全都是不準確的，做過的人說這只不過是一個小手術，五分鐘就能解決問題，甚至都不需要麻藥，因為簡直就不疼，最多跟來月經時肚子疼差不多，還說現在有一種新的辦法，用電吸一下就出來的。

我們痛得冷汗直冒，全身癱軟，眼前發黑，我們的子宮從未受過損傷，現在有一個鐵的東西要把吸在上面的胚胎生剝下來，就像有人要把我們的五臟六腑硬扯出來一樣。這跟斷指之痛的單純和明亮完全不同，那是一種悶痛，是痛的噪音，黑暗的痛，是碎裂和放射的同時又是凝聚和膠著的痛，是一種刺眼的泛光，沒有方向卻又強勁無比的風，它使人無法叫喊只能呻吟。這種痛的難耐使我們懷念另一種痛，那種在皮膚表面割一刀的痛，被開水燙傷被火燒傷的痛，它們火辣辣的痛像晴朗的天空一樣透明，像鴿哨的鳴叫那樣確定和易於捕捉，像晴天霹靂那樣令人震驚卻比噪音容易接受，在我們好了傷疤忘了痛的記憶中，它甚至燦爛無比，它的亮光被混濁晦暗的悶痛襯托得無比真實。

我們後悔聽信了別人，如果沒有相反的心理期待疼痛肯定能減弱一些，我們的心理脆弱而敏感，瞬間就能放大或縮小生理上的感受。那些別人不是道聽途說者就是已經生育過的女人，而與我們境遇相同者的經驗永遠深藏不露，真相連同經驗一起被遮蓋。

沒有人能將真相告訴我們。

（過去　一）

在八〇年代的N城，人工流產是韋南紅成為我的朋友的一個契機。但做人流的是我，而不是南紅。那時候她剛剛跟一個本學院的青年教師好，那人是顏海天的同事，也是畫畫的，但才氣不如顏海天。顏對南紅沒有感覺，這是很久以後他告訴我的，他跟南紅的關係一直平平。與南紅好了一年的那個誰，現在我已經記不住名字了，好像叫什麼軍，建軍或小軍，但這關係不大。他在南紅心裏沒有留下太深的痕跡，我也只見過他一次，那時候南紅跟他已經講清楚，不存在什麼特定的關係了，但他們還像朋友一樣來往，沒有人呼天搶地，悲傷欲絕。

對比起來，我有時會為自己感情的古典而不解，愛一次就會憔悴，再愛一次就會死。我只比南紅大五歲，卻像大了整整一個世紀。真是匪夷所思。

還是回到人工流產這個話題上，這是幾個重要的話題之一。

當時我的母親尚未到N城，所以我在這個城市可以說是舉目無親。舉目無親這個詞一點也沒給我造成孤苦伶仃的感覺，這事有點奇怪，我好像從小就喜歡舉目無親，中學讀書的時候離家只有五分鐘的步行路程，我還是執意要住校，每週只回家一次。上大學的時候過春節也不回家，留在學校天天睡懶覺，心裏十分舒服。因此在N城的十年時間裏舉目無親正好使我如魚得水。我一向覺得，在一切社會關係中，親戚是最無聊的一種，憑著莫名其妙不知有無的血緣或親緣關係，一些毫不相干的人就跟你有了干係。你跟他們完全缺乏認同的基礎，永遠不可能有相同的價值觀，你認為很珍貴的東西別人覺得一錢不值，你認為好看的顏色別人心裏感到晦氣十足，你們哪怕到了下輩子也不會有多少共同的地方，但僅僅因為一個親戚的稱呼你就對他們有了責任，他們來辦事、看病或者只是來玩，你都必須責無旁貸地幫忙。這真像被強行套了一個籠頭，跟野生動物被馴化為家養動物一樣痛苦。

親戚就是這樣一些事物，它的本質是網（這點大家都已經指出了），它漫布在水中，像水草一樣漂蕩，誰碰上它就被網住了，網住了還是在水中，不會馬上死去，但前後左右上上下下卻被死死圈住，往任何一個方向都游不開。這樣的魚只能在夢中設想那廣闊無比像空氣一樣輕盈（時間一長，網的阻力就變成了水的阻力）的水了。

這多麼悲慘。

大學畢業分到N城使我既高興又人心不足，N城對我來說是一個陌生的城市，它距離我的家鄉有五百公里。但距離說明不了什麼問題，它的陌生不是因為遠才陌生，而是因為沒有任何親戚熟人朋友的那種陌生，陌生得像一張白紙，什麼都沒有，N城這個名字對我來說跟西寧或貴陽沒有什麼區別，它們都是地圖上的一個圓圈，與我從未有過關係。

一張白紙意味著什麼？可以畫最新最美的圖畫。我到N城的單位報到，唯一的遺憾是這裏離家鄉還不夠遠，親戚們還是有可能到這塊白紙上來，塗上一些令人不快的色彩，我想若是弄到西藏拉薩或者黑龍江的齊齊哈爾什麼的，一輩子都不會有親戚光臨，這該有多麼美妙！

在N城的自由生活中我度過了七年時光，七年中我在業餘時間裏埋頭寫作，八〇年代跟九〇年代最大的區別是前者沒有雙休日而後者有，所以八〇年代的整塊時間除了節假日就是每週的星期日，在這些神聖的業餘時間裏我不需要拜親訪友，連想一想的功夫都不需要，這使我在大量的閱讀和練習中慢慢地成長起來，寫出了一些還說得過去的詩，使我在虛榮的青春期獲得了一些輕佻的自我膨脹的資本。我想我如果在N城有許多親戚，她們（親戚常常是女的）決不會眼睜睜看著我到了二十七、八歲還沒有一個可以用來結婚的男朋友，她們會串通起來讓我去見一個又一個與我毫不相干的男人。這樣做的後果除了使我什麼事都做不了外還會徹底敗壞我的胃口，從此成為一個什麼人都不願見把自己關閉起來的孤僻的老女人。

這與我的想法相差太遠了。幸虧以上遭遇只是出現在我的臆想中，至今也沒有成為現實，最終也不會成為現實。我過著沒有親人限制的自由時光，我寫信對母親說我要報考研究生，這樣她對我十分放心，在八〇年代，研究生是一個比較高級的名詞，只有少數人才能擁有，這能使我母親的虛榮心得到一點滿足。她來信說，只要我在三十歲以前解決個人問題，三十二歲以前生下一個孩子就行了。我一直沒跟母親講實話，我想她肯定會認為寫詩沒有什麼出息。

我懷孕的事情沒有人知道。

（關於懷孕）

懷孕的姿勢就是乾嘔的姿勢，控制不住的乾嘔，在任何場合捂著嘴衝到衛生間。這種姿勢十分不雅，我看到過幾次自己彎腰疾走的身影，它們重疊在一起，帶著我春夏秋冬各種不同的服飾，依次走過。在我懷扣扣的早期，電視裏正在播《渴望》，那首主題曲如同一團厚實的氣流裹著我的身體，因為濃密而顯出了形狀，像霧和雲，黏附在我的肢體上，並跟隨著游走飄動。我看到自己眉目不清，曲線不明，像一團人形的霧狀物，或一個霧狀球人。厚實的氣流漸漸密不透風，它們的封閉具有壓力，我不知道因為懷孕才招來了它們還是因為有了它們才會導致懷孕，這種頭暈憋氣的感覺使我頭腦一片空白，腦子裏經常重覆著一些毫無意義的怪問題。那些密實地貼緊我皮膚的氣團在我的感覺中變成了我膨脹的肉體，身上脹痛的感覺從乳房開始到達全身。

那齣電視肥皂劇在我第三次懷孕的時候，在中央臺的黃金時間播出，受到全國人民的愛戴，一到時間，所有窗口裏飄出的都是同一首歌，任何人都不可能聽不見。這是我懷孕時間最長的一次，直到把我的扣扣生下來。所以這首歌不僅僅停留在我那次的懷孕裏，它奇怪地使以往幾次的懷孕跟上來。特別是現在，當我坐下來，不去想工作的事，我一生中的幾次懷孕就很容易從記憶中浮升上來，當我遠離它們的時候，我甚至覺得它們就像黑暗中的紅色蓮花那麼美麗，一朵大而飽滿，其餘兩朵玲瓏含苞，它們在黑暗中漂浮，散發著神聖的光。

也許懷孕就應該是這樣的，飽含果實的女人，像蘋果一樣，臉色紅潤，線條圓實。但是從很早很早的時候就開始變質了，時間早得以千年為單位。懷孕使女人變得焦慮，她們不知道將要生下來的是男孩還是女孩，不知道生下來的孩子會有什麼不妥。大家都知道，這是有生孩子權利的已婚女人的焦慮。那些未婚懷孕者，被社會規定為不許生孩子的女人，或者自己不願意要孩子的女人，懷孕的疑慮就像未被確診的腫瘤的疑慮，無形的腫瘤瘋狂地吞噬女人正常的心情，像火一樣掠走她的容顏。等到懷孕被證實，腫瘤的細胞更是飛快地裂變占據女人的每一寸神經。在各個不同的時期，這種類型的女人有以下下場：被火燒死、被放進豬籠裏沉塘、會服毒自盡、會遭受批判、掛著破鞋遊街、會低人一等、會被從事人工流產的醫務人員粗暴對待、會遭到男朋友的嫌棄，那個冰冷的男人甚至會說：女人怎麼像母豬一樣，一搞就懷孕。

（這句話曾經真實地回響在N城的時光中，如同晴天霹靂。）

焦慮使女人在懷孕的時候面容憔悴臉色臘黃，焦慮使她們嘔吐。我嘔吐的聲音有兩次在N城的角落裏響起，那是一種必須遮蔽和偽裝的聲音。回想八〇年代的N城，人們對青年男女戀愛中的懷孕已經持寬容態度，但一個與有婦之夫發生性關係的女人卻會遭到強烈的譴責。總之懷孕的恐懼使我與人群格格不入，我在人群中工作，在食堂打飯吃，在人群中行走，懷孕的恐懼使我與眾不同。春天的時候單位的共青團員要到郊外參加植樹活動，我對自己的懷孕一無所知，我只是覺得這個春天比以往的春天更討厭，空氣中有一股令人不快的氣味，在我的感覺中那是一種極其難看的花發出的。我沒有找到這種具體的花，但又濕又悶的空氣使我看到的一切樹木和花朵都變得十分醜陋。N城的樹在冬天不落葉，因此到了春天樹葉的綠色就十分陳舊，陳舊的綠色沉重而疲憊，給人以壓迫感，整個缺乏北方樹林那種樹葉落盡又抽芽的變化，那種變化使人感到生命的流動。

在N城的三月，疲憊而沉重的綠色鋪天蓋地，沒有出路，三月份的花的顏色也艷得古怪，必須用刻毒這個詞才能形容它。

三月的時候我不知道自己已經懷孕，在滿城疲憊的樹葉和刻毒的花朵中我感到頭暈、嗜睡、食欲不振，我把這一切歸結於春天的同時隱隱感到大難臨頭。那個使我懷孕的人不在N城，我只能獨自面對一切後果。三月開始的時候我不知道後果已經在我的身體裏生根，我跟單位的其餘幾位共青團員一人扛了一把大鐵鏟爬上了一輛解放牌大卡車，那時候，G省的經濟尚未起飛，沿海地段也沒有大炒房地產，豪華轎車通過走私進入N城是九〇年代的事情，八〇年代的G省窮得叮噹響，大卡車還是請當地駐車支援的。

走近卡車我就聞到了濃重的汽油味，這是我平生最害怕的事情之一。但我知道我不得不上，我從側面踩著橡膠車輪往上爬，屁股沉重，樣子難看。我掙扎著抓住車廂的木廂板，站穩後我再次聞到了汽油味，我發現卡車的汽油味跟別的車不一樣，特別厚，將整個人封死，正常的空氣一點都進不來，而它們迅速而密集聚合在我的每一個毛孔上。對於汽油這樣一種我全身都極力排斥的異味，我的每一個裸露或不裸露的毛孔都變成了一隻敏銳的鼻子，我竭力想不聞到它們，但我每一次總是比上一次更加確切地聞到了它們。我不明白為什麼只有我一個人聞到了汽油味，別人都像絲毫沒有感覺，幾乎所有的人都在高聲說笑，興致勃勃，有一種植樹等於春遊的氣氛。我一句話都說不出來，我開不了口，汽油的氣味不光從我的鼻子進來，也從我的眼睛和耳朵，以及緊閉的嘴灌進。汽車流暢地開著，汽油味的重量壓迫著我的五臟六腑，我明顯地頭暈噁心，但無論如何都吐不出來。我覺得汽油油膩膩地纏繞著我的內臟，把它們纏成了一團擠送到了我的喉嚨裏，它們堵著我的咽喉，使我呼吸不暢、頭重腿軟。

我覺得自己跟別人不是同在一個空間裏，我呼吸的空氣是另一種空氣，卡車給予我的車速也是另一種車速，我即使緊挨著別人，光線在落到我們的分界線時也會有明顯的界限。在三月的N城郊外，潮氣濃重，霧氣彌漫，但他們輕鬆的心情造成了另一種明亮，我確切地感受到這種照耀在他們身上的明亮，但我自身卻無法進入。我半眯著眼睛，絕望地忍受著自己的頭暈和噁心，在神情恍惚中看到他們的動作、姿勢和說笑聲圍成了一溜半圓的屏幕，在這個屏幕上我看到了自己是一個十足的異類。與我處在同一個空間的沒有別的人，有人的地方全是另外的空間。

我一下就感到了作為異類的孤獨。正常人的唾棄刺眼地停留在我周圍的人牆上，那是一種與黑暗同質的噪光，刺眼、尖銳，又像一種噪音，茲茲作響，這種聲音常常出現在電影裏，當銀幕上的人遭受危險或不幸時，這種茲茲的響聲就會響起，讓人心頭收緊。在生活中我們聽不見這種聲音，電影把它過濾出來，放大給我們聽。在N城三月的汽車上，我聽見了這種茲茲作響的噪音，它在我的記憶中放大，跟那個春天的陳舊的綠葉、妖艷古怪的花朵、潮濕悶人的空氣以及比任何一次都更嚴重的暈車連在一起。

後來我才知道，這次暈車這麼厲害是因為我懷孕了。在那段時間，暈車的感覺一直沒有消失，那是我第一次懷孕。在後來的日子裏，只要平白無故出現暈車的感覺，我就會想到自己有可能是懷孕了，因為這二者的感覺實在是太接近了。

由此我想到，通過暈車來發現懷孕，實在是上天的一個昭示。既是昭示，又是隱喻。一個非正常懷孕的女人，一個需要隱瞞實情的人，一個只能獨自忍受折磨的人，一個叫天不應叫地不靈的人，一個只能在別人的冷眼旁觀之中的孤立無援的人，一個呼吸不到別人的空氣照耀不到別人陽光的人，一個被正常的車速所甩出、被噪光所擊中、被噪音所環繞、頭重腿軟噁心想吐的人，這個人的確就是異類。

（某個男人）

使我變成異類的那個男人，我永遠也不要說出他的真實姓名，但他像一片有病的細胞隱藏在我的身體裏，使我疼痛和不適。事情已經過去多年，這個人的面容我還記憶猶新，當時他才四十多歲，卻已經滿臉皺紋，黑髮中夾有不少白髮，充滿了滄桑的男性之美。我想現在他的頭髮肯定已經完全白了，這會使他更有風度，而他面容的皺紋仍像原來那樣，那是一張新的皺紋無處生長的臉，長著這樣的臉的男人四十歲就這樣，到了七十歲還會是這樣。現在這個男人浮升到我的視野中，他滿頭白髮，長型臉、穿著一件高領毛衣，毛衣的顏色是茶褐色或黑色，他側著臉，微低著，光線到達他的頭部是側逆光，一道金色的鑲邊沿著他的頭髮、前額、鼻梁、嘴唇、下巴蜿蜒遊動，這使他的整個頭部生動而有神采。如果擴展到他的全身，我會看到他雙手插在褲子口袋裏，他的腳下和身後是一片草地，我不知道這是不是就是那個與我有過關係的男人，或者是別的什麼男人的形象，我把他們疊在了一起。我在不久前看到的卡拉揚在維也納附近的毛爾巴赫的照片就是這樣的，還有在電視介紹暢銷書《廊橋遺夢》時畫面上出現的美國電影什麼的橋裏的金凱，書中說他身子瘦、高、硬，行動就像草一樣自如而有風度。

我不知道自己為什麼如此輕易就美化了他，記憶中的事物為什麼會與一部浪漫的愛情小說以及具有王者風度的卡拉揚混淆在一起，在這個日益實用的時代，或許真的需要一些浪漫的暢銷書來做人們的夢，我在荔湖圖書館的閱讀使我想到有可能我日後要從事暢銷書的寫作，若能成功，我將不再從事那些不適合我的職業，我將作為一名自由寫作者，養活自己和扣扣。

我隱約感到，在九〇年代，作為一名自由寫作者是有可能生存下來的。

現在，就讓我來為這個男人安排一個名字吧，我是否稱他為金凱，既然他有著滿頭的白髮和皺紋，同樣的瘦、高、硬，行動像草一樣，我為什麼不稱他為金凱呢？儘管他跟金凱相去十萬八千里，現在還被囚禁在家庭之中，但我還是準備稱他為金凱。這表明，我關於這個男人的記憶、復述都是不準確、甚至於遠遠地脫離了事物本身的。等我的扣扣長大後，我將告訴她生活與小說根本不是一碼事，而我既沒有體力，也沒有其他技能，命運也沒有為我提供別的機會，我所能做到的就是編寫一些虛假而浪漫的愛情故事給一些出版商，以此來換取我們的生活費以及她的教育費，即使這樣，也不是一件輕而易舉的事，而要經過艱苦的努力才能獲得別人的承認。我想這就是我所能找到的一條最好的出路了，也許我再找一個人結婚，生活的擔子就會輕一點，但我既沒有激情，也沒有信心了，一切都已耗盡，剩下的只是活著。

所以我並不是那本書中的女人，這個我在此稱他為金凱的男人，他是我過去生活中的一個幻影。他的影子有時在陽光和草地之間，有時是灰濛濛的天地間一條更為灰色的影子，他的深灰在我的生活中晃來晃去，即使他本人消失了也仍晃來晃去，晃來晃去，我的生活便灌滿了陰影累累。

（過去　二）

共青團植樹活動過後，我感到卡車上的空氣仍一直跟隨著我，就像有一個無形的罩子，把卡車上令人頭暈的氣味完好無損地罩到我頭上。我上班下班，吃飯、睡覺、上廁所、起床漱口等等，都在這個罩子之中，這個感覺又加倍地使我感到空氣的滯重。春天植物的氣味濃臭襲人，但我看到別人都有一種輕盈快樂之感，任何事情似乎都有些不夠真實。在同一個飯堂吃飯，幾個單身男女一下就把飯吃完打羽毛球去了，我一點食欲都沒有。我一直以為我暈車沒有恢復過來，過了四五天還是這樣，過了一個星期還是這樣。

韋南紅就是我到醫院化驗回來的當天下午來找我的。在這之前我們也比較熟，甚至可以說得上是朋友，但從來不是密友，我不認為自己有什麼事需要跟這個比我小五六歲頭腦簡單風風火火的女孩說。化驗結果對我來說是一個晴天霹靂，把我整個震昏了，我的頭腦一片空白。我孤立無援，一個人面對這件事情，種種麻煩就像一道無窮無盡的繩子一遍又一遍地把我纏繞，又像被遍地的柵欄所圍困，每走一步都有許多東西堵著，它們無聲地布滿了我所在的地方，正如那些從卡車上下來使我頭昏噁心的氣味，它們從無形變為有形，形容醜陋而又固執無比。

我將怎樣對待這個孩子，怎樣處理有關的一切呢？

南紅的到來使頭腦混亂精神即將崩潰的我獲得了救助，她從此成為了我的朋友。那個黃昏的氣氛使我相信，一切都是有契機的，契機這種東西像滄海之一粟隱藏在大海裏，人和人為什麼就像天上的星星一樣永遠也碰不到一起，我們熟人很多為什麼從來也走不近一步，就是因為契機太少，一種自然的渾如天成的時機比那些刻意製造友誼的種種聚會、人為的造訪都更能產生真正的情感。

黃昏到來我還沒有吃飯，我打了飯端回宿舍，這使我那間鴿子籠似的屋子立即充滿了難聞的氣味，飯菜的氣味就跟汽油一樣，我一刻都不能忍受，我馬上把飯菜全都倒掉了。飯菜傾倒的時候湧出的大股氣味差點使我當場嘔吐，這會使在場的人很快就會明白這是怎麼回事。在八〇年代的N城，這種來路不明的懷孕足夠判斷一個人道德敗壞，夠她永世不得翻身。我拼盡全力憋住氣，然後迅速跑到水池邊，我用清水拼命拍自己的臉，涼水的刺激幫我把已到喉嚨的嘔吐壓了下去，清涼純正的水的氣味使我暫時舒服了些。

我回到房間，和衣躺在床上。天很快就有些暗了，空氣中充滿了雨意，我懶懶地躺著，也不脫衣，也不開燈，肚子雖然有點餓了，但也想不出有什麼東西可以吃，甚至連口水也懶得起來倒。南紅就是這時候來的，不知她怎麼知道我在屋裏，她登登地停留在我的門口，用她那特有的風風火火的方式拍門，一邊高喊我的名字。

看見我她楞了一下，沒有像在其他場合她慣常愛做的那樣來一個擁抱或者驚呼，她似乎嗅出了某種異乎尋常的氣氛，一下子就安靜多了。她懂事地輕手輕腳坐到我的椅子上，也不開燈。這麼坐了一會，她問我是不是病了，要不要幫我拿點藥來。

我一時沒有回答她。

天完全黑了，雨好像下了起來。雨的聲音若有若無，但它沒有使滯悶的空氣鬆動起來，空氣中有濕潤的涼氣在飄，聽不見雨聲也知道是下雨了。雨使周圍更安靜，本來這排鴿子籠式的住戶就是兩個埋頭讀電大的大齡青年和一個準備考托福的書呆子，在這樣的雨天裏他們更加足不出戶。下雨和黑暗使這間屋子有一種天老地荒的意味，使屋子裏的兩個人有一種與世隔絕、去盡紛擾的心境。

黑暗中我看不清南紅的表情，她的身影在暗中一動不動，嚴肅而懂事。在黑暗中我說：我懷孕了。

我的聲音近似耳語，我不知道是對自己說，對她說，還是對黑暗說。

有一種女性共有的東西在黑暗中慢慢湮開，南紅似乎憑著她的性別記憶一下就感覺到了，黑暗和雨都是一種良好的介質，它們都是一種陰性的東西，能迅速聚合那些難以言說而又確實存在的事物，有某種氣氛，或某種被掩埋著的事情的真相經由黑暗的雨夜，得以顯形與放大。這時候只要我們把手伸出在空氣中，就會觸碰到那些在暗中微微震顫的氣流，它們在那個天老地荒的小屋裏隱隱流動，從我裸露的臉和手到達南紅的。我那些內心的恐懼和焦慮通過這片黑暗的不動聲色和平淡，傳遞到了這個頭腦簡單大大咧咧的女孩的身體上，她就這麼不可思議地成熟了。她沒有問對方是誰，也不打聽前因後果，她懂事地說，一切有她，我不用擔心。

（＊＊＊）

南紅的故事本來已是支離破碎，缺乏明晰和完整性，要命的是無論我在傾聽還是在整理她的故事，我自身的回憶都會在某個點大量湧入，這樣的點俯拾皆是，像石頭一樣堵塞了南紅的故事，又像一些流動的或飛翔的事物，來來回回地從某幅圖案上掠過，甚至覆蓋了圖案本身。這些切入的點是如此刺眼，使我不得不注視它們，它們是流產、懷孕、性事、失戀、哭泣、男友不辭而別。這些點同時也是一些隱形的針，它們細長、銳利，在暗中閃耀著令人不寒而慄的光芒，它們不動聲色地等候著，在某一個時刻，突然逼近女人，使她們戰慄。在女人一生中的黃金時間，這些針會隱藏在空氣裏，你隨時都有可能碰到它們，它們代表冰冷的世界，與我們溫熱的肉體短兵相接，我們流掉的每一滴熱血都會使我們喪失掉一寸溫情。

（迷宮）

我始終想不清楚為什麼要解聘我，剛開始的時候見人我就說這件事，我把前前後後跟人說，然後揪著人家問：你知道為什麼領導會不喜歡我嗎？當然沒有人會回答這樣的問題。

我先是問大彎，大彎說這是社裏的決定，十二個人只有十一個指標，他本來想保住我，但實在沒有辦法。我又去問社裏的主管領導，領導說，你去問大彎吧，是部主任作出的決定，社裏無權干涉。我又去問大彎，大彎說你怎麼還不明白，這是社裏的意思。我再去找報社領導，社領導很不耐煩，說這事不是說過了嗎。

我覺得自己掉進了一個真正的迷宮裏，明明看清楚了是一個出口，眼珠不錯地走過去，到了跟前發現不是。又看到了一個出口，又走上去，發現還不是。在迷宮中走來走去，人就變成了祥林嫂，不管見了誰都要說一遍。

我知道一個人如果一天到晚總是想同一個問題總是想不明白腦子就會出問題，我知道有些人就是因為想不清楚某個問題就瘋了，比如失戀的人的問題是：他為什麼不愛我？為政治發瘋的人的問題是：我為什麼成了反革命？我的問題是：我為什麼會遭到解聘？我工作努力，做人謹慎，說話小心，單位是國家全民所有制，一不是外企，二不是私企，三不是集體所有制，我既沒有出差錯，又沒有違法亂紀。我真是想了一萬遍也沒想清楚。

（會不會發瘋？ 二）

有一天我忽然明白，我首先要做的就是要擺脫這件事，而不是搞清楚，只有擺脫它才能搞清楚，不然越想越糊塗，人說不定真的就瘋了。

我不再跟任何人講這件事，說話避免「下崗」、「解聘」、「落聘」（它們的實質都是失業）這樣的字眼，我白天逛大街，看一些亂七八糟的報紙和亂七八糟的電視，爭取把腦子塞得滿滿的。但是這件事總是跑出來，像空氣一樣，抓都抓不住。街上走著的不相干的一個人，一眨眼就會像大彎，任何地方的丁香、榆樹、槐樹、垃圾筒，都跟那個大院裏的丁香榆樹槐樹垃圾筒有一種密謀的關係，它們散發的氣味使人頭昏。大院的灰牆和高樓在街上更是隨處可見，任何一條胡同和大街都有它們，連空氣都是由它們組成的，聞著就心煩意亂。商店、菜市，一切東西都在提醒你，生活將越來越可怕。公園的門票因為有牡丹展漲到了五元一張，這使我馬上想到了我的扣扣，以前每個星期日都帶扣扣上公園，陽光在她的小白帽上一閃一閃，她穿著紅色的燈籠褲，是一朵最美的稀世的花朵。五元錢一張的門票，扣扣怎麼能進去呢？

我看到的一切事情都使我想到同一件事，它像另一個巨大無形的迷宮，徹頭徹尾地罩住了我，迷宮的兩壁羅列著商店、商店、商店，家用電器、日用百貨、化妝品、衣服、童裝、鞋、圍巾、文具；菜場、菜市、菜攤，魚、肉、白菜、西紅柿、土豆、黃瓜，就是這樣平常而單調的迷宮。我身在其中，不知所措。

我看到一個賣葵花子的女人聲音嘶啞地叫賣，我想過不了多久我就會成為這個女人，生活所迫，為了生存人是什麼事情都可以幹的。人本來只吃正經的糧食，但在非常時期卻能咽下樹皮草根，就像紅軍長征或饑荒之年。我沒有耐心和興趣學習一門新的技術，又不是那種年輕貌美可以讓男人養著的女人，我唯一的特長就是有一點文字能力，但年輕的大學生研究生像春天的草一樣擁擠著生長出來，覆蓋了所有的報社雜誌出版社。我不太喜歡葵花子的氣味，有點嗆人，但生活不管你喜歡不喜歡，它把你按在那裏。我就會年復一年地站在菜市的某一個攤位上，背後或旁邊是一個公共廁所，我將習慣它永遠彌漫、永遠不會消失的臭氣，我的旁邊是一個豬肉攤位，在夏天的午後，綠頭蒼蠅從廁所飛出來，停留在肉案上。對面是賣魚的，殺魚的血水浮著魚鱗，散發著魚腥的氣味。髒水有時差點就會流到我的腳下，我一不經意就會踩著，我的鞋雖然有膠底，但鞋面卻是布面，濺上髒水，半濕不乾地漚著，臭氣從我的腳下、我的身後以及胡同的兩頭圍攏過來，灰塵落到我的頭髮、皮膚、衣服上。我在臭氣和灰塵中從早站到晚，我的頭髮一天下來就有以前十天那麼髒，我灰撲撲髒兮兮地站在攤位上，從這樣一個春天開始，我的皮膚每天十小時地暴露在北京特有的風沙和浮塵中，一開始我覺得皮膚發疼發癢，塵土停留在臉上有一種又髒又癢又厚的感覺，但用不了幾天我就習慣了。在風和灰塵中，我的皮膚迅速變老，一個季節就老了十歲。又髒又老又臭。扣扣如果看見這樣一個媽媽會怎麼樣呢？

有時候我還會想到鋼琴這樣一種高貴的事物，我想起扣扣出生的那一年。閔文起說將來要給她買一臺鋼琴。雪白的牙齒，叮咚地響，輝煌的大廳，演奏晚會，鮮花。這些離生活無比遙遠的東西一下變得跟天一樣遠，本來以為一步一步就能走到跟前，但現在走死也走不到了，有誰能從地上走到天上呢？扣扣的手指修長勻稱，像一種細長的花瓣，粉紅、肉肉的手掌、散發著珍珠光彩的指甲蓋，有著完美弧形的指尖。在赤尾村，在混亂和無聊中我不可遏止地看見扣扣的這雙小手，閃爍著柔光，拂動在我的臉上。而琴聲，就在黑暗裏回蕩，從遠處到近處，又從近處到遠處。水滴在冰上，月光消失在青苔裏。琴聲是這樣一雙手的水份。滋潤與澆灌。成長與開放。

但是這一切都不會落到我扣扣身上了。

（老黑與報紙）

被一堆報紙環繞的老黑是我在赤尾村常常看見的情景之一，所以這個場景就題為「老黑與報紙」

＊《勞動法》不允許企業將下崗職工往外推

（這一條令人鼓舞）

＊企業樂於聘用下崗人員

（醫療及福利都在原單位，又不占用正式指標，只聘一年零十一個月，到了兩年就得正式調了。）

＊北京市新規定，聘用一名下崗女工將補貼兩千元。

（很好）

＊下崗與再就業

——讀者與編輯的對話

某商場下崗職工：我原公司效益很好。我幹了三十來年的會計，勤勤懇懇。但公司領導讓我下崗，卻讓一個不懂會計的親屬代替，她連算盤都不會用更不用說記賬。三十年的工齡不用「頭兒們」一秒鐘便說開就開了。

編輯：利用職權徇私徇親，可恨可惡！可依據《勞動法》和《婦女權益保護法》向有關部門如工會、婦聯等反映。你有三十來年的會計工作的經驗，還有機會找到新的工作；而且，你有勤勤懇懇的敬業精神，無論幹啥，都還是會幹出個樣子來的。

（一點用都沒有）

＊下崗者的心聲

我下崗半年了。我是九四年八月中專畢業後進廠的。我們廠原來生產熱水器，效益還說得過去，但半年前我們廠的熱水器沒有通過國家檢測，已不能再生產。我一直想走，但沒有什麼特長。在廠裏耗了一年多，也沒學到什麼東西。我現在學電腦為的是找工作方便一點，找什麼樣的工作？文秘、收銀員、服務員都行。

＊越洋快遞

跳樓前的最後一個電話

（我首先看到的就是那個打電話的女人，她的照片登在右下角，我估計不管她身上有沒有新聞、有什麼樣的新聞人們總會首先看到她。這是一個美麗的女人。美麗的女人要是運氣不好，就會比不美麗的女人加倍倒霉。

左上角有一幅高樓的照片，在頂層的一個窗口有人用筆（紅筆）畫了一個圈，示意她險些就從這裏跳下。這個女人在法國的一座小城市，她吃了安眠藥之後準備從十層樓的窗口跳下去。她想死之前找個人說幾句話，於是她撥通了廣播電臺的總機找午夜節目主持人，專為那些孤獨無援、走投無路、餓著肚子、無著無落的人所設，它讓他們堅持到天亮。

她的故事跟所有不幸的女人的故事差不多，很年輕就同居懷孕，被遺棄，再同居懷孕，再被遺棄，病、債務，吃不飽飯，無法撫養孩子。等等。這個女人最後沒有跳樓，電臺的人趕到了她家。後來她當然就有了一個好的結局，我想這是因為她成了一個新聞人物，而新聞的力量是強大的。）

我該給誰打電話呢？

婦聯？工會？總工會職業介紹所？市長辦公室？我現在不相信任何組織。我不記得我是在哪裏聽說的了，有一位資深老幹部，搞了一輩子組織工作，臨終前對來探望他的人說的唯一一句話就是：不要相信組織。

（某個中午）

現在我終於想起那個中午了。

一切都始於那個中午，這個中午是一塊銳利無比的大石頭，它一下擊中了我的胸口，咣當一下。

那天我到得很早，我的自行車在最裏面。我到開會的地方找了個角落坐下來，每次我都這樣。那次人到得特別多，會議室全都塞滿了，大家緊挨著，毛衣連著毛衣，白的灰的紅的黑的連成一片。我坐在毛衣的後面，領導看不見我，我感到安全。總結的聲音在人頭和毛衣間滑動，這是一種有重量的聲音，它把人的腦袋向下壓低，使毛衣隱隱晃動，但也有少數專注的腦袋和挺直的毛衣，他們是中層幹部、中堅力量、特殊的人。他們需要特殊的聽，聽到聲音之外的聲音，並且牢牢記住，要在今後的日子裏做出不同的反應，他們體力和精力的消耗要比別人更大。後來我看到毛衣在鬆動，下沉的腦袋陸續伸直了，我聽到領導說某某在過去的一年中成績突出，發給獎金一千元，某某部門被評為先進集體，等等，表彰的聲音是另一種聲音，它像一種無形的線，把人的腦袋上提，使我想到慢鏡頭的電視廣告中，綠色的水珠滴落，皺巴巴的花草立即寬舒。宣讀中的金錢，是力量中的力量，光芒之中的光芒，它閃閃發光地從領導的嘴裏一滴一滴地滴落，圓潤、飽滿、富有含金量，叮咚作響地回蕩在會議室裏。同時這種聲音更像炮仗，它一下一下地爆響，準確地喚起興奮和騷動，切實地增加著室內的熱量。

然後我聽見宣布調整之後的今年新的各部門主任的名單，主持者提醒大家認真聽，因為今年將由各部主任聘用編輯人員，雙向選擇，但大家務必主動找主任談，不要坐失良機。我伸長了耳朵，在一系列的名字過去之後，聽到副刊主任仍是大彎。

我馬上就放心了。大彎雖然有時脾氣不好，但他總的來說還算一個厚道的人，我想大彎不會不要我。

散了會，回到辦公室，大家紛紛找碗去打飯，我惦記著領導說的話，就去找大彎。我看見大彎在廁所的方向晃了一下，於是就到路上等他。我知道這事應該避開些別人。

我在院子裏徘徊，假裝曬太陽。那是三月份，天氣還有些冷，丁香花沒有開，我看看天，看看地，看看各個部門的棉門簾與窗玻璃，看看自家辦公室門口的丁香樹和垃圾筒。

然後大彎就走過來了。

在院子的正中我攔住了他。我說大彎，聘任的事，我想跟你談。你什麼時候能排出時間來？

我十分認真，弄得大彎也嚴肅起來，他緊皺眉頭認真地想了一下，然後說中午一點鐘他還有一個會。

我想這中午一點的會肯定是社領導召集他們這批新聘任的主任開中層幹部會。

大彎沒說什麼時間談。我只好問：那開完會呢？

大彎沒說話。

我自己接上來說：今天是週末了，看來只好等下星期一了。下週一你有時間嗎？

大彎立即說：下星期一吧。

我又盯著問：那上午還是下午呢？

大彎說：上午吧。

我立即又放了心。大彎沒有回辦公室，我輕鬆地回到自己的辦公桌前，收拾我的信件放進我的包裹，我說我先走了，大李正在抽屜裏亂翻飯票，咪咪往飯盒裏倒洗潔劑，他們一時都停住了手上的事，咪咪說一會兒就開會了，你到哪去？我說我回家吃午飯，下午約好了到一個作者家取稿子。大李說：中午一點就開會了，大彎沒通知你嗎？

我一下就意識到了。

後來我反覆想大彎所說的中午還有個會，原來就是這個應聘人員的會，我以這種方式被宣告解聘自己卻一點都不知道，還巴巴地找人家談，希望得到聘用。實在是可笑之極。我僵立在亂糟糟的辦公室裏，腦子裏一片空白，好像到處都在嗡嗡響，我覺得一下就被推得很遠了，只有我一個人，孤立無援，沒有同伴，所有的人都被聘用了，沒有任何問題，心裏踏實有數，身體健康，他們大家都是安全的，他們都在岸上或船上，只有我一個人掉下去了。

大李和咪咪都不相信這是真的，他們感到了問題的嚴重。但我一下子就不抱任何幻想了，一下就完全相信了。我聽見咪咪說她是昨天下午得到的通知，大李說大彎昨晚打電話到他家裏通知的。

大李說不可能，不會的，肯定是疏忽了。我想這又不是一般的事情，根本不可能疏忽的。大李拿起電話就撥，我不知道他從哪裏把大彎找著了。我在絕望中神經高度緊張地聽著大李的隻言片語，看到這個事實很快地被證明。

事實就是千真萬確不可更改的鐵一樣的東西，冰冷、堅硬，任何東西碰上去都會出血（如果這些東西是有血的話），我以前不知道事實是如此重要的一種存在，它劈頭蓋腦就砸下來，即使你粉身碎骨它也仍然完整，並且落地生根，長得比原來更粗壯，生出密密麻麻的枝幹，把天都罩住。這些枝幹像刺一樣刺過來，這無數的刺中有飯錢、醫療費、女兒的入托費、房租水電費，等等。

（會不會發瘋？　二）

剛開始的時候我擔心自己會發瘋，第一件事是離婚，我不得不提出來，第二件事是解聘，我完全沒有想到，我甚至覺得不會是真的。

它們間距是那麼短。猝不及防。

兩次我都以為自己要瘋了，在我的家族史上瘋子的身影重重疊疊，她們（他們）從年深日久的家族史中走出來，一直到達我的眼前，這種情景有點像某幅關於革命先烈前仆後繼的國畫，他們處在不同的歷史時期，故而穿著各各不同的服飾，色調暗淡，排著參差的直列。我的瘋子祖先們也是這樣，但她們目光散亂，神情恍惚。她們的眼睛看不見這個世界，她們的身體也就不再為這個世界負責，披頭散髮，衣衫襤褸，哭或者笑，這一切與任何人無關。

那樣一件四面都是洞（它的邊緣和形狀使我們想起剪刀，快意的破壞，隱秘的願望，剪刀穿過布的聲音，銳利而不可阻擋，一旦剪斷就不可能原樣接上）的衣服在我的等待中空空蕩蕩地飄來，貼地而起的小風使它鼓起，它胸前的兩個洞越來越觸目，祖先的乳房從那裏裸露出來，就像兩隻奇怪的眼睛。我知道，這件四面是洞的衣服空著，它飄到了我的眼前。

（扣扣）

在最混亂的時候我每次都會看見我的扣扣，她一歲、兩歲、三歲、四歲，她圓嘟嘟的小臉像最新鮮的水果，鼻子經常流鼻涕，嘴角有時候流出清澈明亮的口水，她的額頭比別的地方要黑些，上面有一個若隱若現的旋，在陽光的照耀下，她安靜地睡著的時候，就會看到她額頭上細小的金色絨毛旋成的小窩，那是一個隱秘的印記，是我的孩子特殊的痕跡，想到在這個廣大渺茫的世界裏有一個自己的孩子，馬上使我得到了很大的安慰，我的女兒成為了我那些混亂而絕望的日子裏溫暖的陽光。她的小身體散發出一種特殊的香氣，臉、脖子、胳肢窩、背、肚子、小屁股，到處都香。每當夜晚我長時間地聞著她頸窩散發的香氣裏，我的心裏就充滿了感動。我想我任何時候都不能瘋，我怎麼能瘋呢？扣扣除了我誰都沒有，我除了她也誰都沒有，我一次又一次地意識到，最重要的就是我的孩子，我唯一要做的事就是把她養大。

（關於南紅的筆記　五）

南紅的頭髮每天都在長。有一天她就出門修了個半禿的時髦髮式。然後她回到家裏對我說：我不能停止對男人的愛，沒有辦法。

各式耳環垂飾猶如聽到召喚，一下布滿了那張油跡斑斑的三屜桌，它們大多數是那類廉價的、裝飾性的，骨質、木質、各種不知名的透明半透明的石頭，稀奇古怪地組合在一起，這很符合南紅的風格，如果長得既不像貴婦人，也不像白領麗人，就只能往藝術家上打扮。

南紅說短髮必須戴耳環，不然太男性化，她不喜歡自己太男性化。

兩只骨做的耳垂在她的耳邊晃蕩，嫵媚的光彩重新回到她的臉上，也開始滲透到了這間寡情乏味的屋子裏，就像一種隱約的光，分布在房間，我們感覺不到，但頭上的陰影就在這點微不足道的光中消失了，南紅一定不會再從天花板上看到那個小小的人兒，在水龍頭裏、在炖湯的湯裏、在衣服的皺褶上，那個小小的靈魂消失了，或者是南紅不想看到它，對於不想看到的東西我們都會慢慢看不到。老歪的臉也不再出現在她的上方，甚至老C，這個南紅仇恨的對象，在赤尾村的房子裏是一重比老歪更為濃重的烏雲，我一直沒有提到他。

C無端地使我想到草綠色的軍服和紅色的五角星，就是那種傳統的幾十年一貫制尚未改革之前的解放軍的形象，一個六、七〇年代的軍人和化著濃妝半禿著頭佩戴著稀奇古怪耳環的南紅站在深圳的背景下，讓我不能不想到「政治波普」這個詞。這個虛擬的畫面在我奇怪的凝視中活動起來，但一切又是那樣的不和諧、不倫不類，只兩個人站在一起不和諧，幹什麼都不會諧調，吃飯、相擁，一個人流淚，另一個人懺悔等等，全都怪模怪樣，不合常規，而這種怪誕亦不像哈哈鏡裏的表面變形，而有著一種更為深入的氣質。

事實上C並不是一名軍人，至少不是現役軍人，至少在南紅認識他的時候他已離開軍隊多年。我不知道具體是哪一種情況，也不知道我腦子裏的那幅荒唐的政治波普畫面從何而來。

現在我想起來，南紅說過C的父母家在軍區，一切關於軍服與帽徽的想像大概就來源於軍區大院。南紅對我敘述的男友關係過於複雜和混亂，當她說到C的時候我常常神色茫然，她有時就補一句：就是家在軍區的那個。所以在我同樣混亂的腦子裏常常把C等同於軍區。

現在我決定要讓C清楚一點。這個念頭帶來的第一個後果就是我決意換掉C這個代碼，我忽然覺得以字母代表人物不夠真實，猶如一個骨架行走在大街上，空洞而奇怪，反過來如果對一個生活中十分熟悉的人，如果我們不得不叫他C的話，也會立刻有一種真相被掩蓋的遲疑。

史紅星這個名字就這樣出現了，它使C從南紅模糊一片的敘述中凸現出來，成為一個三十多歲，理著小平頭的男人，他在軍區大院的紅磚樓房裏對著老婆手中的敵敵畏瓶子面色蒼白，在南紅的宿舍裏神情沮喪。史紅星，這個永遠不如意的男人，被老婆牢牢地掌握在手心的男人，他與南紅的故事像鮮血噴湧而出。

鮮血跟南紅去上環有關。南紅說史紅星做愛不戴安全套，她指責他，他就很沮喪地說：我知道南紅的孩子不會姓史。他怕老婆怕得要命，同時又異想天開地想讓南紅給他生個兒子。南紅說她真是又恨他又可憐他，他是一個窩囊廢，老婆週六週日不讓他出門，平日上班早上出門時口袋是空的，經常賭博（賭博的錢從哪裏來呢？南紅沒有說）。南紅說有一次史紅星非要送給她兩百塊錢，她堅決不要。她還說深圳的女孩跟人同居都是有條件的，或是養起來，或是給錢，她跟史紅星什麼都沒有。

關於同居與錢，養不養起來的話實在是俗氣得很，俗氣而且粗鄙，根本不用搞清楚前因後果，光這幾句話就能把好端端一個女孩給毀了。它猶如沼澤，這個女孩一腳就踩了下去，腐爛的草根擠壓著她，氣泡一串串地一路冒上來，興奮而且凶猛，有誰知道氣泡也是凶猛的呢？一個女孩在下沉，她明白沉下去她就完蛋了，她伸出手來亂抓，氣泡密集地呼呼上升，如同被觸怒的蜂群，她大口大口吸進身體裏的全是這些重濁的氣體，它們像一些石頭連接不斷地打在她掙扎著的身體裏，正常的空氣近在咫尺，但她沒法呼吸，沼氣的氣泡在她淪陷的周圍形成密不透風的包圍圈，它們的聲音像夏天的蟬聲鋪天蓋地，由於密集而變成一種嘯叫，聲如電鑽，用電的力量穿透堅硬的水泥板，水泥粉屑紛紛揚揚。這個沼澤地的景象與現代都市是如此緊密地糾纏在一起，它們重疊的身影是另一種無所不在的氣泡，彌漫在都市的上空。我看到的就是這樣，彌天的氣泡像噴泉一樣被一種不知什麼力量衝擠出來，密布在一個女孩的頭頂，這是一種肉眼看不見但密度很高的烏雲，它像一個蓋子，越來越低，使她在真正沉沒之前就沒了頂。如果有一根點著的火柴碰到這層沼氣的烏雲，我們頃刻就會看到藍色的火焰騰空而起，既美麗又猙獰，它像沼澤一樣同樣致人於死地。

（許森）

許森不能算是我的情人，但他是我在這座城市裏聯繫最多的一位男性。我在半年的時間裏到他家去過幾次，我跟許森算是一種工作關係，組稿。跟工作沒有關係的地方我就去得很少了，有孩子的女人都這樣。

許森沒有家人，獨住一套一居室，我總覺得稱為房間比稱為家更合適。許森看起來也是四十上下的人了，我不知道他的老婆孩子在哪裏，一開始這就是一個懸念，這個懸念掛在他的單人床上，他的門廳只是一個狹窄的過道，只夠放下一臺電冰箱和一個書架，這樣他唯一的房間就兼著臥室、書房、客廳的功用，大多數人都是這樣，我來到這個城市之後就習慣了一進門就看見床，並且常常落坐在別人的床上（隔著床罩，使主客兩方都覺得沒有直接坐在床上，床罩同時是床和心的屏障），但許森的床使我心驚膽顫，我本能地感到這上面曾經仰臥過不同的女人，我自己是否在將來也會成為其中的一個？

曖昧的想像使我心跳不已。我不知道為什麼會有這樣的想像，是不是因為離婚？還是他的房間性場（姑且這樣說）特別強？一個結過婚的獨身男子的居室，總比在婚姻之中而妻子出差或上班的男人的房間有更濃厚的女性氣息，後者房間中的女性物品總是擺在明處，是光明正大的，乳罩晾在陽臺上，有一點風它們就會飄來盪去，在房間裏一眼就會看到；衛生間裏女性的化妝品一應俱全，從洗面奶到睫毛膏，浴液洗髮水面霜，不是奶白就是粉紅，它們羅列在洗臉架上，還有新打開的衛生巾，但我們知道，所有這一切，都是那個照片上的女人的東西。這個女人有時懸掛在牆上，她多半和房間中的這個男人依偎著停留在相框裏。他們的結婚照，雙方總是很甜蜜，那個女人化了淡妝，披著白紗。白紗這樣一種非日常生活的事物簇擁著女人，把她從日常生活中抽取出來，使她像仙女一樣既美妙又神秘，不同凡響。

有時她在一個臺式的小鏡框裏，這樣的小鏡框放在書架的某一格，但有時候又放在書桌上，書桌的左側，它甚至沒有灰塵。（經常被拿起，擦拭，這究竟是一個出國的女人，還是一個出差的女人，抑或是一個逝去的女人？）小鏡框裏的女人總是和孩子在一起，這也是把它放在書桌上的理由，因為老婆是別人的好，兒子是自己的好，再好看的女人也經不起幾年中天天看，男人漫不經心的目光比時間本身更能加速女人的衰老和陳舊。

女人和孩子坐在草地上，陽光很好，孩子的衣服很鮮豔，像草地上盛開的一朵大花，這樣的畫面常常是幸福的注解，幸福就像陽光打在女人的臉部和全身，這使女人本來就有的美麗加倍放大了，這種美明明白白，它的來處和去處都清清楚楚，不像那種常常被讚美的憂鬱的美，彌漫著陰氣，令人既壓抑又緊張，在電影或者畫展上看看還可以，若掛在房間，氣氛馬上就會不同，若調子再陰暗一些，你永遠也別想高興起來。

就是這樣。

言歸正傳，那個擁有女主人的房間，雖然女性物品無所不在，但它們統統擺在了明處，最大限度地正大光明，它們的氣息每到達一處，就被陽光和空氣同時稀釋。因此在婚姻中的男人的家裏我們所嗅到的女性氣息總比獨居的男人（性取向異常者不在此列）的房間裏的少。我們知道這類男人沒有妻子，許森的妻子是離婚了，還是出國了，我一直沒有問過他，他也從來不說。他的房間裏沒有什麼一眼可見的女性物品，是典型的單身漢的房間，但在這個房間裏我總是一再地看見一些女性的身影，她們不是我無中生有的產物，她們的皮膚、頭髮和字跡隱藏在這個房間的某些地方，它們是一些小小的痕跡，雖然小卻十分清楚，它們散發的氣息比起一個活人在跟前更有一種點到為止的簡約效果。簡約、含蓄、朦朧、神秘、引人遐想。

她們的皮膚和頭髮就是這樣出現在衛生間的洗臉架上的，一小瓶面霜，一小瓶洗髮水，它們毫不成系列，在剃鬚刀什麼的男性用品中顯得孤零零的。它們的不成系列表明了一種非日常性，缺乏那種主婦式的全面滲透，表明了偶一為之的品性。

離了婚的獨身女人如果在這間衛生間洗手，在半分鐘之內就會發現這些女用面霜洗髮液，獨身的女人對它們不知為什麼這麼敏感，是因為它們出現在獨身男人的衛生間，還是因為它們是女人用的，抑或是這個女人對這個男人有著潛在的欲望？我們沒有辦法知道。她站在洗臉池跟前洗手，那個她不認識、從來沒有見過的女人的頭髮從她視線中的這個乳白色的洗髮水的瓶子裏柔軟地滑出，它們不是滿滿一頭，而是細細的一縷，十分整齊乾淨，有一點淡淡的清香，像剛剛摘下來的新鮮的樹葉，它爽滑地一直垂落到這個女人的手臂上。與此同時那些從未見過的女人的臉龐，也經由面霜的瓶子飄浮到這裏，它們像瓷磚一樣光滑和冰冷。它們緊貼在鏡子周圍的瓷磚壁上。這些假設的女人影影綽綽，五官不清，有一點模糊的美。我們從鏡子裏那些模糊的面龐看到了清晰而實在的自己，水龍頭的水沖到我們的手上，在手背、手心、手指之間流淌。

從瓶子裏逸出的長髮和臉龐是女人的肉的部分，那些擺在茶几上的乾花，立在書架上的生日賀卡也就是女人的靈的部分（姑且這樣說），女人的靈與肉分散在這間房間裏，組接的方法有許多種，一個女人的靈與另一個女人的肉，前者的感情與心（把這二者指認為靈有可能會引起宗教家的反感）和後者的乳房和腰。各種不同的組合是那個男人在某些獨自一人的夜晚所做的事情，它暫時遠離著我們。我們作為客人坐在這間房間裏，或者走動，或者不走動，但我們一眼就看到了那些攜著女性氣息的東西，一束乾花、詩意的小卡片、饒有趣味的小陶人、淘氣的小布娃娃，等等。它們分散在這個房間的某些角落，分散本是一種隱藏的姿勢，但它們的分散卻奇怪地沒有獲得這個效果，不但沒有得到稀釋，反而被濃縮了。

分散的、零碎的女性物品，不管它們的來源和去路，只要它們出現在一個單身男人的房間裏，就不由分說地帶上了曖昧的意味，每一樣物品的後面都隱藏著某個女人，那種幽暗的隱秘的性質使這些各自分散的氣息互相黏連起來，這濃重的氣息中有無數女人的身影在飄動，我們分不清這無數女人是從一個女人的身上分離出來的，還是從幾個不同的女人身上分離出來的。

隱秘的女性氣息就是這樣彌漫在許森的房間裏，相對於我來取的稿子，它的氣味更加濃厚。或者說由於這種氣味，這個房間帶上了魅力，一種吸引力，潛在的吸引。

他的文章很平淡。他的題目通常是《環境與建築》、《環境與心情》，內容空泛，大而無當。就像那些建於七〇年代的千篇一律的火柴盒般的樓房，外觀上千篇一律，走進去一律千篇。一樣的內部格局，一樣的走廊、房間，一樣的門口窗戶，甚至連室內的家具都基本相同。這樣的環境很容易產生喜劇，是巧合法則施展的舞臺。這使我想起前蘇聯的一部輕喜劇電影，說的就是男主人公從莫斯科到外地看望未婚妻，結果坐過了站到了另一個地方，但他在這另一個城市裏找到了同樣的街道同樣的樓號用他手裏的鑰匙開開了同樣的門，他堅信這就是他未婚妻的家，倒頭便睡。後來另一個女人進來了，發現了睡在自己床上的陌生男人，他們由戒備到相愛，最後各自打發了自己的未婚妻（夫）。許森的人和他的文章之間的反差使我產生了類似的感覺，就像在平淡的環境中發現戲劇。有時候的確有些奇怪，有的人外貌平庸，但卻有著過人的才華，而有的人恰恰相反。許森的外表顯得很有深度，不是那種做出來的假深沉，而是一種特別的不同尋常的東西，可以看成是深度、深沉、深厚的混合，這種東西在一個男人身上構成魅力。

關於許森我有時想，如果一個人的文章比他本人精彩，那不是很煞風景嗎？反過來說，一個人本人比他的文章精彩正應該有意外的驚喜。不管怎麼說，許森是我在將近半年的時間裏把他作為情人來想像一下的男人，在灰色的院子裏，在散發著塑料氣味的辦公室，在垃圾一樣堆積的稿件中，我願意想像一下許森，他的手指停留在我的頭髮上，有時觸碰到我的臉，而他書架上的生日賀卡總是神秘而安靜，茶几上的乾花，衛生間裏的女用面霜，它們（她們）在我的思念和想像中像烏雲一樣掠過。

（關於南紅的筆記　六）

八〇年代的南紅喜歡跟男孩瘋玩、尖叫，穿著奇裝異服在N城的大街小巷疾步如飛，她那些自己設計自己製作的質地粗糙、怪模怪樣的服裝遠遠地在N城飄蕩，它們用各式廉價的粗布製成，又寬又大，垂感很好，黑的長裙配上紫的或綠的長外套，穿在身上確實就是一個十足的美院女孩。但她弄出來的大部分衣服除了怪點之外一點都不好看，她有時會做一些類似荷葉邊、皺褶之類的繁瑣細節，搞得衣服不倫不類，穿起來像戲劇裏的服裝，而且是劇中廚娘一類人物的服裝，使人有一種非生活化的滑稽感。

但南紅自己並不覺得，這我至今仍感到奇怪，她會認為那些莫名其妙的衣服會加強她的個性，使她特立獨行，而事實上並不是這樣。她幻想中的現實總是十分強勁，跟真正的現實極不一致。有時她怪怪的樣子使我覺得她的那些難以描述的東西可以從她對服裝的態度上獲得描述，這句話有些拗口，我是說，我跟南紅認識十幾年，但我無法說出她是怎樣一個人，純潔與放縱、輕信與執拗、冷漠與激情，這些不諧調的因素像她的衣服一樣古怪地糾纏在一起，衣服便成了一種描述她的方式。

她那些誕生於八〇年代的衣服曾經劈頭蓋腦地落到過我的身上，一開始她把那件為我設計的連衣裙畫在紙上拿給我看，按照她的幻想，她把它畫得十分飄逸，看著是不錯，但一旦做出來披掛在身上卻完全不是一回事，首先她選擇了一種厚得不能再厚、人家專門用來做窗簾的叫做什麼摩力克的面料，剪裁時她又把下擺剪得像旗袍那樣緊窄包身，跟她畫在紙上的大幅下擺完全是天壤之別，但南紅對如此明顯的區別一無所知，她興沖沖地拿來給我穿，並大聲喝采，我穿在身上照鏡子，看哪都不舒服，比例不對，線條凝滯，既古怪又古板，我壯著膽穿了一次上街，回頭率甚高，但目光中全是同一種困惑，奇怪這人怎麼會穿這麼一件衣服上街，好端端的把自己搞得像一個木乃伊。我雖然喜歡怪一點的東西，但總不至於無原則到把自己搞得太難看。

當我把這件硬梆梆毛刺刺穿著很不舒服、看著也很不好看的連衣裙送給南紅的時候，她振振有詞地說：我畫的設計圖你不是說很好嗎？噎得我說不出話來。我頻頻回想她的設計圖，那上面的V字領是兩重下垂的皺褶組成，下擺寬闊，有一種柔軟而飄逸的視覺效果，而到了這件摩力克的窗簾布連衣裙上這一切全都消失不見了，領口硬梆梆地到胸部，在那裏鼓鼓囊囊地結束，而不是恰到好處的過渡，既不伸延也不呼應，而是一種十分尷尬的互相對峙，只有天知道南紅是怎樣做成這樣效果的。下擺也不知怎麼就成了筒裙的樣子，加上面料硬度的推波助瀾，簡直比筒裙還筒裙。

她用在自己身上的幻覺走得更遠，一塊最廉價的衣料做成晚禮服的樣子，並且在胸前做幾朵花，這些粗糙而拙劣的花朵簇擁著她走來走去，她臉上就會帶上公主的感覺。

南紅喜歡糾集一群人去郊遊，或者搞別出心裁的生日party，南紅雖然缺乏才華，但她從來不缺激情，她充沛的激情足夠使她想出種種新鮮的主意，這些主意中總有一兩個或兩三個使人眼睛一亮的。我至今記得她二十一歲生日那年的水果晚會，在一套四房兩廳的空房子的大客廳裏，擺了一個像節日裏街頭的花壇那樣的巨大的水果壇，一層又一層，黃的綠的紫的，一直堆到天花板，把所有在當時季節能搜尋到的水果統統都弄來了，不管生的熟的是否能吃。我記得鋪在地板上作底座的是一層綠色的小菠蘿，其中有的比大松果大不了多少，一看就知道尚未長成，它們頂部的葉子堅硬飽滿，十分茁壯，像劍一樣的葉鋒銳利地挺立著。上來一圈是黃綠色的楊桃，看一眼就會產生條件反應，比望梅止渴還要有效，這種水果的酸一直酸到人的骨頭裏，使人永生難忘。這樣酸的水果是不能直接入口的，要經過醃製，或做成果脯，才能搖身一變而為「嶺南佳果」，如果單看這兩層水果，除了新奇之外一定不會引起食欲，同時它們生硬的線條和顏色也沒有晚會所需要的喜慶和熱鬧的裝飾烘托效果。

接上來的一層還是綠色，墨綠的那種，是橘子和廣柑。每一隻都帶著新鮮的葉子，還有連著兩隻的，它們確實是剛剛從樹上摘下來的，南紅說這些生菠蘿和生橘子都是她在園藝場的朋友下午五點才送到的，上午還在地裏（菠蘿）和樹上（橘子），朋友弄了一臺拖拉機運進城裏，一直開進大院停在樓下。現在回想這一切，比當時置身其中更加感到此事的奇觀性，隔了七八年的時光，歲月的青草蔓蔓，成為了一切事情的前景，那輛中型拖拉機停在這片草地上，樓房和大院以及整個N城都浮動在這片我記憶中的草地上。

有誰能為了自己一個人的生日晚會動用園藝場和拖拉機呢？只有像韋南紅這樣有能力胡

作非為的女孩，在N城，這樣的女孩獨一無二，在N城，一個時髦的女孩加上一輛中型拖拉機就是時髦的極致，這種時髦無法模仿，於是更加成了極致的極致，是極致中的那一顆紅櫻桃，是紅櫻桃頂上的那一層反光，是反光中最亮的那個亮點。這顆紅櫻桃就在南紅借來舉辦生日晚會的那套嶄新的從未有人啟用過的四房兩廳中傲然地閃光，它的底座龐大雜蕪，稀奇古怪，和它的嬌小豔紅毫不沾邊。它的下方是葡萄（它的紫色遠不及紅櫻桃搶眼，而且它一串一串，一嘟嚕一嘟嚕，令人聯想起病毒）、香蕉（這種嶺南佳果在N城遍地都是，它們成片地生長在N城的郊外，以及本省的廣大地區、公路沿線和鐵路沿線，我們坐在車上就能看到大片大片的香蕉林，它們寬大葉子的綠色，閃耀著江南和嶺南，雨中的芭蕉更是響徹了千年之久，它們一望無際，在車窗外快速地閃過，芭蕉的徑蕾在寬大的葉間若隱若現。N城不可替代地成為了全國的香蕉集散地，在N城火車站的西側，有無數堆香蕉的小山，全是最堅硬最青澀全都不能吃但絕對經得起個把星期長途販運的顛簸。香蕉在這個城市實在是太多了，像空氣和泥土一樣多，使它變得和泥土和空氣一樣平凡）、比香蕉還要普遍的各個品種的蘋果、梨子、西瓜、香瓜、哈密瓜、木瓜等等，它們龐雜地堆成了一個碩大的果壇，它們比圓桌還要大，比人的視線還要高，由於它頂端的紅櫻桃的對比，我們發現這個碩大的果壇全是黃綠二色，不是綠就是黃，或者是黃綠混雜，在夜晚的燈光下顯得暗淡臃腫，沒有精神，它雖然聚集了難度不小的操作背景，卻不及一隻現成的生日蛋糕簡潔明確。

南紅穿著她自己設計的古怪衣服在果壇邊來回穿梭，迎接朋友，接受禮物，誇張地擁抱，大聲地說話。她衣服的效果使她像一個掛滿了形狀各異規格不一的圍巾的兒童，她脖子上還纏繞著一條長長的布條，一直拖到地下，她有幾次踩著了它，於是在整個漫長的晚會上她不得不騰出一隻手專門提著這根長長的圍脖（或者應該叫頸飾？）如同西洋的仕女拎著裙沿。她一點也沒想到要解除這一麻煩，也沒有人提醒她，所有的人都說她今天晚上最漂亮，她的衣服最別具一格。她也總是在這些讚美之後自己得意地補上一句：這是我自己設計的！

燭光在各個房間點著，大概有十幾支，使那個夜晚從一開始就有了將要被特殊記憶的質地，它的若明若暗，閃爍不定，從一開始就是恍惚和迷濛，是一個不清晰的非現實。清晰的事物尚且難以複製，不清晰的事物簡直就是一團氣，它的出現就是為了消失，消失之後仍是一團氣，獨立存在於與你平行的時空，在某些夜晚和某些特殊的日子，以同樣迷濛的形體進入你的視野，成為所有生日的參照。

（這一切離虱子是多麼遙遠，在那個N城的，由碩大的果壇組成的生日的夜晚，與南紅有關的虱子還未滋生出來，它們根本就不存在於這個世界。）

（關於南紅的筆記　七）

我看到，那個遠離深圳的閃閃發光的生日濃縮成一個玻璃缸大小的空間懸浮在南紅到深圳以來的各個房間裏，它在變化不定的光線中時大時小，它懸浮在眼前的景物也隨意變幻，有時是那團燭光迷濛像夢境一樣恍惚的氣團，南紅的臉在蠟燭之間浮動，有時是那個巨大的水果壇，它們以超現實的顏色發出亮光，猶如童話中的事物，輕盈地搖動，發出悅耳的叮噹之聲，而那輛停在草坪上的拖拉機恰如其時地變成了一輛天使駕馭的馬車，成為水晶般透明的背景。

這一切都是因為它們太遙遠了，永遠不能再回來，它的明亮與南紅房間的黑暗（不眠的夜晚）之間有一道絕對的界線，我們怎樣使勁也無法穿過這道線，只好眼睜睜地看著它懸掛在我們摸不著的地方。躺在黑暗中的人，再一次想起，今天正是她的生日。

生日這個字眼是一把銳利的尖刀，寒光閃閃，它平時躲在暗處，不動聲色地向我們逼近，在每年的某一天，它猶如閃電從天而降，直逼我們的心臟。它的寒光照徹了我們的周圍，我們的周圍荒涼而醜陋。誰是我們的敵人？誰是我們的朋友？這個問題是革命的首要問題。我們幼年曾經背誦過的語錄莫名地出現，正如時光遠去的背影偶爾朝我們回過臉，我們再一次看到，這中間隔著萬丈深淵。

南紅覺得自己一生的生日都在那個堆滿水果的N城房間裏過完了，她當時就是那顆紅櫻桃，站在了全部日子的頂端，她只能沿著果壇的階梯，一級一級往下走，最後腳底碰到的是堅硬的水泥地。

（冷汗的來源）

一個剛剛大出血的女人，她的血還沒有止住，她全身虛弱，頭重腳輕，她的腳一碰到水泥地就像踩著了無數鋼針，這些鋼針密集得如同液體，又如饑餓已久的活物，它們緊緊黏附在女人的腳上，她把腳抬起來它們還死死黏著，它們瞬間就脫離了水泥地，從她全部的毛孔直逼而進，毫不猶豫地抵達她的骨頭。

堅硬的骨頭在出血的日子裏變得脆弱而敏感，就像裸露在空氣中的舌頭，無法承受堅硬和尖利的東西。血液也會從骨頭中滲漏出來，它們一點一滴，從骨頭的呻吟中由鮮紅變得慘白，比冰雪還要白，它們散發著寒氣，又被寒氣所驅動，它們用力地擠過骨頭和肌肉的縫隙，滴落在身體的表層。這時它們已經濾盡了它們本身的顏色，變得透明，它們一無所有地垂掛在額頭、脊背、胸口上，去盡了顏色和溫度，它們的寒光從骨頭、五臟到皮膚。

這就是冷汗複雜的來源。

（家庭機器）

現在我又聽見了家庭這部機器各處的螺絲鬆動時發出地嘎嘎聲，它們渾然一片，亂糟糟的，我一時分不出哪些是主要環節發出的聲音，哪些是柴米油鹽雞零狗碎的聲音。它們鬆動之後有些東西就開始脫落，這些脫落的東西是什麼呢？茶杯蓋、碗、玻璃杯？這些廉價而易碎的東西在許多牢不可破的家庭的某些時候都會被摔在地上，碎片四濺，發出清脆的響聲，我們有時候在深夜就會聽見，它們的聲音從我們的頭頂、左側或者右側響起，一直延續到第二天，我們會看到從這幢樓房走出的某對男女臉上浮動著青黃的顏色。但我和閔文起之間沒有人幹過這件事。

我一點都想不清楚，一想就頭疼，一想就聽見嘎嘎響的聲音，這種聲音聽久了我才辨認出來是高跟鞋走路的聲音，不是又尖又細的鞋跟發出的那種，這種高跟鞋早就淘汰了（凡是穿得不舒服的鞋都容易被淘汰），在日常生活中消失，只滯留在舞廳那樣的地方，在暗中、在光滑的地面、在燈光閃爍不定的時刻，這些地方脫離著生活的常態，腳並不用來走路，而是使勁踮起來瘋轉，人的整個身體也不好好呆著，而是左轉右擰。專供這種場合的後跟又尖又細的鞋子就相應地提供了一些花裏胡梢的裝飾，將一些發亮的碎末摻在鞋面，或者綴上一個更加發亮的蝴蝶結，或者乾脆繫上兩顆差不多有乒乓球那樣大又白又圓的物什，這樣的高跟鞋在商場裏單獨擺在一個櫥窗或鞋櫃裏，我們買鞋的時候張望它們，就像張望一個演古裝戲的舞臺。

（閔文起與那個貓眼女人是不是在舞場上認識的呢?閔屬於那種熱衷跳舞但永遠跳不好的人，他們單位每週有舞會，這種舞場上勾搭上第三者最終導致家庭破裂的故事實在是太破太舊，任何一個神經正常的人都不會往自己頭上扣。但這又有什麼辦法呢？）

我聽見高跟鞋的聲音在我的頭頂樓層的地板上來回走動，她當然不是住在我家樓上的女人，她也不會到那去，我不知道她來沒來過我們家，我是後來才看見她的。她的高跟鞋是那種時髦的寬跟方頭鞋，顯得人很大氣，沒有細跟尖頭鞋透出的脂粉氣，但我想這種選擇不是出自她的見解和素質，而是出自當前的時尚，有時候，較好的時尚會扭轉一個人的趣味，使她變得自然一些。如果我敏感一點，或者說如果我一天到晚不是那麼疲於奔命，我應該更早一點知道她，但我對這件事情無動於衷，這件事對我的刺激是離婚以後才慢慢產生的，正如對愛情的幻想、對性本身的幻想，也是離婚以後才逐漸到來的。

現在回頭看看我的婚姻，我覺得它就像一只密不透風的大口袋，徹頭徹尾把人罩在裏面。

這個口袋甚至沒有彈性，你想往任何一個方向動一點都立時被擋回來，兩個人縮在黑洞的布袋裏，互相看得面目猙獰，厭惡之心頓生，誰都想出其不意地剪一個大洞。閔文起剪出的大洞就是那個把嘴唇塗得通紅的女人（她的其餘特徵是把眼圈描得烏黑，看起來使人想到貓，她的方頭時款皮鞋削弱了她的脂粉氣），他把腦袋探出去，把嘴接在那只嘟起來的紅嘴唇上，他們的上半身使我想到兩隻紅嘴鷗，而撅起的屁股又使我想到鴕鳥。

當然這不是日常生活中的圖景，因為決不會有人從口袋裏探出頭來跟女人接吻的，這是一個從平凡的生活中伸出來的一個喜劇場面，我覺得這確實有點可笑，或許我正是為了取悅自己才杜撰出這樣的場面。

我想九〇年代丈夫有了外遇的女人都不會呼天搶地喝農藥抹脖子的，除非那些特別沒有自信的女人，像本人這樣既自尊又有獨立精神的新女性（新女性這個詞使我精神一振，就像一道應聲而起的亮光，從我腦袋的七個通道長驅直入，瞬間就完成了能量的轉換，有點像扣扣看的動畫片中菠菜一吃下去身上立馬就長力氣，新女性的自我暗示正是這樣一種特種菠菜，我從這棵菠菜中感到自己一下充滿了力量，堅定無畏，容光煥發）不光不會呼天搶地，反而會有把丈夫的情人拿來開玩笑的心情。

這就是我在婚姻這個大口袋上剪的另一個洞，這個洞的實質是把剪刀遞給閔文起，讓他把自己的洞剪得更大一點，以便把整個身子探出去，舒舒服服地跟別人貼在一起，免得這樣半探著身子，半蹲半跪，既不方便又不雅觀。幹嘛當紅嘴鷗和鴕鳥呢？還是站直做人比較好。我當時就是懷著這樣的心情給閔文起剪洞的，事實上我的心情未必就像自己現在所說的這麼輕鬆，這麼無所謂，我掌心和手指緊貼著剪刀把，鐵質的堅硬和冰涼切膚地傳導到我的心裏，我的心也變得跟鐵一樣冰涼，涼透心，毫無伸縮的餘地，只有一個心變冷了的女人才會去毀掉自己的生活，她手握剪刀，雙手用勁，堅硬的布袋發出茲茲的聲音。

我對閔文起說，既然這樣，我們就離婚吧。

閔文起說：最好不要離。

我說正好相反，一定要離。

事情就是在這麼簡單的兩句話中定型的。離婚的手續也大大簡化了，簡化到根本不需要激情，換了從前，那種曠日持久、你死我活、輿論壓力、單位調解，絕對需要激情才能堅持下來。

我對這件事自始至終的感覺就是：厭倦、厭倦、厭倦。

我不知道離開閔文起會帶來一連串後果，我現在才清楚地看到，閔文起就是我的命運，我認定我被解聘的主要原因就是因為我沒有依靠，當初我就是因為閔文起的關係去的時報，現在我跟閔文起沒有關係了，就像一顆鬆掉的螺絲，別人毫不費勁就拿掉了它。我本來不明白，單位五六十個業務人員為什麼只解聘了我一個，單位又不是私營企業，而是正規的國家單位，我也不是臨時招聘人員，而是正規在冊的業務幹部，也不存在什麼效益不好人員過剩的問題，而且據說馬上就要擴版，還要從社會上招聘。現在我忽然明白了這樣一個道理：單位要改革，但是裁人只能裁沒有背景的，不然就會有麻煩，別人都弄不動，於是結果全單位就只裁了一個能弄動的，沒有背景、沒有勢力、手無寸鐵，雖然這個不是最出色的但也決不是最次的，而且還老老實實幹活。但是不解聘這個人又解聘誰呢？

如果我知道離婚會導致失業，會落到養不了扣扣這一步，我是決不會主動提出的，我需要自尊，但我更需要生存。閔文起不是一個沒心腸的人，如果他知道我被解聘，他一定會盡他最大的努力幫我找到一份像樣的工作，但他離婚不久就下海到廣東惠州去了，一直沒有音訊，連扣扣的生活費都沒法寄來，如果不是母親把扣扣接回去，我的一點工資請了保姆就連吃飯都不夠了。

有人說性是婚姻生活中至為關鍵的一環，如果性生活和諧，任何外部因素都不會導致離婚（非常時期高度的政治壓力除外），這是男性獨身者許森對我說的。這話使我大吃一驚，我壓根想不到性在男人的生活中有如此舉足輕重的地位，我不知道是不是所有的男人都是這樣，但我一想世界上每時每地都大量滋生強姦犯，嚴打都禁不住，我相信這是真的。

（私人診所）

私人的婦科診所遍布在深圳的高樓之間，像沙子摻和在水泥之中，這是像深圳這樣一座城市所必須的設施，就像公共廁所一樣，比公共廁所還重要。

離深圳不太遠的省份，那些小城市或縣城裏的醫院、婦幼保健院的婦科醫生或護士，她們中有一些藝高膽大者，以及一些藝雖不高膽卻大者，抱負著私人診所這個唯一的理想以及發財致富的隱秘心願，辭了職或者提前退了休，傾囊而出奔赴深圳。私人診所，這是一個多麼激動人心的詞彙，它已經在我們的生活中消失了幾十年，幾十年就像上千年那麼久，凡是沒有在我們周圍出現過的事物，它們消失了幾十年和上千年沒有什麼區別，私人診所只是我們的祖父一輩人目睹的事物，它跟祖父的祖父的祖父的口裏說出來沒有什麼兩樣，全都是沙漠中的海市蜃樓，懸掛在天邊，跟我們毫無關係。現在它忽然從天邊掉落下來，抵達它的路途依稀可見。

充滿了熱情和野心的女人，把單位的種種不如意拋在了身後（私人診所就是夢中個人的天堂，不必開會、挨批評、罰獎金、與同行明爭暗鬥），頓時身輕如燕，一路坐著火車或汽車，風塵僕僕、騰雲駕霧、精神亢奮地來到深圳，她們用一個人或幾個人的畢生積蓄，打通關節、租下門面、拿到執照，天堂的大門嘩啦啦地就打開了，她們只需買一張產床或兩張產床就夠了，只需買幾件手術器械、一點常用的消毒藥就夠了，床單鋪上，消毒鍋冒著蒸汽，把一塊白色的布簾拉上，各式器械在這塊私人的領地裏去盡了單位的枯燥與沉重，發出優美的叮叮之聲。

一個女人的雄偉理想就這樣實現了，她沒想到真的就這樣實現了，只需從小縣城來到深圳，只需跑跑腿（並沒有跑斷），把錢拿出來（雖然花得精光，但很快就會回來的），真是比她想像的容易得多，這是一個意志堅強並且帶有一點狂想激情的女人，她辭職的時候橫下了一條心，準備上刀山下火海開創她的事業，她在亢奮之中把石頭當作山，只需出一分力的地方她也要出十分力心裏才舒服。於是事情辦下來的時候她甚至有點納悶，好像赴湯蹈火的心願未了，事情的經過反而覺得平淡。

實現了雄偉理想的前助產士在她窄小的門面掛出了一個大大的招牌，白底紅字，上面是兩行堅定的宋體：無痛人流、放環。然後她坐在一張正對著門口的椅子上，等待那些心懷鬼胎（這是一個天性有點惡毒的女人，二十年婦產科生涯的磨練，使她將女人的身體看成了機床，而她也變成了某種只有意志沒有憐憫的另一種機床，心懷鬼胎是她對那些未婚同居、不愼懷孕的女孩子的最準確最能代表她心情的詞彙）的女孩子來到診所的門口並在那裏徘徊。

任何女孩子，只要在這裏放慢了腳步，前助產士就會像鬼一樣突然出現在女孩子的面前。她一臉年富力強的細小皺紋（跟那種因憔悴和疲憊而生的軟弱無力的皺紋絕對兩樣，我們應該看到過，確實有一種皺紋充滿堅毅、信心以及不容抗拒的吸引力）和她淺淺的笑意像一面牆落在女孩的面前。

她對女孩說：不要緊的。

那些心裏有事的女孩子一聽就聽懂了這句沒頭沒腦的話，它就像一張乾淨柔軟的床本身直接落到女孩的身邊，雖然簡單卻充滿了舒服的氣息。而這個心裏有事的女孩總是已經疲憊不堪，緊張萬分，如同驚弓之鳥，她噁心想吐人很難受，一路忍著難受走過了幾條街道，她們毫無經驗，不知道怎樣才能把這個事情做掉，就像一個從未出過門的人要單獨到一個遙遠而陌生並且語言不通的地方去，她一點都不知道怎樣才能不坐錯車，萬一坐錯了車到了一個她不打算去的陌生地方怎麼辦。女孩腦子裏一片茫然，街道和高樓茫然地連成一片，猶如濃霧之中的懸崖。這時女孩聽見有人說：不要緊的。

這句普通的話在這樣一個特定的時刻輕易就變成了別的東西，它來自一個女人的職業習慣和職業伎倆，它一百遍地從這個女人的嘴裏說出，比口水還要普通，它出發的時候只是四個語音，但它中途就變成了四條腿，落到那女孩耳朵的時候已經變成了一張舒服的椅子，女孩不加思考就坐在了上面。

女人說：一點都不疼，一點都不疼。她說先交錢，放環八〇，人流三〇〇到五〇〇。女人坐在診所正對著門口的椅子上，心裏默念著這三個數字，目光炯炯。

（關於南紅的筆記　八）

南紅有一天就來到了這裏。

那是她生日的前一天，這一天她忽然心血來潮想到去放環，一個金屬環放在身體裏就能從容、安全、不受制於他人、免受污辱和疼痛，那些冰冷的器械、巫器、刑具、祭器的混合體，刀、刮、撐開的工具、酒精的氣味、身著白大褂的狠毒的巫婆（它們常常在應該來月經而又沒有來的日子裏伴隨著惡夢來臨，它們隔一段時間就要來臨，它們在惡夢或幻覺中被誇大和變形，以加倍猙獰的面目和令人頭暈的速度在我們頭頂盤旋，並發出蒼蠅那樣的嗡嗡聲。它們一次又一次地來臨，像彗星掠過地球）從此將遠離我們的日常生活，這是多麼的好！

南紅聽別人說，放環是一件非常簡單的事，最多十分鐘，一點都不難受。她來到這裏，聽到了同樣的一句話：不要緊的。

診所女人的這句話開啟了無數女孩的人生，她們從這扇平凡的門一骨碌地滑下來，有許多人滾到了安全柔軟的草地上，毫髮無傷，也有人跌到水溝裏或撞到石頭上。那個撞到石頭上頭破血流的人就是南紅，她疼痛不已，冷汗直冒，臉色迅速變成了土黃的顏色，她像一隻快死的病貓縮在產床上，根本下不來。

前助產士說：環已經放上了，你要是自己回不去，我可以幫你打電話找你男朋友來接你。

前助產士說：不會有什麼問題，回去躺躺就好了。

電話號碼到底在哪裏呢？她翻著南紅的衣服問，又說：總不至於沒有男朋友吧，沒有來放什麼環！

南紅縮在產床上，覺得自己就像被什麼人裝進了一個叫做「痛」的容器裏，徹頭徹尾被痛所覆蓋，那些跟痛沒有關係的東西統統被隔在外頭，她身上一層冷汗，從裏到外地痛，那個女人的話還遠遠地在這個容器之外，她聽見一些陌生的聲音（水聲、收拾器械的叮叮聲，以及說話的聲音），在這片隔著一層東西的聲音中有一詞跳出來撞到離她近一些的地方，「男朋友」、「電話號碼」，她的痛阻隔了這些詞，使它們連不起來，她不知道它們跟自己有什麼關係。

女人再次走到她跟前，分開她的雙腿看了一下，她就像一個楔入容器的不速之物，把空氣中那種跟「痛」有關的氣體攪得流動起來，剛剛麻木一點的痛覺頃刻聚集起來，它們迅速集合，從兩腿之間到下腹，那裏有一個鐵的圓環，發送著一種類似冰冷的灼熱，或者是灼熱的冰冷，一種銳利，但並不是單一指向的疼痛，它三六〇度地將銳不可擋的疼痛發送到髮梢與指尖。

女人的臉在她的上方，她的嘴對著南紅的腹部說：把你男朋友的電話號碼給我。這次女人的話由於伴隨著新的痛感而刺破那隔著的一層東西，南紅聽見了她的話，但她痛得直吸氣，說不出話。

女人從南紅的手袋裏翻出一個電話號碼本，南紅自己找到史紅星的擴機號。診所女人進進出出，她說你咬咬牙躺到那邊的一張床上去，不然一會有人來了不好辦。

史紅星一直沒有覆機。擴了三四次還是沒有覆機。

診所女人重新坐到了正對著門口的那張椅子上。

天陰了下來，街上行人稀少多了。沒有女孩停留在診所門口。

女人懶懶地走到裏屋，憐憫地看南紅，說：天快下雨了。她又踱到廚房，指揮小工煲魚頭湯。南紅明白，已經到了吃晚飯的時候了。

她掙扎著穿好衣服，又在床沿側躺了一會，再掙扎著挪到大門口。她彎著腰蹲在路旁，等著了一輛車。

到家的時候才下起了雨。

（醬色生活）

現在當我想到婚後幾年的忙亂生活時，我的眼前就會出現一幅高密度的物象無限重疊的圖景，我看到無限多的鍋碗盆瓢、案板水龍頭、麪條雞蛋西紅柿、衣服床單洗衣機以及更多的別的什麼重疊在一起，它們毫無規則密不透風地堆積，就像一幅刻意反藝術過於前衛的裝置作品，又像一幅以這片堆積為素材的前衛油畫，它的構圖跟裝置作品完全一樣，只不過後者是實物，每種物品呈現它們本來的顏色，鍋是鋁質的碗是瓷的水龍頭是鐵的，麪條就是麪條的顏色，西紅柿在這堆顏色中呈現一種怪異的紅（如果在陽光充沛的菜園裏，番茄紅在綠葉的照射下健康明媚閃耀著光澤），而在那幅因為我的回憶而出現的油畫中，所有的物品全都是同一種單一的顏色，它們的質感依然（這也是我將其稱之為油畫的理由），但卻全都是一種介於土黃和醬黃之間的顏色，淺棕色，或者，我不能準確地描述這種顏色，但我不用抬頭就看到了它們，無論我從哪個角度看過去，它們重疊的程度都是一樣的，這是一幅色彩單調毫無空隙無法審美的圖案，它濃縮了我五年的生活，當我置身其外，我還感到頭昏和窒息，但我從前在它們之中卻過了整整五年。我在它們的空隙中（置身其中就會有空隙，就像水面並沒有一道縫，當我們跳進去，我們自身就成了縫隙）睡覺、吃飯、做菜、洗衣服，我的頭頂是鍋蓋、鼻子尖頂著鍋鏟，左邊的耳垂掛著去污粉，右邊的耳垂掛著洗潔劑，左邊的臉頰是土豆，右邊的臉頰是雞蛋，我的肩膀一碰就碰到了大白菜，它富有彈性涼絲絲的幫子在我的皮膚上留下的觸感一直延續至今。

在這樣一幅布滿了陳舊的醬黃色的超現實圖畫之外是一些生活的噪音，當我心煩意亂、對生活充滿敵意的時候，那些鍋碗盆瓢的聲音像垃圾一樣亂七八糟地堆在一起，讓人分辨不出具體的聲音，噪音就是這樣形成的。在有的時候，當我心情比較平和，當我觀望這幅耳垂掛著去污粉的奇怪圖案時，它們的色彩會漸漸復原，由醬黃的顏色變成米黃、變成米白，在米白這種樸素輕盈的顏色上每種物品的顏色迅速復原了，它們不是復原到我過去生活中的樣子（生活灰撲撲的，所有東西一進入生活就會變得陳舊，只有電視廣告或者畫冊上的東西新鮮光潔，給人一種虛假的美感），而是往前走得更遠，恢復到它們在商店或者在菜園裏本來的顏色。這時我看到的就像是多媒體電腦中圖像清晰色彩鮮艷伴有音樂的一個畫面，它在教孩子們認識水果和英語，fruit，一大盆水果，音樂響一下，其中的一種應聲而起，在空中跳一跳，回到果盆裏，變成了一種新的顏色，蘋果跳一跳，變成紅的，再跳一跳，變成了綠的。

我知道扯到多媒體實在有點扯遠了，這是因為昨天我百般無聊，在大街上亂走，站在一個電腦商店透明的大玻璃前看到了那些鮮艷的畫面。當我繼續回想我的生活時就免不了受到它們的影響，那幅物品密集的生活圖案在某些時候會變得像多媒體的畫面一樣虛假和可愛。鋼精鍋跳一跳，變回商店櫥窗時代那樣亮閃閃的，甚至亮得有些晃眼；西紅柿從陳舊的顏色中跳一跳，馬上變得像它的菜園時光一樣鮮紅，閃耀著太陽的光澤；黃瓜也還原為綠色，甚至還有頂上的小黃花和清晰可見的絨毛。我知道，這意味著再枯燥乏味的生活也有美妙的瞬間。

（皮影或動畫）

與那一片醬黃色相對的是一個灰色的院子，我在任何一個工作日都像一個皮影戲的人物那樣沒有重量地動來動去。

皮影化的過程從早晨擠公共汽車開始，一擠公共汽車，茲的一下，立馬就變成了皮影。我們常常在車上聽到有人抱怨：擠什麼，都快擠成照片了！皮影就是公共汽車上無數照片中的一種，只不過比照片更薄更不獨立，唯一的優點是還能夠動作。

皮影老黑從公共汽車裏擠出來，走進辦公室，桌上一堆亂七八糟的稿子從她的頭頂進入她的身體，曲曲折折地充滿了她身體中那些原本是肌肉和骨骼的地方，她的身體開始鼓脹起來，透過她薄而透明的皮膚可以看到不少平淡無奇的詞組和句子在她的身體裏衝來撞去。在某些清閑的日子裏，這些平庸乏味的句子無聊地在她的身體裏漂浮，像一些古怪的被蟲子咬過的羽毛，無聊地飄來飄去，紅色的墨水從她的指尖流進去，有些字被改成紅色的字。而在另一些繁忙的日子裏，稿子從頭頂直灌而入，它們像垃圾袋裏的廢紙一樣被擠得緊緊的，一點空隙都沒有，這時候看上去的老黑就像一只透明的垃圾筒，裏面是各種質地的廢紙，它們的詞句、對與錯、好與壞統統擠壓在一起，分不清彼此。

然後，

閱讀加工過的稿件從四肢末梢排泄出來，送到主任大彎的手裏。

然後送給主管主編。然後在編前會上宣讀，然後送到照排車間，然後劃版，然後是一樣二樣貼樣清樣。在三四天的時間中，如果我們要集中再現老黑在職業中的忙亂情形，有必要把皮影變成動畫，從形式上看，皮影畢竟比較平面，空間有限，無非是從這頭到那頭，再從那頭到這頭，在加快的速度中變得像擲石頭一樣無趣。而把老黑所在的環境變成動畫的環境，把皮影老黑變成動畫老黑，事情就會在變得有趣得多的同時，也不失其概括性。

我們將會看到在那個迷宮的巨大院子裏，部機關的十二層高樓灰而巍峨，此外還有氣派非凡的院中院，低矮而緊密的灰色矮牆、飛檐的屋頂、朱紅色的門，如果屋頂是黃色琉璃瓦簡直就跟故宮的偏殿相去不遠，這樣的小院不用說就是部長辦公所在地。《環境時報》在高樓旁邊的一排簡易平房裏，牆壁和屋頂都是用簡易材料（瓦楞板什麼的）做成，它又瘦又矮，就像是高樓吐出的好幾口唾沫。

在這幅一目了然的全景圖中，動畫老黑像一隻蟲子一樣跳來跳去，從一間平房跳到另一間平房，穿梭不停。她的路線互相交叉，像一團亂麻，在我們看來實在沒什麼意思，不知目的何在。我們還看到，在這座迷宮般的院子裏，在高大的樹木和房屋之間，老黑更像一隻忙碌的螞蟻。

她的頭髮因為忙碌而缺乏料理，因為睡眠不足而有些乾澀發黃，她用橡皮筋隨便紮在腦後，這是一種最普通最沒有味道的髮式，是所有有年幼的孩子又有繁忙工作的女人共同的髮式，它比五〇年代的齊耳短髮還要方便，短髮隔一段時間就要去剪短，這種馬尾巴就沒有這樣的麻煩。

這個自從生了孩子後就沒有時間收拾自己的女人，嘴唇乾澀、臉色灰黃、身體乾瘦，由此我想到，這個迷宮般的院子一定存在著某種場，專門吸收人特別是女人身上的水份，它緩慢地卻從不中斷地幹這件事。

這個女人總是穿著灰色的衣服。淺灰的T恤、鐵灰的燈芯絨、黑灰的羽絨衣，各種不同的灰色跟隨這個女人穿越一年四季，它們像深深淺淺的灰塵堆積在她的身上，這使她看起來常年灰撲撲的。

這種對灰色的鍾愛有什麼特殊的理由嗎？是因為灰色經辭（許多顏色加在一起就變成了灰色）？還是心情灰暗沒有亮色的體現？抑或是她天生就不愛張揚？

沒有太多人會偶爾想到這些。人總是對時裝感興趣，對那些引人注目的東西，對新鮮的質地和款式又摸又捏，遠觀近賞，回味不停。灰衣女人在迷宮般的院子和人群中走來走去，沉默不語。

我們覺得她有點怪，常年穿不起好衣服我們又有點可憐她，特別是她離婚後我們更是可憐她，我們擔心她找不到一個可以再婚的男人，也找不到一個不結婚但可以幫幫忙的人。我們在辦公室裏看到她在窗外走來走去送稿子，總是止不住要議論幾句，但我們之中從來沒有人知道她為什麼離婚，她從來不跟我們訴苦，從來不說。她跟我們不一樣，我們沒有辦法保護她。

我們聽見這個灰衣女人在編前會上念稿子的聲音像老鼠一樣，這樣的情景在我們看來就像時快時慢的錄像，她的聲音在快進時變得吱吱嘎嘎，如果我們把她的聲音和她灰色的衣服結合起來，如果我們有著正常的聯想能力，我們就會十分恰當地把這個女人看成是一隻老鼠，她本來就又矮又小，走路又只看地上，而且受驚似地匆匆忙忙，誰要是想不往老鼠上想都不可能。

我們很想把這點聯想傳達給她，面對一隻老鼠，人總是有優越感的，如果她知道我們的這種並不無聊的聯想，我們的優越感就會更確定一點，這是多麼的好！這時我們發現我們中間缺少一名小說家，好把我們的發現寫出來公之於眾，我們有的時候盲目地崇拜鉛字，就像我們崇拜物質，變成了鉛字就更加可靠更加牢不可破了。

這個女人的莫名其妙之處還在於開會從不發言，在每週一次的例會上，我們每一個人都發言表示如何做好一個人，只有這個灰衣女人目光恍惚，神不守舍，她從不表明自己準備從哪幾個方面著手做一個人，如果大彎點到她的名，她就會像被馬蜂螫了一口，然後含含糊糊，支唔幾句。這是她自甘在老鼠的路上越走越遠，不過，在例會上由於這個女人的靜止不動使她看起來更像一隻蜘蛛，灰色的蜘蛛，一動不動，陰沉，沉默，令人討厭。我們甚至覺得她會結網，結得密密麻麻。一層又一層，搞得我們一看就頭暈，一想就頭疼。蛛絲緊緊地纏繞著她，阻擋著我們的視線，我們知道，只要一走近這個女人，無形的蛛絲就會沾著我們。

灰衣女人在劃版的時候就是蜘蛛吐絲的時候，她低著頭，弓著背，在桌面大版式紙上，將線從一頭劃到另一頭，再也沒有比這個人更像蜘蛛織網的了，她一次劃版下來比我們所有人劃的線都要多得多，她劃錯了擦掉，擦掉了再劃，各種隱形和顯形的線交叉重疊在一起，粗細不一。

我們總是預先就知道了結局，這個灰衣女人簡直是太不聰明了，不管她劃多少種線都不會順利過關的，只要她交到大彎手裏審查，大彎就會在一分鐘內向她咆哮，如果她把線劃細了，大彎就說太小氣了，如果她劃粗了，大彎就說太粗笨了。

大彎在這個時候微微身上就會發出一種塑料的聲音，從他骨骼的縫隙間發出來，通過皮膚上的毛孔散發到空氣中，在聲音發出的同時，還會伴隨氣味，也不是正常的氣味，而是塑料燒焦的氣味。

一開始我們並不知道那是一種什麼東西發出的聲音，沙哧沙哧的，有時一整天回響在屋子裏，有時好幾天聽不見。這種奇怪的聲音從大彎的肋骨間發出，沙哧沙哧地響，越靠近大彎聽得越清楚。

有一次灰衣女人在這種聲音響起的時候說：塑料。

灰衣女人精確的判斷力並沒有改變她的地位，相反，這只能使她更糟。身體裏發出塑料的聲音是大彎的隱私，誰發現了這一點還明確指出來肯定沒有好果子吃。

不過這只是她厄運的源頭之一。

我們旁觀者最清楚，除了塑料的原因，還因為大彎本人對版式失去了判斷力，他失去判斷力是因為每次開會他都會當眾受到領導的粗暴批評，越批評他就越失去判斷力，越失去判斷力就越受批評。大彎陷入了這樣一個惡性循環圈中，越陷越深，不能自拔。

我們知道大彎實在太想當正處長了，他在副處長的位置上幹了二十年還沒有扶正，實在是天不長眼，大彎沒有任何不良嗜好，不吸煙不喝酒，不好女色，不開玩笑，不隨地吐痰，勤洗澡勤換衣，不髒不臭，不胖不瘦，還出過一本書，到底領導為什麼不喜歡他，我們誰也弄不明白。我們知道這個問題折磨了大彎有整整二十年了，它是大彎的命根子，關係到大彎的住房和兒子的就業。這個念頭（或者叫追求）的根系遍布了大彎身上所有血液流動的地方，它們越長越長，越長越多，從他的心臟出發，一直長到了他手上的末梢。如果誰的眼睛有透視的功能，就會看到大彎的身體是一株龐大的根系，根系多得驚人，每一根細鬚在他的體液中雜亂地漂浮，活像大海裏的水母。這遍布身體各個部位的龐大根鬚本該相應地長出一棵大樹才合適，但它既沒有枝條和樹葉，連一個芽瓣都沒有。這種沒有成果的狀況使他體內龐大的根鬚更加觸目驚心、徒然、盲目。

陷入在怪圈中的大彎還能怎麼樣呢，他只能無端地衝灰衣女人咆哮，對這樣一個在部門中地位不高又沒有後臺的人咆哮，以向領導證明他的管理魄力，這是大彎走的一條死胡同，他明知走不通也要拼命往前撞。有時候我們覺得這其實也是壯懷激烈、可歌可泣的業績。

灰衣女人的厄運就此降臨了，不管她怎樣劃大彎都不能一次通過，總要改了又改，她的鉛筆尖落在塗改過的紙上，發出刺耳的嘎嘎聲，有時候她劃著劃著頭髮就落了一層，頭髮和鉛筆線混合在一起，比蜘蛛網還要難以辨認。這個女人是另一個陷入怪圈的人，她在一次次的塗改中早就失去了判斷力，大彎的咆哮更是使她分不清好壞和對錯，她越是分不清就越是想要分清，所以在她劃版的時候總是要請教張三或李四，不管是李四還是張三的建議，只要經過灰衣女人的手劃在版式紙上，就仍會不可避免地招來大彎的一陣嚎叫。我們有時甚至懷疑這個女人是一種類型的女巫，就像傳說中的女巫碰到什麼東西東西就會死一樣，她碰到什麼什麼就變糟糕，或者說她的巫術就是故意把什麼東西都弄糟，把大彎激怒，使他像木偶一樣蹦起來，我們的依據是面對大彎的呵斥，灰衣女人居然無動於衷，她連眼皮都不眨一下，我們很願意看到她掉下眼淚來，但我們總是願望落空。

灰衣女人的眼淚、老鼠的眼淚、蜘蛛的眼淚從來就沒有掉下來過，這是我們的旁觀生涯的一個巨大缺陷，沒有眼淚，沒有悲傷，也沒有憤怒，生活中就會沒有高潮，沒有高潮的生活是多麼乏味令人難以忍受。

關於單位的事，我常常會搞不清楚到底哪些是惡夢，哪些是回憶。那些在我視野裏出現的皮影、動畫和蜘蛛是誰？那個灰衣女人是誰？「我們」又是誰呢？

（眼淚）

南紅說她到四十歲再說，到時候想結婚就結，不想結婚就算了，反正怎麼都是活著。她搖擺不定，情緒不穩。有時候極端消沉，說還不如死了算了，有時候又說怎麼都是活著，活一天算一天，還有一些時候，往往是她精神好的時候，這時候她剛剛睡醒一個好覺，臉上有了一些光澤，還有一點若隱若現的紅暈，她梳洗整齊，照了鏡子，就仍會生出無數幻想，對她來說，幻想就像濃厚烏雲之下的落日，使烏雲變成晚霞，但同時更像回光返照，在瞬息之間失去最後的光芒。

後來，當我在北京聽到南紅的死訊，在驟然而至的寂靜中，我一次又一次聽到南紅嘶啞而不顧一切的嚎哭，她的哭聲像一道長而深的傷口，鮮紅的液體從那裏湧流出來，我不知道為什麼會有這樣的幻像，我從小害怕鮮血，我對害怕的東西耿耿於懷。同時無論在N城還是在赤尾村，我很少看到南紅的嚎哭，她更多的是小聲的哭，抽泣，躺在床上流淚。

現在她的眼淚同時就在我的臉上，它們在黑暗中閃著微光，它們的來源是心，心疼的時候，心因為收縮就小了一點，那少掉的一點就化成了液體，那是十分古怪的液體，因為疼而增殖，它不停地生出淚水，從我們的眼睛流出來，這時我們的心就會暫時舒服一點。它與冷汗不一樣，冷汗來自骨頭，它來自心，心柔軟而灼熱，所以眼淚總是熱的，人們稱它為「熱淚」。它們遍布在我們的生活中，就像青草，總是要長出來，一切都是它的養料，愛情、職業、孩子。

一個女人在黑暗中孤獨無依，她怎麼才能不哭泣呢？我希望有人能夠告訴我，一個人近中年、離了婚、被解聘的女人，怎麼在養活自己和孩子的同時變得強大起來？

南紅的死混雜在我求職的失敗中，她因失血而蒼白的臉懸掛浮在我獨居的房間裏。

就是這樣我們的眼淚落到了臉上，它迅速變得冰冷，空氣中有一點微弱的顫動，淚水馬上就感覺到了，它比皮膚還要敏感，就像擦破了皮的肌肉，有一絲風吹過都會疼，它把這種疼傳到皮膚上，傳到心裏。我明白南紅哭的並不是她的生日，她早就不為這些而哭了，也許她的一個巨大的秘密，但她從來不說，一絲一毫我都無從知道。我不知道那是什麼，無從證實，也不便詢問，但它像一個黑洞，懸掛在南紅的頭頂上，把她往日的明快不動聲色地全部吸光了。

我看不見那個黑洞。它是黑暗之中的一些黑暗的火苗，每個人的頭頂都有，當一個人的頭頂越聚越多，當它最終吞噬這個人的時候，我們才能感知它的存在。南紅每一次哭都是為了她自己的毀滅，她在自毀的路途中痛哭，在她的哭泣中我看到了那個晚上。那個晚上她開始出血，她獨自躺在黑暗中，後來她給自己煮粥，她暈頭脹腦，神情恍惚。把洗衣粉當作食鹽，吃下去之後肚子劇痛，暈了過去，第二天早上才明白是放了洗衣粉。她說她就是這一次感染上了盆腔炎，疼得走不了路，史紅星抱她上醫院住了十幾天。她的工作就這樣沒有了，史紅星不知去向。後來她輾轉聽說史紅星嫖妓出事，從此再也沒有見到他。

如此密集的事幾乎同時出現，讓人覺得不像是真的（我們總是相信戲劇但不容易相信生活，生活中的戲劇性事件一經轉述，立刻就變得虛假），但它們全都是真的。它們像無形的刀子落在南紅的身上，但是南紅說：我無所謂。

她哭過之後就在床上坐著，她對著空屋子說：我無所謂。

（牙蕾與奶漬）

我沒法跟南紅談論扣扣。我一直認為，有孩子的女人跟沒有孩子的女人是兩類女人，這二者的區別有時候不亞於男人和女人之間的區別。

去年冬天她到我家來，在十分鐘內問了我扣扣三次，我剛告訴她她又忘了，過了一會又問：你女兒呢？到最後一次連她自己都發現了這種心不在焉。我三十歲前也是這樣，對已婚婦女一見面就談孩子感到十分沒意思，她們從孩子的第一顆牙蕾談到第三顆門牙的生成，三顆牙齒就橫穿了她們整個上午（下午）的時間，在這樣的時間裏她們有時是在上班，站在沒有什麼人的櫃臺裏、或者沒有什麼事的辦公室，或者是電梯裏，等等；有時是沒在上班，她們手裏打著毛線活，或者摘菜淘米洗一大盆衣服，或者是排長隊買東西，這時候她們就要說東說西，但不管扯到多遠，說來說去總要說到孩子，只要是真心當母親的人，她們的心裏一刻都放不下孩子，孩子滿滿地盛在她們的心上，滿到從嘴裏溢出來，它們不斷地出來，一個孩子變成了無數個孩子，這無數個孩子又都是一個孩子，孩子和孩子連成一片，他們的眼睛變成一隻眼睛，又黑又亮，又像黑葡萄又像星星又像鑽石，無比清澈地懸掛在她們平凡的日子中，把她們菜上的泥和老葉，把淘米水上的一層浮糠、無窮無盡的毛線一一照亮。

牙蕾也是這樣，它橫穿在母親的時間中，從肉裏一點點長出，它堅硬、銳利、閃著一點點的光，它是牙齒中的牙齒、白色中的白色，星星中的星星，它在孩子小小的柔軟的嘴裏，伴隨著一陣香氣明亮地生出。我意識到這正是我扣扣的第一粒新出的牙蕾，它一聲不響地在幾千里之外和三年前的時間裏，我的手指觸碰著它，在觸碰中有倒退著的時間茲茲作響掠過我的頭髮，而扣扣的氣味從這粒牙蕾上徐徐散發。扣扣的氣味是一種最新鮮、最純正、最嬌嫩的香，它同時是水果、甘泉、牛奶、麵包，和雨後的青草，靠近它就像靠近天堂。我看見她光滑的牙床在上下用勁，這與她往常以吸吮為主的動作相比，實在是一場革命，我迅速想起她那幾天不愛吃煮爛的麵條，而對有點硬度的餅乾感興趣，這使我想起一個詞：磨牙。

這個詞本來跟我毫無關係，但現在它跟我的扣扣連在一起，頃刻就變得可愛極了，它從一大堆沉睡的詞中跳出來，帶上了一種童稚的趣味，讓我禁不住微笑。在任何時候，當我碰到磨牙這個詞的時候，我的眼前就總是出現一幅老鼠娶親圖、小松鼠搬家、熟睡的剛長牙的嬰兒這樣一些祥和親切的景象，而「磨牙」就像一頂小紅帽，分別戴在老鼠、松鼠和嬰兒的頭上，在這些可愛的小腦袋上來回跳蕩。

扣扣的牙床光滑柔嫩，口腔裏空無一物，我說：扣扣，讓媽媽看看你長牙了沒有。她小嘴裏的奶香一陣陣地撲到我的臉上，我不斷地深呼吸，一邊掰開她的嘴。我說扣扣真香。扣扣只有半歲大，她不會說話，我不知道她能不能聽懂我的話，她的眼睛很懂事地看著我，一動不動讓我捏她的腮幫子，我用一隻手托著她的後腦勺，她坐在我的膝蓋上，雙腳頂著我的肚子。

我沒有看到那顆我想像中的牙蕾，這本來不用看，餵奶時自然就會感覺到，但我已經有兩三個月沒有給她餵奶了，生下扣扣兩個月我就去上班，本來現在每人都有六個月的產假，但我那時還屬於借調人員，戶口也沒有從N城遷入，所以只能按另冊處理，只休息五六天，上班三天後奶水就變少了，越來越少，到兩週的時候幾乎就沒有了。我給扣扣吃米糊，放一點糖，我把勺子舉到她的嘴邊，她張開小嘴露出粉紅而饑餓的舌頭。她大口大口吃米糊，到最後我就給她吃一口奶，但那天她沒吃著奶，她使勁吸，這一徒勞的動作使她很快就累了，她吐出奶頭哇哇大哭。

我感到胸前的乳汁在早上擠公共汽車上班的時候就消失了，本來它們的方向是從裏到外，它們來自我身體的最深處，從血液和肌肉中滋生出來，而且跟扣扣的氣味有關，不管我是抱著扣扣還是把她放在小床上，她的氣味從我全身的毛孔和末梢、從頭髮和指甲蓋進入我的身體，像一些小小的手，又像一些光亮和聲音，如同一種召喚，就這樣我體內的一些血液聚集到我的胸前，變成潔白的乳汁。我在睡眠中常常感到這種凝聚，它們行走的聲音是一種悅耳的「咕咕」聲，它們一滴一滴，形狀美好，從殷紅到乳白，一滴一滴聚集在我的乳房裏，睡覺之前我給扣扣餵乾淨奶，乳房變得柔軟輕盈，睡著之後它們就來了，它們沿著隱秘的線路穿過肌肉的縫隙到達我的乳房並停留在那裏，我在睡夢中看見它們乳白的閃光同時感到自己胸前的堅硬和沉實。

上班的日子一開始這種情況就改變了，對於上班和不上班，乳房的反應最敏銳，它處在身體最凸出的地方，最先感到空氣比往常更為快速的流動。上班就意味著從早上六點半開始所有的動作都要比平常快一倍，甚至從睡眠開始，神經就要繃緊，等待電子鬧鐘的滴滴聲。我擔心它聲音太小自己醒不來，但聲音太大又會嚇著扣扣，我在夢中竭力看錶，夢中的力氣總是不夠，達不到心裏所想的（當然有時候又會特別超常，一下能飛起來，這是另一種情況），夢中的力氣被禁錮在身體之外，或者分散在身體的各個點，缺乏有效意志的聚集，它們之間互相沒有聯繫。這使我夢中的力量構不成指向，我的意志命令自己起床，我使勁使自己的身體向上，但我發現這個身體無動於衷，半點動靜都沒有，我成了一個只有念頭沒有身體的人，我的念頭在將醒未醒之際撞來撞去，然後我就有點醒了，這個時候分散在身體的各個點的力氣也開始蘇醒過來，但我還是不能聚集它們，它們各自朝著地心引力的方向下落，這使我的整個身軀也跟著下沉。

六點半！不管我的四肢多麼沉重，只要意識到這個數字，我就會奮起掙扎，在掙扎中把疲憊的力氣積聚起來。在半清醒的狀態下掙扎起床跟暈車的感覺相似，所不同的是，暈車必須緊閉著嘴，一張開嘴就會嘔吐，而起床的時候總是要大打呵欠，仿佛呵欠可以為我增加力氣。我暈著頭搖搖晃晃地穿衣服，半閉著眼睛，動作常常不能一下落到實處，但是我知道六點半了，六點半是一根繩子，垂在我的上方，而我的頭頂早就長出了一隻堅固的鉤子，這個鉤子的名字也叫六點半，這兩個相同的六點半迅速而準確地勾連在一起，它們齊心合力地把我往上拉。

我搖搖晃晃地趿著鞋上廁所，閉著眼睛坐在馬桶上，然後我一陣風地刷牙洗臉，用隔夜的開水沖一杯紅星牌奶粉，我把扣扣的餅乾胡亂塞到嘴裏，同時對著鏡子梳頭，好在我的頭髮是最簡單的馬尾巴，只需胡亂在腦後紮成一把就行，你沒有孩子就不會明白為什麼有孩子的女人不是把頭髮剪得很短就是隨便紮成一把。臨走的時候我忽然想起要往乳罩裏墊上一點衛生紙，根據我兩個月的經驗，我知道自己的身體根本存不住奶水，有一兩個小時不餵奶就會自動流出來，晚上這種情況尤其明顯，睡前我總要往胸前捂兩條毛巾，一邊一條，即使這樣，我還是常常被胸前的一片冰涼弄醒，那時候我還沒有聽說過柔軟劑這回事，這兩條毛巾很快變得漿硬發黃，它們硬梆梆地磨擦著我的乳房，好像就是這時候我發現乳房的敏感度大大增強了，我把這兩塊硬毛巾放在腿上和手臂上，都沒有感到有什麼特別的不適，這使我進一步確認了這個發現。

乳房什麼時候變得像鼻子一樣靈敏，又像舌頭一樣怕疼的呢？當然這新的一頁完全是扣扣揭開的。關於乳房在女人一生中三個階段的定位，在民間早就有了廣為流傳的說法：結婚之前是金奶，結婚之後是銀奶，生了孩子是狗奶。不用說這是男人們的看法，是男人眼中的乳房。也許還有一些沒有頭腦的，男人說什麼就跟著說什麼的女人也是這樣看的，但某些女人決不這樣看。她感到女人的乳房越到後來越神奇，經過孩子的吸吮，一下變得銳利無比，平添一份對外界的感受力，綜合著眼睛的明亮和鼻子的靈敏，同時具有視覺、聽覺、味覺和觸覺，是女性神秘直覺的來源之一（這使我聯想到某個神話，想到世代相傳、像大海一樣蒼茫的神話流傳中一定有一個隱秘的神話，從女性的體內誕生，在幾千年的無知無覺中流傳，在某些神秘的時刻，像珍珠一樣照亮大海）。我往乳罩裏塞衛生紙，有點像經期往下身墊衛生紙，這是一個我以前沒有想到的動作，事到眼前就無師自通了。在月子裏聽母親說過，我身體太弱所以存不住奶，有一點奶水就會自己流掉。但她沒有告訴我上班的時候怎麼辦，扣滿月的第二天她匆匆忙忙就走了。

墊紙的時候我忽然想到了我以前看到過的哺乳期的婦女，她們胸前鼓鼓囊囊像袋鼠一樣難看，而且邋遢鼓起的地方總是濕一塊，這種形象從農村到小城，在有女人的地方司空見慣，我年輕的時候常常視而不見，或者是在看見的同時馬上就忘掉了，覺得這是一件跟自己沒有關係的事，那時候好像還沒有發現時間是有連續性的，一步一步就會走進去，總好像起碼是隔著一輩子，是人與袋鼠的區別，要等到下輩子才可能變成胸前鼓鼓的袋鼠。我想我只要不結婚不要孩子怎麼會變成袋鼠呢，而我年輕時決心不要孩子的隱秘理由之一就是擔心自己變成一隻難看的袋鼠，但是她們說，現在你還年輕，等你三十多歲你就不會說這樣的話了。

（詩人余君平）

形同袋鼠的女人在我眼前晃了二十多年，有一天我忽然看見了她們中的一個，她胸前的奶漬清晰無比，近在眼前。而我不僅僅是看見，更是一種被衝擊，那塊奶漬不知為什麼在那個時刻變成了一種奇怪的東西，變成一塊石頭，攜帶著能量，冷不防迎面打了我一下，我一時覺得它跟我有著某種特殊的聯繫，跟我和那個女人的共同命運有關。

那是一位女詩人，當時三十九歲，她曾是G省最優秀的詩人，她那些未能發表的通過半公開的途徑流傳的詩作，即使拿來跟國內同時期的其他詩人相比也毫不遜色，但是她沒有這種機會，她年齡偏大，長得也不夠好看，這一點據說相當重要，在這個遍布著男人目光的世界上，一個不好看的女人要取得成功真是連路都沒有，文壇更是一個好色的文壇。她不光人不漂亮，名字也沒有供人遐想的餘地，叫余君平，完全中性，她也不取筆名，我想她若取一個帶點女性色彩的漂亮名字，很有可能就會引人注目。這使我想到了G省的另一個女詩人雅妮，本來我已經完全把她忘記了，雅妮的詩比余君平差一到兩個等級，但詩運硬是比余君平好兩倍。雅妮是桂林人，我曾經見過她一次，我想她那麼楚楚動人地坐在那裏，誰又忍心說她的詩寫得不如余君平呢？我總是聽人說，田間很欣賞雅妮，田間這樣一個如雷貫耳的名字，遠在京城，我們連夠都夠不著。

這樣的事實使我黯然神傷。

多年來，余君平連同她胸前的漬痕就像我身體裏一道隱藏至深的傷口，我不知道她現在在幹什麼，變成什麼樣子了，我估計她可能已經完全不寫詩了。生活最初的形狀就是那塊奶漬的形狀，它隱藏在那裏，並從那裏出發，一點點吞噬詩人余君平。或者並不是一點點的緩慢進程，而是一大口，像一隻吃掉太陽的天狗。我當時極為恐怖地想到，這隻天狗不是別人，正是她的孩子。這個孩子在她三十九歲的路途上等著她，等著詩人余君平，等著把她變成一個母親。孩子又瘦又小，早產，生出來只有二斤八兩，放在暖箱裏養了一個月，吃什麼都吐，有眾多的禁忌，不能吃蘋果泥，不能吃雞蛋黃，能吃的東西也只能吃一小口，在整整一年的時間裏只能靠母乳。後來又過了幾年，余君平告訴我，在孩子三歲前，她幾乎沒有一天正經梳過頭，每天都蓬頭垢臉。我想像一個憔悴蒼老頭髮蓬亂的余君平，覺得那個使勁吃大拇指的孩子是一個巫孩，使了一種巫法，把余君平變成這樣一個比真正的袋鼠好不了多少的醜婦。

我看到余君平胸前的奶漬的時候是八〇年代中期，她的孩子剛剛五個月，G省在一條著名的江邊開一個筆會，詩人余君平掙扎著從母親余君平身上分離出來，她說我好久沒有寫過詩了，連詩都讀得少了。她看見誰都新鮮，聽到任何一個話題都新鮮，好像生一個孩子就退化了，退回到剛剛進入文壇的光景，她聽見有人說「深度意象」，她馬上就盯著問，有人說「深度抒情」她又盯著問。她總是想弄清楚這些她錯過了的新名詞，就好像一名停止訓練的運動員，想要恢復心肺水平和肌肉能力而拼命加大運動量。她在這次會上讀到了翟永明的一組新詩，她馬上興奮起來，眼睛裏湧出了一滴淚水，我看到她身上的母親瞬間就退到了遠處，而詩人從她的身體深處一下站了出來，她本來不太說話，即使說也遲遲疑疑，缺乏自信，並且她常常在不同的場合重複同一句話：我已經有一年多沒跟任何人談文學了。但她讀了翟永明的詩馬上就找到了感覺，話越說越多，越說越快。

她說她要到四川去，她哥哥在重慶，她喜歡四川是因為四川有許多一流的詩人。她說她本來幾年前就要去四川，曾經聯繫過一個文化館，差一點沒有成。她向我虛構四川，在虛構中我看到了另一個余君平，她站在重慶山城的某一盞燈下，長髮飄飄（像那幾位現在還十分著名的女詩人），才情蕩漾，而她的身後，在某一間窄小的小屋裏，粗糙的稿紙上滿是新鮮的詩句，而那個兩斤多重的孩子是沒有的，正如眼前剪著短髮的余君平沒有出現在那裏。這種虛構一點也沒使我感到虛假，我堅信，余君平絕對是有可能站在四川肥沃的土壤上成為一名第一流的詩人。

但她衣服的前襟滲出了奶汁。

我的虛構頃刻之間就消失了。那個早產的孩子的哭聲從君平遠在N城的家中發出，筆直地奔向這個開會的城市，孩子的哭聲飢餓而嘶啞，不顧一切地從余君平的胸部進入她的身體，又從她的身體深處向外突圍，這樣我聽見的嬰兒的哭聲就是已經被余君平的身體過濾之後變得古怪的哭聲，有關天狗的聯想在這片微弱而怪誕的哭聲中油然而生。

詩人余君平的前襟出現了一塊奶漬，她那在我的想像中在未來的日子裏飄揚的長髮嗖嗖地縮了回去，變成了母親余君平那剪得極短又很不講究的短髮。天狗就這樣把詩人吃掉了。她從衛生間出來，一個晚上都沒有說話。第二天一早余君平就提前離會回去了，她沒有跟任何人告別。

（你們已經看到）

你們已經看到，我的思路總是不能長久地集中在南紅身上，我想我縱然找回了我的語言感覺，我生命的力量也已經被極大地分散了。我極力地想完整地、有頭有尾地敘述南紅的故事，我幻想著這能夠給我提供一條生存的道路。但我總是沉浸在自己的事情中，南紅的許多事情都會使我想起自己，哪怕是跟我根本聯繫不上的事情，我在寫到紙上的同時那種觸感頃刻就會傳導到我的皮膚上，我常常分不清楚某一滴淚水或冷汗從我的筆尖流出之後落到誰的臉頰或額頭上，但不管它們落到什麼地方，我總是感到自己皮膚上的冰涼和濕潤，所有的感覺就會從「她」過渡到「我們」。

更多的時候是我自己的事情像霧一樣從四面八方彌漫而來，如同漲潮的海水，將南紅覆蓋。在我的敘事景觀中，南紅的故事到底是海中的礁石，還是鯨魚，抑或是一條搖晃不定的船呢？這是一件我無從把握的事情。

（我真希望有一臺什麼新式機器，專門用來調節記憶與情緒的，我將立馬把自己裝進去，讓它在分把鐘之內就將我陳年積壓下來的東西抽空，而我則像一個嶄新的空瓶子，乾淨剔透，閃耀出前途不可限量的燦爛光芒。）

（乳房的感覺）

我胸前墊著紙去趕公共汽車，走路的時候有一種奇怪的感覺，我覺得空氣總是不夠透，而且一股紙的氣味老是沖上來，胸部堵著的東西好像不是在身體的外面而是在身體的裏面。快到公共汽車站的時候我才明白，這一切不適的感覺原來都是來自乳房。

我使盡全身的力氣擠上公共汽車，一開始我緊貼著車門，下一站下車的人不斷擠到門邊，這使我在擠壓和衝撞中站到了車廂的中間，我雙手放在胸前，如果不這樣我就會貼到人家的身上去。儘管隔著雙手，乳房的敏感還是超出了我的意料，汽油的氣味、人的氣味（汗味、莫名其妙的口水味以及各種混雜的體味）以及鐵的氣味越過我的雙手、乳罩和衛生紙的層層保護從乳房緊張張開的毛孔進入我的身體，緊接它們就在我的身體裏打起架來了，這些外來的，異己的、鐵的、汽油的、他人的分子與我胸前的乳汁短兵相接，乳汁拼命抵擋，在抵擋中它們改變了自己，它們本來沿著從裏到外的正確而自然的路途，從我的五臟六腑聚集到胸前，但是現在它們不得不向後退卻了，它們落荒而逃，紛紛縮回我的內臟的深處，在那裏它們變成了另一種東西，隨著我在公共汽車上的站立（這種站立跟在房間裏的站立絕對不是一回事，需要比後者多幾倍的體力和耐力，支持不住完全有可能昏過去）和對付來自各個方向的衝擊，我身體裏的液汁從我的額頭冒出來，變成了汗珠。

我騰不出手來擦它們，我的乳房酸痛而疲憊，我知道這跟那裏的水冒到了我的額頭有極大關係，汗水是什麼？就是消耗掉的力氣，如果你覺得「消耗」這個詞太文雅，就直接用「死」這個詞，這是我對汗水的最新認識，它既然是死掉的力氣，同時也是力氣的屍體，這個認識跟我懷有強烈的哀悼心情有關，我身體裏的汁液只有那麼多（一個常數），如果它們變成了汗就變不成奶水了，有誰見過額頭上的汗能縮回去變成乳汁的（農村的廣大哺乳期婦女之所以有點不同完全是因為她們年輕、強壯、不失眠，不用擠公共汽車）？我預感到，用不著到單位上班，只需每天擠兩趟公共汽車，我天然的造乳功能就會退化。

但我不能不想到單位，想到單位就想到沒完沒了的追查謠言，每個月的月總結，每季節的計劃，每週的選題會和會後的選題落實，脾氣暴躁的領導和精神緊張的同事，我眼前頃刻就會出現那個在灰色的院子裏以動畫的機械和快進的速度忙亂著的女人，這個女人穿著灰色單調的衣服，頭髮隨便紮在腦後，她容顏憔悴，情感淡漠，實在不是一個正常而健康的女人。但我知道這個女人就是我自己。

我那個時候不明白這樣日復一日上了發條似的忙碌到底為了什麼，被解聘之後我才知道，可以選擇的養活自己和孩子的路其實沒有幾條，即使把嫁人也看成一條路的話，也找不到一個既情投意合又有一定的經濟能力同時又沒有結婚還要能容納扣扣的男人。現在我才知道，那份吸光了我的血和肉的工作是如此珍貴。

我在路上、公共汽車、單位的辦公室、照排車間、審讀室、財務室、會議廳之間行走，聽見乳汁流動的細微的簌簌聲，它們沿著相反的方向往回走，然後變成汗珠懸掛在額頭上。大彎說：老黑，我希望你不要這樣神不守舍，留心看仔細校樣，今天我們又挨罵了。我覺得他的聲音在另一個地方對另外一個也叫老黑的人說（現在想起來，這是否就是我被解聘的理由之一呢？這是完全可能的），他人就站在我的跟前，眼睛也看著我，我也正對著他的臉，他說什麼我全聽見了，但我覺得自己站在一個透明的、長桶形容器裏，他們所有的人全都在這個容器的外面，我的目光越過他們看到另一個透明的容器，那裏有一個幾個月大的嬰兒，她的眉毛和膚色跟我有點像，我心裏知道，這就是我的扣扣。

她正張開粉紅色的小嘴，裏面一顆牙齒也沒有，本來對於孩子長牙這樣的大事，一個正常的哺乳期的母親自然而然就能感覺到，我小時候曾經多次看女人給孩子餵奶，她們本來很安詳地坐在床上或矮凳上，抱著孩子，摸摸孩子的頭，用一條乾淨柔軟散發著奶香的小毛巾擦孩子頭上的汗，孩子的小身子連同她的衣服和頭髮連同母親統統都散發出一片清甜的奶香，這是一種安靜之極的氣息，聞著這股氣息就會自覺斂聲屏息。但是有時候，餵奶的母親身上一抖，像被馬蜂蟄了一口地「哎喲」一聲，這就是那個偉大事件的開端：孩子長牙了！對於一個母親來說，它實在是一件跟氫彈爆炸有著同等意義的事情，怪不得我們總是要在公用的水龍頭、公用廚房、櫃臺前與它相遇，它璀燦的光芒就是這樣照亮了各種不同的母親。我原來單位的兩名年輕的女大學畢業生，我親眼目睹了她們成為母親前後的兩個不同時期，她們在辦公室裏談論孩子乳牙時臉上浮現的激動光采完全覆蓋了她們以前的整潔、修飾、上進的形象。

孩子的乳牙怎麼能不是一顆鑽石呢？

她們對我說：你以後也會這樣。

果然我洗乾淨手，掰開扣扣的小嘴，用指尖的正面碰她的牙床，我想如果我還有奶餵給扣扣吃，我就會用乳房來發現她的第一顆牙蕾，在疼痛中感到驚喜。這種乳房與牙印、疼痛與驚喜是一種健康而自然的關係，從動物到人，存在了不知多少萬年，而我用手指來摸扣扣的牙床，連自己都覺得有病。

我無法控制自己，這是一個給扣扣洗澡的時間，我已經把洗澡水倒在澡盆裏了，水汽正在房間裏散發，衣櫃上的穿衣鏡蒙上了一層淡淡的霧層，使整個房間籠罩著某種模糊不清從而超出常態的氣氛，猶如一個含有深意、讓人很想看清楚、但又總看不清楚的電影鏡頭，當我回憶這一幕時就是獲得了這樣的印象。蒸汽從紅色的塑料澡盆從三年前彌漫而來，一直到達赤尾村，這個前後斷裂，上不著天下不抵地的地方，那個女人在水汽裏，她衣衫不整，穿著一條肥大的棉毛褲，質地稀鬆，點綴著平庸的粉色碎花，這是在街邊攤上買的七元錢一條的棉毛褲，她坐在藤椅上，鼻子湊到了孩子的嘴上，這有點像我保存下來的一張照片，醜陋不堪但十分生活化。（在我恍惚而失控的記憶中，我很想丟開真實發生過的生活，把它們像扔石頭似的扔到大海裏去，讓自己永遠看不到它們，然後我重新虛構自己的生活，但那些一再出現的場面總是像冰雹一樣落下來，發出得得的響聲。）

在我的記憶中，澡盆、水汽、棉毛褲漸次清晰的過程，就像有一條窄窄的光線一一掠過這些物品，使它們得以在水汽中浮現，這時扣扣的小衣服、大毛巾、小床、小椅凳也都相繼出現在房間裏，並聚集在我的周圍，這時我房間更零亂也更真實了，而那團使我看見自己的光線也恰如其時地照射在我和扣扣的頭頂，這光線柔和而濃密，像月光一樣陰涼。我看見自己的鼻子幾乎就碰到了扣扣的臉，這時我聞到一股夾雜在奶香中的汗味，這是從扣扣的脖子發出的氣味，她那時候很胖，下巴把脖子全擋住了，脖子裏又有褶皺，是一個不透風的地方。汗味的記憶把扣扣更真實地送到了我的手指上，我把手指伸進扣扣的嘴裏，滑軟濕暖的感覺一下包圍了我的手指，把我嚇了一大跳，那是一種完全偏離常規的感覺，在我的經驗中我找不到一樣能作為比喻的東西。

（從一根手指到袋鼠）

陌生的觸感帶給我一陣恐懼，恐懼使我的觸感更加敏銳，瞬間放大數倍，又滑又軟又濕又暖，那種滑，會一下滑到無底深淵；軟，軟得像豆腐卻又有彈性。總之那一瞬間十分地奇怪，有一種還原為動物的感覺，從一根手指開始，逐漸擴展到手掌、手臂、肩膀及全身，這些被擴展的部位依次長出濃密的體毛或角質，那些我能想到的雌性動物在我的皮膚上一一復活和變化，而扣扣也與之對應地成為某一種幼小的動物，最後停留在我身上的正是我最害怕變成的袋鼠，我的腦袋小小的，耳朵豎起來，隨時傾聽草原深處的動靜，我的牙齒尖利而突出，能咬斷最最堅韌的樹皮和草根，而我胸前的袋子又結實又軟和，我的孩子呆在裏面既安全又舒適。袋鼠的力量也通過手指到達了我的整個的身體，我的後腿強壯而有力，一蹬地就能跳躍起來。這時候我完全跟袋鼠認同了，我完全不記得袋鼠有多難看了，我從來就不認為袋鼠難看，我現在堅信袋鼠的體型是世界上最合理最自然同時也是最優美的體型，我將以這樣的體型向整個草原炫耀！

（牙蕾）

我以母袋鼠的心情撫弄扣扣的牙床，就像我曾經以母猴的心情用舌頭舔扣扣的小臉，現在我也弄不清楚，這是一種病態還是一種還原（進化成文明人的大多數女人大概不會有這種動物性的衝動，總之我從未見過別的女人舔自己的孩子），我以剖腹的方式生出了扣扣，我躺在手術臺上，護士把扣扣托到我跟前，讓我看扣扣的屁股，她說：看一眼啊，是個女孩。

我第一次看見扣扣的臉是一週之後，在這之前我躺在病房打吊針，扣扣在嬰兒室呆著。我把她抱回家後就像母狗一樣使勁嗅她身上的氣味，然後我就像母牛或者母鹿那樣伸出舌頭舔她，她閉著眼睛讓我舔，一副很舒服的樣子。我也不知道為什麼要這樣做，我本能地伸出舌頭，她的小臉沒有多少肉，我估計她在嬰兒室沒有被餵飽，她臉上的味道有些甘（沒有一個準確的詞，這種味道也是十分主觀的）、有些微鹹。這種情形後來還有過多次，直到她一歲，那時她已經會走路了，在我們東城的家裏，搖搖晃晃地扶著牆，從一個房間走到另一個房間，後來她搖晃著走到廚房，看見了我養在臉盆裏的一條活魚，她第一次看見這種動物在水裏動，她被這種怪物嚇住了一會，但她很快就想出了辦法，她把我牽到臉盆邊蹲下，然後抓著我的手去捅那條魚，她不敢直接用自己的手碰活魚，想出了一個替代物，把我的手當成了棍子。就是從這時候開始，我發現扣扣漸漸從動物過渡到人了，而她作為一個小動物所誘發我原始母性的東西也慢慢減弱，我再也不好意思舔她了，而改用手撫摸她的小身體，後來我才想到，這才是一種人類的方法，有什麼動物的爪子比得過人類的手呢？（想一想在鋼琴的琴鍵上像閃電一樣掠過的手指吧）我用手撫摸扣扣後背的肩胛骨，她前胸的肋骨一道一道又一道，她柔軟的小肚子，每天睡前她就讓我摸摸她，然後她說：再來一遍。這時候她已經長到三歲了。

在洗澡水的蒸汽中浮現出來的是八個月大的扣扣，那時她的臉上長了不少肉，我的手指在她的牙床上兩頭滑動，但我沒有找著一點堅硬的東西。我把她抱到澡盆邊，準備先洗她的頭。我一隻手探到了水裏，這時我又看到了扣扣扁著嘴上下咬合的動作，我重新掰開她的嘴，我用手指的背面觸碰她的牙床，一下就撞到一點又硬又尖的東西，我稍用力一壓，我的手背馬上感到一陣尖利的疼痛，不太疼，但很明確，我再翻過手，用手肚子在同樣的地方按了幾次，還是一點感覺都沒有，我再用手背，馬上又碰著了那又小又硬的東西，這第一顆牙蕾隱藏在那麼深的肉裏，天生就是讓母親去發現的，它藏身在肉裏，發出微弱的氣息，這點氣息只有母親才會注意，她無論如何也要找到它，這個念頭就像在房間裏蒸發的水汽，飄滿了整個房間，沾在她的頭髮、衣服上，跳到她的後背她的眼睛，最後集中在她的一根手指上。

　我對扣扣說：扣扣你長牙了！我抱著扣扣飛快地奔到另一個房間，閔文起正在看報紙，我衝他大聲嚷嚷說：扣扣長牙了！驚喜使我有點氣喘，我上氣不接下氣地說：用手肚摸不著手背才摸得著。閔文起從報紙上探出頭看看，他像是沒有聽清我的話，他說：神經病！

　這是他喜歡說的一句話，也是婚後他對我的基本認識，我已經聽慣了，就跟他說天下雨了一樣，對我基本上構不成刺激。我抱著扣扣又衝回那個彌漫著水汽的房間，我往澡盆裏添了點開水，開始給扣扣洗澡。這時我再次從蒙了一層水汽的穿衣鏡裏看到了自己，從我自己的叫嚷聲中、從給孩子洗澡的動作中，從我的手對她皮膚的觸碰中，從整個房間為我和扣扣所獨擁的水汽中，我看到了自己與所有那些站在公用水龍頭、鍋臺、街邊談論孩子的女人們的重疊，她們所談論的那顆牙齒從我婚前的歲月來到我的生活中，這是所有的母親共同的牙蕾，它集中了母親們賦予的光芒，照亮著平庸、單調、乏味的日子。母親們像蠟燭一樣佇立在這個世界上，被孩子們一根一根地點燃。

（關於八〇年代的回憶）

在南紅的影集裏我看到了一張照片，我穿著一條紅裙子在照片的正中間，我剪著齊眉的留海，那是N城時代獨有的髮式，我一直沒有再剪這種髮型，那條紅裙子也已留在了N城。那是一個被八年的時光遮蓋的面容，她年輕、瘦削、充滿力度，意氣風發，我現在看到她，猶如站在寒冬凋零的花園中看到它往日的春光明媚，恍惚如夢。我從未見過這張照片，這是我第一次看到自己在公眾場合的樣子，這使我覺得十分新鮮，這是一個八年之後的邂逅，猶如一種不經意的故人相逢，六分感慨四分溫暖。南紅坐在我的斜對面，她只露出了四分之一的臉，照片上看到的是她的半截背部，她長髮披肩，一隻藍色的大髮卡醒目地別在頭上，身上穿著一件無領無袖後背開口的白色上衣，腰上還紮著一條極寬的黑皮帶，那是當年流行的時款。

我們坐成一圈，照片上還有兩位瘦削的年輕人，我已經想不起來他們是誰了，大概是南紅的同校同學或者是不同校的熟人，大學文學社團的活躍分子。我想起來那是一個N城各個大學的文學社團與本地青年作家的對話活動，在我的印象中，那是N城的最後一次文學狂歡，在那以後不久，由於突發的政治事件和隨後的經濟大潮，所有的人都煙消雲散，後來當我再回N城的時候，所有的人，包括我自己都早已不搞文學，那個大廳裏那麼多的人，居然消失得乾乾淨淨，一個不剩，這是又一個奇蹟。

照片上的南紅正是詩歌時代的南紅，她以照片中的那種髮式在八〇年代的N城一日千里地傾泄著混亂的詩歌，它們像無數塑料玩具飛碟在N城炎熱的空氣中飛來飛去，一直飛到別人和我的眼前，它迎面而來，撞到你的臉上，你不得不伸出手來接住，你不接也得接。那個年頭愛好文學是一種時髦，愛好詩歌更是時髦中的時髦，徵婚啟事中十條有八條寫著自己愛好文學。韋南紅是個時髦的女孩，她怎麼能不愛好詩歌呢！詩歌是一種光，是一種神靈之光，它能以十種明亮賦予一個平凡的女孩，少女加詩歌，真是比美酒加咖啡更具有組合的價值啊！在八〇年代。

詩神的衣角拂在南紅的頭頂上，使她越發穿著由自己設計改造的奇裝異服在各種場合飄來飄去，詩歌就是個性，南紅最充分地理解這一點，而表現個性並不需要太多的個性，只要有勇氣就足夠了。誰有膽量不怕張揚誰就最有個性！在N城炎熱的上空，如果你聽見一聲像瓷的裂開一樣的聲音，那一定是南紅發出的，發出之處，正聚集著一群人，或者是學院的草地上詩社的男女學生，或者是某個鬆散的會議（充滿熱鬧氣氛的元旦、春節、中秋茶話會，正需要某些女孩的尖叫聲烘托氣氛，它們像茶話會的瓜子一樣重要），或者是演戲尚未開始的臺下。那張被南紅保存下來的八〇年代的照片正是她發出過驚呼聲的場所。

那天我比通知上的時間晚到了十分鐘，我知道這種會一般要晚半小時才能開，而所謂開跟不開也差不多。那是N城某處的一個大禮堂，一進門就看到裏面像霧一樣布滿了人，八〇年代留給我的印象之一就是文學青年像沙子一樣多，幾乎所有有點文化的青年都是文學青年，大學裏的一張布告就能把他們吸引到城裏有文學的地方，他們一撥一撥的，圍住了文學的臉，我一時竟看不到熟人。正茫然間忽然聽到與我遙遙相對的人堆裏發出了一聲不同凡響的高亢呼叫聲，南紅叫著我的名字像鳥一樣撲了過來，她張開雙臂，分開人群，人群稠密如同烏雲，她的蝙蝠袖和裙子以及長髮有一種飛起的感覺，確實就像一隻白身黑尾的鳥，我不明白她為什麼隔著那麼遠就張開雙臂，別的人也許與我有著同樣的想法，大家全都停了下來扭頭看她。這十足像一個電影中的場面，一個年青的長髮女子分開人群奔跑而來，她呼叫著我的名字一把將我抱住。她的聲調和疾走、張開的雙臂和擁抱的姿勢是一連串的誇張，大聲呼叫是誇張的開始，是一個信號，一種提示，類似於戲劇中的叫板，張開雙臂是一種發展、升級，疾走則顯示著某種遞進，最後高潮來了，並嘎然停止，擁抱就是這高潮，是誇張之中的最誇張。這個動作在N城基本上算得是絕無僅有，由這一連串有聲有色有頭有尾的誇張細節構成的整體誇張就更是絕無僅有，它一下子就深入人心，扣人心弦，人們看在眼裏記在心裏，又從心裏湧到了嘴裏和臉上。

我與南紅的關係就是這樣奇怪，既沒有久經考驗，也不曾相見恨晚，既不夠莫逆，也不夠至交，從來就沒有心有靈犀一點通，沒有什麼感情和精神的高度融洽，但卻彼此都參與了對方的一切秘密，無意中佔據了對方比較重要的一些歲月。這就叫緣份。有些人，你以為跟人家是天生的一對，但無論如何總是碰不見；有些人你左看右看都不合適，但你總是一轉身就撞個滿懷。我跟南紅的關係真是奇怪得很，我們從來沒有過一次屬於真正意義的交談，傾心更說不上，我向來不善於交談，口頭能力甚差，而南紅則總是停留在驚呼的層次上，她往往裏挾著一陣街上的熱風衝進我的房間，大驚小怪地告訴我某件事、某個人，她的敘述從來不完整，在中途就要擠進許多驚嘆，說了半句就要自己打斷自己插進「哎呀，簡直是！」之類的詠嘆，她無法完整深入地表達自己對事物的感受，但她的心裏充滿了驚嘆的情感，這些驚嘆互相擠著撞著，具有同樣的質量和力度，使你根本弄不清事物的真相。冬天的時候南紅在我家住了兩天，兩天中除了出門會男朋友就反覆告訴我兩句話，一句是：真的是非常坎坷。另一句是：很滄桑。然後問我：你看我變多了吧？但在八〇年代的N城，南紅總是不經意就進入了我生活中的事件，雖然我們不曾彼此交心，但我們的緣份無處不在，她在我的隱秘事件中出現，成為唯一的見證人、目擊者。當我回想八〇年代的N城歲月，回想我那中斷於N城的寫作生涯，南紅是唯一一個貫穿其中的人，她的誇張的擁抱與驚呼，她變幻莫測的奇裝異服像乾花一樣被鑲嵌在我的N城歲月中，只要我回望N城，就會看見她，N城的氣息無論從哪個方向走來，它的第一陣拂動中一定會有南紅那尖細而跳躍的呼叫聲。

（想像還是記憶）

我不記得自己是否親眼看見閔文起和那個人在床上，那些鏡頭到底出自我的想像還是記憶，或者是電視上看到的錄像和這些都混在了一起。

閔文起每隔一段時間就不知從哪弄來一盤錄像帶，他管這叫毛片，等十點多扣扣完全睡著了，閔文起就神情詭秘地摸出一盤帶子，上面往往寫著香港功夫片的片名，這跟他詭秘的表情有些不諧調。他問我：你洗過澡了嗎？有時候他還聞聞我的脖子，摸摸我的頭髮或臉，現在回想起這些細節，我忽然有些懷念閔文起溫情的一面，不過我可能放大了這種溫情。我最近常常懷想在太陽曬熱的河水裏浸泡全身的情景，它出現在我小時候的河裏，河水從很遠的地方流來，攜帶著太陽的氣味，這種融到水裏的光從我皮膚上的毛孔溫和地進入，溫暖而柔軟，它們緩慢地進到我身體的深處並在那裏久久停留。

然後他就打開大抽屜找他的衣服，我正對著電視，那上面是一些廣告，黑而亮的頭髮從一邊到另一邊漸次灑下，我不知道自己為什麼要盯著這種洗髮水的廣告看，（我為什麼不看書呢？）我有些累，有些懶，目光有些渙散，我眼睛的餘光看到閔文起彎著腰，把頭埋進大抽屜裏，然後掏出一些白色和灰色的衣物。他的拖鞋啪嗒啪嗒地到衛生間，我扭頭看一下，有一些稀薄的水汽在過道裏，他把一壺燒開的水提到衛生間，這是他跟我的習慣不同的地方。

我幾乎沒有聽見水的響聲他就洗完出來了，他穿著內衣開始擺弄電視機，電流沙沙的噪音和視屏上跳動的麻點使我頭昏，我說我要睡覺了你要幹什麼？他說你等一會，有個好看的東西。

那些裸露的身體是突然出現的。

（也許轉錄者不耐煩看前面的那些情節性的、非實質的部分）

一個乳房碩大的女人跪著，他俯首在一個男人的兩腿之間，像一個飢餓的人在吞食一樣東西……

我一下噁心極了。我覺得自己的喉嚨正在被這種又腥又黏、既是肉質又奇怪地發硬的東西所頂著，這根本不是我要的東西，但它從錄像上直逼我的喉嚨並且強硬地停留在那裏，我一時無法擺脫這種感覺。

胃裏的東西迅速翻上來，我知道我真的忍不住要吐了。我衝到衛生間，把那種難受和噁心統統吐了出來。這種感覺跟暈車差不多，除了噁心之外身上還會出冷汗。

也許我期待看到的是人體攝影集裏那些優美、勻稱、動人（她們經過嚴格的挑選、百裏挑一，又被對美有獨到見解的眼睛所塑造）的女性人體以悠長的慢鏡頭和夢遊（或失重）般的韻律在眼前飄浮，事實上我不可能看到。這裏的女人體態壯碩凶猛，乳房奇大。我最不能適應的就是她們的乳房，這種美好的事物到這裏完全變味了，本來我在沙灘上、游泳池、澡堂、舞臺、大街上、電影裏都喜歡看到它們，它們的確是人身體上最能激起美感的東西，但在這裏它們大得有些奇怪，有些變形，好像根本不是女人身上長出來的器官，而是另一種充了氣的或者是別的什麼皮肉做的東西被人惡作劇地安在了女人的胸前，而安了這種奇怪東西的女人就不再是女人，而是另一種有點像女人的獸類，這種獸類的眼睛裏凶光和媚態共存，飢餓而貪婪，隨時都要吞食別人和被別人所吞食。她們奇怪而大的乳房由於別人的吞食而發亮、腫脹、顆粒堅挺，從而顯得更加奇怪。

閔文起很容易被這些場面所激發，有時候他摸我一下，但結果總是一樣。他說：你怎麼一點反應都沒有？他說：你這人有病。他說：你到底是不是人？他說得最多的就是性冷淡這個詞，但我並不覺得這是個問題，在單位受不受批評、能不能評上職稱（現在我才知道最重要的是不被解聘）是大問題，扣扣能否上一個好的幼兒園也是一個大問題。但我隱隱覺得有些對不起閔文起，現在想起來，我在潛意識裏對閔文起與別人的性關係好像是容忍的，我只是理智上覺得不對，覺得他傷害了我。這都是正統的教育潛移默化的結果，書籍、電影、報刊、輿論、街談巷議把觀念變成了天上落下的雨水、甚至陽光和灰塵，無所不在，一鑽就鑽到了鼻子裏，我現在覺得它們也許是一種異己之物，並不是從我自己身上（或者叫做生命裏）生長出來的東西，不是我的皮膚的觸感所感到的，也不是我的眼睛看到之後我的喉嚨裏不由自主發出的尖叫。

我是否看到閔文起跟那個女人在床上的情景？當我回顧我與閔文起的婚姻生活，另一種我臆想的錄像就像石頭出現在房間裏，或者像一隻貓出現在馬路上，奇怪、突兀，但並不是沒有可能。那個赤裸的男體在我的眼前出現，他的四肢和軀幹使我感到眼熟，但當我再看它們時又覺得眼生，我已經記不太清楚閔文起的身體了，他屬於那種中等身材，不算太胖也不算太瘦，我極力回想他身體上的標誌，一塊疤痕、一顆痣、一抹胎記或一粒牛痘，但我一點都想不起來。（如果碰到飛機失事，需要家屬前去辨認，我確實不可能從一堆失去搭配的肉體零件中認出閔文起來）這使我無端有些恐慌，四年的夫妻生活竟沒有使我對閔文起的身體留下明確的記憶，我一直沒有時間也沒有機會仔細看他的身體，不，也許準確地說是因為沒有熱情和精力，每天疲憊不堪，恨不得倒頭就睡，多一點事都覺得是負擔。還有扣扣，一團自己身上掉下來的肉，像天使和花朵散發著香氣，我當然首先要親吻和撫摸的是她，而不是任何別人。

假設現在是黑夜，我手握一杆電筒，這電筒早已消失，隨著這個家庭的解體不知去向，此刻我手握著它，它的鐵殼在我的手心微微發涼，底部有些生銹，開關比較緊，我和閔文起在購物上有共同的趣味，不喜歡新式時髦花梢，而喜歡老式的、幾十年一貫制的東西，它們伴隨著我們的成長經歷，散發出安全可靠的氣息，耐用的東西看著就是順眼，就是好看。而閔文起已經睡著，他赤身裸體（事實上他從未有過這種時候）地躺在大床的一側，是黑暗中更黑的一塊，黑暗是空心的黑，他的身體是實心的黑，他加深了黑暗又把黑暗對比得有些淺，他黑黢黢地臥在那裏像一匹睡著的動物。

我光著腳，像貓一樣輕盈地跳到地上，我打開抽屜，一點聲音都沒有，我很奇怪為什麼會沒有聲音。家裏的電筒在抽屜裏發出銀色的亮光，它迎上來，彈跳到我的手上。我用勁一撳，但我發現根本用不著那麼大的力，一道像月光那樣純淨的光束就從電筒裏出來了，這光的質地十分濃密、細膩、均勻，像最好的絲綢一樣光滑，這使我又吃驚又感動。我拿著它走到床前，像一個偷拍軍事地圖的間諜一樣仔細察看閔文起，既全神貫注，又偷偷摸摸，這個場景還使我想到列夫・托爾斯泰的妻子在深夜偷看丈夫日記的事情，這事跟我的舉動最大的相似之處就是病態，一個女人光著腳穿著睡衣褲在深夜舉著手電筒（在電筒發明之前是蠟燭）佇立在丈夫熟睡的床前到底想幹什麼？這的確是一件超出了常態的事情。我看不清楚自己的表情，電筒的光線照射在閔文起的身體上，他的脖子（頭部避免光照，以免他突然從熟睡中醒來）、肩膀、胸、手臂、腹部、腿間的毛髮、大腿、小腿直至腳指頭在黑暗中被我一截截照亮。

我沒有撫摸它們。

在我重新虛構的歲月中，這片深夜的黑暗也會一下消失，就像拉燈一樣，一拽燈繩，光線馬上充滿了房間的每一個角落，或者是在白天，某一個星期日的中午，日光最飽滿的時候，我們赤身裸體，完全能看清楚對方。或者在衛生間裏共浴，水在我們中間跳蕩，從他身上飛濺到我的身上。但我仍站在暗處。我站在暗處看著這些浪漫而虛構的場景，心情複雜。

那一切都沒有出現，不管是在黑暗裏還是在光亮中，是電筒還是燈，抑或是太陽。它們根本就不可能出現。

就這樣，閔文起的身體我並不怎麼熟悉，當我看著眼熟的時候他隨即又變得陌生了，在那部我臆想的錄像中我常常要做的就是要確定其中的男人是不是閔文起，這像夢境一樣使我感到困惑，每次我都想看清楚他的臉，但我奇怪總是沒有一個正面的機會，準確地說，他的臉部總是光線不夠，即使正對著也模糊不清。我想我心裏十分清楚他就是閔文起，這個念頭沒有使我狂怒或嫉妒，我安坐在赤尾村南紅的房間裏，看閔文起赤裸的肢體從黑暗中浮現出來，而另一個女性的身體也在對他的糾纏中被帶了出來，這時他們像一些表皮光滑根部裸露的植物纏繞在熱帶森林裏，我從那些堆積的落葉上認出了自家的床單，那些黃的和藍的葉子就是我們大床床單上的花紋，在這些花紋之上，閔文起和那個陌生的女人摟抱、翻滾、纏繞，而在他們重疊隆起的中部，我認出了女人身下的那個枕頭，那是我的枕頭，由乳白色的棉布做成，鑲著老式的荷葉邊，有一個地方有點脫線，這是我大學畢業不久買的，我一直用它，結婚的時候也沒換成新的，這源於我的戀舊癖，只要是我用過多年的東西，我就會對它產生依賴感，從那裏聞到自己的氣息同時感到安全（這一癖好使我在更換舊牙刷時都要猶豫半天）。但它還墊著別人的腰，這使我感到了突如其來的心疼。有時他們並不固定在大床的中間，而像被大風刮著跑的樹枝，從床頭滾到床尾，於是我又看到了緊靠著床尾的落地窗簾，這是這個家裏我最早選定的東西。

看到這裏我應該尖叫，這聲尖叫在辨認出閔文起的時候就應該隱藏在我的喉嚨裏，它開始時像一小團氣體，就像想要打嗝而沒有打出來一樣堵在喉嚨裏。每一點新的發現都有可能使把早已守候在喉嚨裏的驚叫放出，人體、床單、枕頭、窗簾，每一樣東西都是一顆火星，都能竄到喉嚨裏把那團氣點著。但我沒有聽見自己的尖叫，我不知道它是被我一次次堵回去了，還是根本就沒有。

我想像這聲尖叫像閃電一樣從我的身體劈出，它尖尖的尾部觸到電視的屏幕，閔文起和那個女人的身體頃刻燃遍了大火，我的枕頭和床單也開始燃燒並發出劈啪的響聲，然後一切都變得乾乾淨淨。

但這一切並沒有出現。

（為什麼這些也許從未存在過的事情會變成幻影來到赤尾村？）

我始終想不清楚的是這是不是一件重要的事情，我既然對性沒有了興趣（雖然我認為我的性冷淡是工作和家務雙重消蝕的結果），我是否就應該放棄對它的權利，而為了女兒保持住家庭。人不能把放棄自己沒有的東西稱為犧牲。當初我要是知道我會落到沒有固定收入的地步，會養不了扣扣，扣扣要上幼兒園也會成問題，我一定重新考慮是否離婚。

（從頭開始）

南紅越來越多地出去約會，她的故事已經講得差不多了，而且她已經逐漸恢復正常，她不再像剛開始的時候控制不住地向我傾訴了。天氣雖然還很熱，但也開始乾爽起來了，我獨自一人在赤尾村的時候越來越多，我不再上圖書館，也不打算在深圳找工作了，而且我寫了好幾萬字的長篇草稿也已擱淺，書商說今年上面卡得特別嚴，外鬆內緊，還提出了「守土有責」的口號，堅決不允許買賣書號，出現一個處理一個，這樣他就不能出我的書了，他還實事求是地說，出我的書贏利不大，冒風險不值得，做書他還是要鑽空子做，不過他只打算做能熱銷的。我的小說只好等以後再寫了。

在秋天到來的時候一大片空白出現在我的面前，屋子和我本人都空下來了，有一種大掃除之後乾乾淨淨的感覺，於是扣扣就從我的心裏滾了出來，像一隻雞蛋一樣，不用使勁，心一動就骨碌碌地滾了出來。

一個瘦骨嶙峋的孩子，有著美麗的大眼睛。我小時候也是非常瘦，母親牽著我上街，熟人說，你女兒真好看，母親就說，就是太瘦了。瘦瘦小小的扣扣，她身上的肋骨在皮膚下若隱若現，這些美麗的骨頭（包括鎖骨和腳踝上的骨頭，以及一切深藏不露的骨頭）使我辨認出自己的孩子，我在空蕩蕩的房間裏叫她的名字：扣扣。我叫喚的聲音就像扣扣正在隔壁的房間，她完全能聽見我的聲音，我知道她不在那裏，而是在N城外婆家。如果一個女人在空蕩蕩的房子裏對著牆壁說話，不管這個女人是別人還是自己，我都會立馬認定這人精神有毛病。但現在是這種情況，扣扣身上的亮光把一切病態的陰影都清掃乾淨了，我的聲音健康而明朗，一點都不遲疑，也不躲躲閃閃生怕別人聽見，也沒有說到一半就回頭望望門口，我的聲音在秋氣漸爽的房間裏像糖炒栗子那樣又甜又脆，帶著幾分熱氣，熱氣緩慢散發，摟抱著我的身體，就像扣扣柔軟而纖細的手。

一個沉默的女兒，她的氣味和影子在房間裏，她發黃的頭髮在陽光裏，她的小手在空氣裏，但她從不出聲，出聲的是我的喉嚨和眼睛。我的女兒比老鼠還安靜，安靜得就像陰天和夜晚，月色下我看見一只小玉羊，步履輕盈地走到我的腳下。小玉羊，我女兒的吉祥物，它一直在扣扣的枕頭旁邊，它什麼時候下了床，脖子上還多了一只玉鈴鐺？自己會走的小玉羊，新鮮而神秘，帶著它的玉鈴鐺，蹣跚而走，它的身前和身後，是我和閔文起及扣扣的三口之家，我的家就像光線一樣籠罩著小玉羊，它在我家的家具中穿梭，穿過飯桌和衣櫃，穿過沙發和木椅子，就像穿過它熟悉的大街和小巷，它把這一切帶回給我，然後它跳上了扣扣的小床，躺在了原來的小枕頭邊。

我的扣扣早早就睜開了眼睛，像露水一樣新鮮，像晨曦一樣明亮，我抱著我的女兒，只要女兒還在我的懷裏，我就願意回到這個世界。我喜歡想念在冬天的扣扣，冬天的扣扣站在透過窗戶的方形的陽光裏，她紅綢子做成的小棉襖，被背後的陽光鑲成一道金色的鑲邊。想到冬天我就想到這道鑲邊，想到家就想到它，想到扣扣還是想到它，我愛這道金色的鑲邊，它是過去的日子留給我的最有亮光的曲線，它彎曲流暢，順著陽光下來，一筆就畫出了一個女兒。我抱著女兒走進陽光裏，金色的鑲邊頃刻消失，而金色的波濤在她的小紅棉襖上洶湧，在她的前胸和後背安靜地燃燒。

我對著空房子說（我到底在心裏說呢還是真的說？），扣扣你馬上就四歲了，小嘴長成四歲的小嘴，小屁股長成了四歲的小屁股，小手小腿小腳丫統統都長成四歲那麼大了，抱在媽媽懷裏比大狗還要大，比小梅花鹿還要高，你會跑得飛快，比小老鼠還跑得快，而且你的力氣也長了，媽媽一不留神你就會像小皮球一樣蹦出去。媽媽最擔心你被車撞倒，怕你掉到河裏去，怕你觸電，怕你從陽臺上掉下來，媽媽最怕的就是你被人拐走賣掉，賣到一個大人永遠找不到的地方，好扣扣，你千萬不要跟陌生人說話，千萬不要吃陌生人的東西，千萬不要讓陌生人帶你去玩，想想媽媽跟你講過的故事，有一個老女巫，給一個小女孩吃一只紅蘋果。扣扣好女兒，願老天保佑你，讓所有的女巫和壞人的眼睛瞎掉，看不見你；讓他們的手爛掉，摸不著你；讓他們的腿斷掉，一步都跑不動，當然最好就是讓他們統統死掉。讓老天保佑你，不摔跤，不得病，連感冒都不得，連噴嚏都不打，好端端地呆在四歲裏。我的小肉肉、小老鼠、小扣子，比誰都乖的好女兒。

我囉哩囉嗦地念叨著女兒，有時念叨上兩句就會安靜下來看書，或者出去買菜幹家務，有時我會嘮叨上半天，對南紅嘮叨，或自己嘮叨，嘴上嘮叨，或心裏嘮叨。現在我完全知道有一個孩子是怎麼回事了，它就是你身上的一團肉，有一天落到了這個世界上，它自己會吃會走，但它還是你身上掉下來的一塊肉，它有一點疼，你就會更疼，它有一點冷，你就更冷。它不見了，你就會發瘋。

我對扣扣越來越不放心，我覺得任何一個危險都是隨時存在的，街上的汽車是一個大嘴，陌生的人（潛在的人販子）是一個大嘴，我家附近的建築工地是一個大嘴，水池是一個大嘴，陽臺是一個大嘴，電線是一個大嘴，所有這些大嘴匯成一個無所不在的巨大的嘴，像天那麼大，像夜晚那麼黑，而我扣扣的小身子正在掉下去，她像所有空中運動（跳水跳傘跳懸崖）的人兒，又黃又軟的頭髮被逆向的氣流完全揚起，在小頭頂成為尖尖的一小撮，就像戴了一頂奇怪而可笑的小帽子，她的小藍裙子被氣流翻到腰部並緊貼在那裏，兩條小瘦腿失去了保護，孤零零地從空中下落。巨大的嘴，巨大的發著凶光的牙齒，巨大而鮮紅如血的舌頭，就在我扣扣的下方等著。我大聲叫喚我的扣扣，我聲嘶力竭，披頭散髮，歇斯底里，我以自己喉嚨裏尖叫的力量飛奔過去，想要接住我的孩子，但我在抱住她的同時一腳踩空，兩人一起掉進無底深淵。

這到底來自我的惡夢還是想像？

電視新聞也成了我心情緊張的根源，它們像嗖嗖而出的冷箭，直射我的心臟，是誰躲在暗處，發射這些箭簇？電視這張弓，白亮而刺眼，閃動不已，它發出的東西無形無色，但能到達你的皮膚，穿透你的身體，這跟那個叫做社會的東西有點像，跟那個叫做單位的東西也有點像。我聽見耳邊嗖嗖掠過的聲音，躲也躲不掉，擋也擋不住，我來到赤尾村這麼遠的地方它還是在那裏。電視裏說，剛剛破獲一起拐賣兒童案，一名婦女拐賣了十三名兒童，畫面上出現許多孩子，圓圓的頭和臉，閃亮的大眼睛，一個孩子就足以讓我想到扣扣，十三個孩子就讓我看到十三個扣扣，所有的扣扣和所有的孩子統統擠在屏幕上，形成一個悲情與恐怖的大網，把我一頭網住。又有孩子掉進洞裏由武警救出的，又有被火燒的，被卡式爐炸傷的。

我除了衝到外面找一個公用電話外沒有別的辦法。能打長途電話的地方只隔兩棟樓，在這種夜生活繁忙的地方，晚上一兩點我都敢出來，問題是N城我母親家沒有電話，每次都要打到對門的鄰居家，求他們替我把母親和扣扣叫來。扣扣在半夜裏當然睡著了，嘴角正在流口水，小牙齒磨得嘎嘎響。鄰居更睡著了，我再發神經病也不至於半夜往別人家裏打電話。好在我的時間概念是從小在家鄉形成的，十點就覺得很晚了，不至於像南紅，十二點她還認為很早，就像八九點那麼早，從這一點就可以看出，她已經變得越來越像深圳人，內心離N城越來越遠，從而越來越回不去了。她說她春節回去了幾天，悶都悶死了，一點都不習慣，剛過初三就跑了回來。

光憑夜生活習慣這點我就不能在深圳呆下去，一個到了十一點就想睡覺的人（不管是男人還是女人）怎麼可能交到有用的朋友呢？看來即使找一份毫不稱心的工作也非得有熬夜的功夫不可。而我十點的概念根深蒂固，像一道鐵做的柵欄，從我生活的城市一直楔入我的大腦，牢不可破，跟肉長在一起，隱藏在身體的某個部位，這種東西就叫做生物鐘，它銅質的聲音噹噹敲響，穿透了我們的肉體和心靈，我們跟隨它的鐘聲開始我們的動作，就像被安裝了某種程序的機器人。

隔著十點鐘這道鐵做的柵欄遙望N城，N城南邊的宿舍區已經燈火稀疏，鐵條緊貼在我的臉上，有一種囚徒的無奈，到底是誰被囚禁？是我，還是扣扣呢？碰到十點這道鐵柵欄我總是往回走，一直走到白天這塊開闊的空地。在白天，公用電話是我最心愛的寶物，在山洞裏閃閃發光，散發著誘人的光芒，在神話故事裏我們就知道，任何寶物（仙草、神燈什麼的）的旁邊都會有人守候，或者是一條或幾條毒蛇，或者是一隻或數隻惡狗，誰要越過去都得付出代價。電話旁邊的老太婆（即使不是老太婆也當她是老太婆，人越老越貪財）就是一隻護寶獸，你必須往它嘴裏餵二十元錢押金她才讓你碰她的寶物，二十塊錢在我是一筆大數字，但它能換來扣扣的聲音，這是這個時代普遍的奇蹟，如果有許多的錢，就能在一天之內換來扣扣，或者乾脆把扣扣留在身邊。

扣扣的聲音說：媽媽，她整個小身子就頃刻變成一枚圓圓的堅硬的被我牢牢握在手心的東西，我銜這圓東西叫扣扣，它就會答應我，我叫一聲，它就答應一聲，叫兩聲，它就答應兩聲，而且它完全是扣扣的聲音。一開始的時候聲音有些變形，像是一個假扣扣，但是扣扣說到第二第三句話的時候，我就確認是一個真扣扣了。不管它被多長的電線所過濾，不管有多少電流雜音的衝擊，扣扣就是扣扣，就像我閉著眼睛也能認出扣扣，我的耳朵被這麼長的距離捂著照樣能聽出扣扣。聽到扣扣的聲音我知道她沒有掉到什麼可怕的洞穴裏，但是扣扣總是緊接著就要問：媽媽你什麼時候來接我呀？

媽媽你什麼時候來接我呀？

這樣一句揪心的話從它發出的時候開始就一直沒有消失，它停留在我的身體裏，彌漫在我周圍的空氣裏，牆壁、桌子、門上，我目光所能到達之處統統都沾上了這句話，這句話在我看到它的時候就變成一隻眼睛，眼巴巴地望著我，這眼睛又加強了這句話，使它變得更加揪心，更加難以消失。等到我下次給扣扣打電話的時候這聲奶聲奶氣的問話又一次從電線裏到來，像一柄被揮動的鐵錘再次砸到了原來的鐵砧上，一次又一次，它成為了一種深深的凹痕，一種難以改變的東西，或一種已被外力改變了的東西，猶如一顆心，被一次次擊打。

那使你揪心使你疼痛的事物就是上帝。它隱藏在揪心和疼痛中，成為一種力，不可抗拒。

我知道，一切又要從頭開始了。

（夢境）

臨回北京的那個夜裏我做了一個夢，夢中我在N城的宿舍裏，和三五個舊日的朋友圍在一起。其中一個是菜皮，一個是老圓，菜皮又黑又瘦，年齡不算大但滿臉皺紋，沉默寡言老謀深算的樣子，這樣的人一旦說出一句什麼話，總讓你感到震懾，不由得不信。菜皮是我在N城的詩友，在一家機械廠當電工，平日喜歡和幾個寫詩的互相傳看各自的詩，但很少有發表的。老圓矮胖，共青團雜誌的編輯，在任何場合都跟菜皮在一起，讓人匪夷所思。這兩個人的面容在我的夢中十分清晰，而且跟五年前我離開Ｎ城時一模一樣，絲毫未變。另外兩個人的臉我始終看不清楚，我心裏明白他們是我在Ｎ城交往不多的朋友中的兩個，但我想不起來他們是誰。其中有一個是女的，我覺得她應該就是南紅，因為這次聚會是她張羅的。

大家圍在我的茶几上，菜皮正對著我，他銜我舉著一張撲克牌，夢中光線很暗，我看不清那是什麼。菜皮的鼻子頂在撲克牌的後面，因此他的聲音聽起來像是重感冒發出的鼻音。他說：

老黑，你看這是什麼？

我再看時，撲克牌不知什麼時候變大了，像菜皮的臉那麼大，正好擋住了他的臉而沒有擋住他的頭髮，看起來就像撲克牌變成了菜皮，或者是菜皮變成了撲克牌，菜皮的頭髮天衣無縫地長在了撲克牌的上方。

但我還是看不清撲克牌上的圖案和數字。

菜皮說：這是Ｊ，你看清了嗎？

他的話音剛落，撲克牌的Ｊ立即明亮起來，它原本是在撲克牌的右上角，我不明白它怎麼一下就在中間了，相對應的左下角的Ｊ卻沒有，空得出奇，有一種詭秘的氣氛，令人懷疑那個不在場的Ｊ是被人謀殺了。我疑心這是一副特製的、有著秘密和陰謀的撲克牌，它大有深意，不同尋常。

果然菜皮說：這個勾是鐵的。

我看到鐵的冷光布滿了這個J字，這使它看起來已經完全不像撲克牌上的J，而像一個不折不扣的鐵鉤。我滿懷疑慮地用手指碰了它一下，我發現自己觸到的不是紙，而是堅硬冰冷的鐵！與此同時，鐵鉤四周的紙牌紛紛剝落，就像一個泥做的模具被人打碎，那鑲嵌其中的東西完全凸現出來，又像某種鐵質的動物，在泥胎裏完成了它的生長，它靠著自身的力量奮力一掙就脫落出來。它周圍紙牌的碎片像剛燒過的紙的灰燼，一片一片無聲地散落，很快就消失在黑暗之中。

奇怪的是菜皮、老圓等人也同時消失不見了，好像他們也是碎裂的紙牌，輕飄飄的被什麼東西一吹就不見了。只剩下一個堅定的鐵鉤，在四周的黑暗和空虛中發出鐵質的光芒，它真相不明地懸浮在我的眼前，布滿了不可知的玄機。

（南紅）

天亮醒來的時候這個夢的殘片還留在我的腦子裏，但我很快就想起了我的行程。我迅速清醒過來，趕快穿衣起床，刷牙洗臉，並沖了一杯奶粉。南紅睡眼惺忪地起床，這幾天她每天很晚才回來，她又找到了新的男朋友和新的工作（這件事的本質是有了新的男朋友就會有新的工作），她說她下個星期就要去上班了，馬上就會有收入，而且她可能用不了一年的時間就實現去南非的夢想，這些她已經跟我說過了，現在因為我要走所以她將說過的話又擇其要點跳躍式地重說一遍，她說了五分鐘就興奮起來，穿著睡衣在房間裏走來走去，一點也想不到換上衣服送我一下。當她再一次說到南非的時候我已經準備停當，她大夢初醒披上一件外衣趕到門口替我打的，並且替我付了出租車的車錢，這樣她就可以心安理得地不送我了。

南紅身穿睡衣送別的情景讓我有一種倉促、不正常、不穩定的感覺，她關上車門朝我招手，這最後的印象不知怎麼使我感到一絲風塵味，我一時覺得有些眼熟，後來我想起來，是她冬天到北京的時候我第一眼看到她也有類似的感覺，那時我有三四年沒看到她，一眼看過去覺得她跟以前是有些不同，有些讓人看起來不怎麼順眼的地方，我沒來得及辨別這種變化就淹沒在久別重逢之中了。這次我到深圳，首先看到的是病倒在床的南紅，她無數慘痛的經驗在我看來是滄桑遠大於風塵，而且兩人白天黑夜在一起，也覺不出什麼。風塵味是要隔著距離看的。

一個身穿睡衣頭髮蓬亂眼皮微腫的南紅就這樣停留在我最後的印象中，某種不祥的感覺曾在瞬間掠過，但很快就消失了。三四個月後，南紅的死訊傳來，我眼前首先出現的就是這個身穿睡衣的形象，在我的感覺中她就是以這副模樣離開這個世界的。當時那種瞬間而逝的不祥之感就是死亡的影子，它停留在南紅微腫的眼皮、散亂的頭髮上，不動聲色地隱藏在睡衣的皺褶裏。在我告別的目光（這是一種跟平常的目光所不同的特殊的目光，本質上接近臨終的眼，雖然它的能量要比後者小許多倍）中我看到了它稀薄的影子，但我不知道這就是死亡的身影。而且在我離開深圳的最後幾天，南紅迅速恢復的信心和好心情使我沒能準確判斷這些影子的實質，我以為它們不過是她興奮之後的疲憊，只要睡上一覺就可以全部消散。

穿著睡衣的南紅還從路邊的出租車旁站到了一個顧客稀少的商場中間，她的身後（或周圍）是一些模稜兩可的機器，我知道這跟「商場自動化」這個詞有關。這肯定是一幅事實上不存在的場景，它只存在於我的頭腦中，因為有幾次南紅都是穿著睡衣跟我談論商場自動化的事，這是她新結識的男朋友的專業。最後她穿著睡衣站在房間中間向我描述大屏幕電腦試衣的過程，她說那是一間很大的房子，大房子馬上就使她的眼睛變得明亮起來，大房子和她的眼睛互相輝映，好像大房子就是從她的眼睛裏誕生出來的。這時那間不知從何而來的大房子出現在我們的房間裏，它把我們的房間拉長拉寬，我們對面的牆變成了有整整一面牆大的鏡子，我們的身後，是呈弧形排列的無數的衣服，容納著所有的季節、一切的國度、全部的民族各種面料、各式款式、各個不同時期的無數衣服，它們黑壓壓地排列在我們的身後，我們轉過身（不轉身也可以在鏡子裏看到）就像面對一個大的梯形教室裏一排又一排老實而規矩的學生，或者，像一個部落的首領面對一大群服飾不一、高矮不齊、參差錯落卻又緊緊擠在一起的部屬，任何人一旦站到了這樣一個統率全局的位置要想感覺不好都不可能，一旦站到了這樣一個位置，一股氣就會從腳底心一直沖上腦門，搞得印堂發亮目光炯炯，甚至可以氣沖霄漢或氣吞山河。

就這樣我們在這間商場自動化的大房子裏，在這樣的房子我們情不自禁地要鑽進那片服裝的海洋中，摸摸這件，摸摸那件，本來自動化的目的就是讓我們坐著不動，電視屏幕會將所有的衣服一件件自動展現在我們的眼前，就像有無數僕人，雙手舉著衣服從我們的面前一一走過，當然比僕人更好更奇妙，而且不會使我們內心深處的民主思想感到不安。屏幕上的衣服懸在空中，它們像一件隱身人穿在身上的衣服，看不見人，卻看見衣服正面、反面、前後左右地自己轉動。你看中哪一件，一按電鈕，停，你再細看，看準了就按確認鈕，吱的一聲，屏幕上的你就穿上了這衣服，你本人在這邊端坐不動，另一個你在那邊左轉身右轉身，如果你意猶未盡再按走動鍵，你就會看到自己像模特兒那樣優雅地走動起來，在這樣的走動什麼樣的衣服才會是不好看的呢？想不好看都難。就這樣，我們舒舒服服坐著就掏出了錢（大概這樣的人都有信用卡）買到了衣服。在我們掏出錢的那一刻屏幕上我們身穿新衣的形象就消失了，就好像是屏幕把我們吃掉一樣。但我們還是願意鑽進衣服堆裏東摸西摸，觸覺比視覺更能使我們心滿意足，只看不動使我們有一種距離感，使我們覺得自己低了衣服一頭，而衣服這樣一種本來只是穿在身上的東西由於不准我們碰就顯得高高在上，平空給我們以壓抑。因此在南紅描述的自動化商場中，服裝是可以隨便摸的（我們都不希望自動化之後的商場只是讓我們坐著），我們在觸摸中產生一種佔有的錯覺，觸摸就是局部的佔有，而佔有這無數衣服的假想使我們心情愉快。

南紅在對商場自動化的描述中激情漸起，越來越煥發了她的神采，我越過商場、鏡子、屏幕以及眾多的衣服看到了她往昔的影子，那是一張N城文藝青年的臉龐，它在她的身上消逝已久，深圳生活的迷亂和慵懶、焦慮和鬆弛一層又一層地覆蓋了它，我幾乎也把它忘記了。不過在這層光芒後面是商場和衣服，以及一個新的男朋友。那最後的幾個夜晚，她身著睡衣，臉上激情湧動，我為什麼會把死亡跟她聯繫在一起？這的確有點莫名其妙，想到一個陳白露（把陳白露跟南紅比是很不公平的，這我知道）在深夜裏的徘徊和獨白，以及天還沒有亮的時候從飯店後門抬出的一具孤零零的棺材，這些不祥的形象隱藏在身穿睡衣的南紅身上，當我知道她的死訊的時候它們就從我的記憶中，從南紅當時的身體裏浮現出來，成為某種奇怪可怖的圖景：南紅身體的質地又輕又淡，猶如水墨畫中的人物，而從她身體橫出來的棺材卻像超級寫實的油畫或攝影，能看清楚木紋或油漆，逼真到能即時招來鐵釘釘棺材的聲音。我知道現在的棺材都是外形美觀貼著大方雅致的暗花布紋紙，就像一個可愛的長匣子，上述那種木棺材只有在邊遠的農村或者有關久遠年代的電影中才能看到，但那幅怪誕的圖景就是這樣。

南紅，這又該怎麼辦呢？

（真實的事情）

在廣州火車站等車的時候我再次想起了那個夢，在亂糟糟的候車廳嘈雜的噪音和難聞的氣味中，那個閃著冷光的鐵鈎不時地從古怪的撲克牌中脫落下來，但它並不掉到地上，而是隱隱地懸在空中。這個夢使我不安，我覺得它是有意味的，大有深意。我隱隱覺得它是跟我以前經歷過的什麼事情有關，同時它也跟我的將來有關。但在亂糟糟的車站我沒法想清這件事。

在火車的上鋪睡了一覺之後忽然有一種靈感告訴我，那個夢中的鈎（J）跟現實中「上吊」這個詞有某種關係。我閉著眼睛，腦子由於這個靈感一下由恍惚變得異常清醒，就像被什麼東西擊打了一下，含糊不清的火車行進聲一下變得清晰有力和富有節奏，在這種聲音中我腦子越來越清醒，它就像一種時間推進器，轟隆隆地將你往前推，或者，往後推。

那件事情我已經完全想起來了，來北京五年，我竟把它忘得一乾二淨，如果不是因為這個夢，我可能會徹底把它忘掉。但它現在冒了出來，它潛伏在五年前的那個夜晚，現在它覺得時機已到，它要出來了。它不知道從哪裏可以出來，我既然已經成功地把它忘記了，現在平白無故就不可能想起它來。而它卻像一隻機靈的老鼠，從我的夢裏咬破了一個小口，牠想憑我這樣敏感的人，一定會意識到這只鐵鉤子意味著什麼。這樣牠欣然看到我意識中的洞口越來越大，於是牠就從這個開口游出來，像魚一樣滑溜。

它最早顯現的形狀是兩隻蠟燭，一支紅，一支白。這不是兩根相稱的蠟燭，紅的那支粗而短，已經用掉了一半，白的那根新鮮而完整，它纖細、乾淨、一塵不染，它頂端的燭芯剛剛被點燃，我想起它剛剛從一包新買的蠟燭中被我取出，一包十支，我買蠟燭是因為經常停電，但那天晚上並沒有停電，一般是星期五停電，那天是週末，週末不停電是所有人的心願。在搖擺不定的燭光中我看見了他們的臉，南紅、菜皮、老圓、某某某、某某、不算我一共是十三個人，這個數字是如此清晰，讓我感到奇怪，誰能記住一次聚會的人數呢？何況是在五年之後。

燭光飄搖，大家圍坐在我的房間裏，有人數了數人頭，說：一共十三個。這個數字使大家沉默了一下，沉默的時候大家心裏想這可不是一個吉利的數字。但是大家嘴裏沒說什麼，不說也就過去了，只有我留下了深刻的印象，因為這是我在N城的最後一次聚會，之後我就要到北京去了，我想這的確不是一個吉兆。

聚會是南紅張羅的，她是一個喜歡熱鬧、充滿激情的人，同時她熱愛朋友，她說老黑，什麼都不用你管，我來通知人，我來買東西。我跟南紅相反，對聚會的事從來不熱心，人一多，第一覺得不自在，第二覺得累。在大學畢業後的許多年，我幾乎很少去參加別人的聚會，在我自己的房間裏搞這類事更是一次都沒有過，那次不祥的聚會是第一次，也是最後一次。南紅說，不管怎麼樣，一定要聚一聚，一點都不費事。於是她就從我的書架上拿出了玻璃酒杯，我不喜歡喝酒，卻喜歡玻璃酒杯，我喜歡它們美麗的形狀、透明的質地，它們在夜晚的燈光下對光的吸附和表達，它們易碎的事實使我心疼，這種美麗而易碎的花朵常常使我想起某類美麗而易損的女人。

有四個玻璃酒杯是南紅從南京帶回來送給我的，她在暑假裏自費去廬山，四只玻璃杯送到我手上的時候一只已經斷了腳，我用不乾膠粘起來，擺在書架上，有幾乎大半年沒動它們，其中一對是那種鬱金香形狀的高腳酒杯，一對是漏斗形的，十足像醫院藥房裏的量杯，但它身上斜斜的裝飾紋路把它與量杯區分開了，那種斜紋看起來像風吹過水面的效果，我常常想像若斟上各種顏色的酒會是什麼情形，桑椹紫、夕陽紅、醇黃、奶白，它們在燈光或燭光下全都晶瑩無比，不說飲到肚子裏，看上一眼就能把人看醉，玉液瓊漿，有什麼比這更誘人的呢！為了使酒杯帶上美色我特意買了一瓶薄荷酒，我記得酒瓶的形狀像葫蘆，一點都不優雅，這種瓶子理應用來裝二鍋頭什麼的，不知怎麼卻裝上了翠綠可人的薄荷酒。我還記得它的價格是八十八元，當時工資尚未第二、第三次改革，這瓶酒的價格相當於我一個月的工資，現在我多麼懷念那無需撫養孩子的單身漢日子，可惜它一去不復返了。

我老是說酒杯這樣一些不疼不癢的事情，我知道已經離題太遠，我完全知道這一點，而且我腦子裏想的也是那件事，我之所以這樣不停地說酒杯，說完了酒杯還要說別的，潛意識裏就是想要推辭那件事的到來，用別的事情來堵住它。

我的茶几是那種被拉長的橢圓形，在燭光下擺滿了吃的東西，一大盆西紅柿，被南紅一隻隻剝了皮，切成塊，使我聯想起大塊吃肉的江湖聚會，它們的紅色使茶几顯得熱鬧而充實，此外有四五隻菠蘿，我向來認為，菠蘿是世界上最難削的水果，若要我削，寧可不吃，南紅的態度跟我一樣，我們等待第一個到來的男士擔此重任。紅的西紅柿、黃的菠蘿、綠的黃瓜，此外還有什麼呢？我記得還有牛肉，整整一個下午，南紅除了折騰西紅柿就是折騰牛肉，我想起來她把這道牛肉稱作「加利福尼亞牛肉」，我問她為什麼叫這個怪名字，南紅沒有答上來，但她坦然地說這種做法就叫加利福尼亞牛肉，現在最時髦。我現在已經完全忘記了這種牛肉是怎麼做的了，我不記得南紅是不是用了我的電飯煲來炖牛肉（這樣就應該有彌漫的蒸汽，肉香繚繞整整一個下午，在茶几上熱氣上升，這些我一點印象都沒有了）還是買來那種做熟的像石頭的顏色和形狀、又像石頭一樣堅硬的熟牛肉，她折騰只是因為太難切開（我沒有居家的案板，她大概是在飯盒上用水果刀切的），切開之後她又要調上各種佐料，這方面我總是缺東少西的，只有鹽和味精，南紅總是放下牛肉騎上她那輛紫紅色的小女車上街買佐料，快天黑的時候加利福尼亞（在邊遠的N城，這種叫法好像比加州什麼的更神秘和時髦，時髦就是複雜和拗口，外省人往往不具備簡潔明快的現代審美目光，猶如少數民族服裝，總是搞得很繁複）牛肉誕生了，它端到我的茶几上，但我對它的做法已經完全沒有印象了，火車的聲音轟隆隆，我在上鋪搖搖晃晃，許多久已忘記的細節都一一重現，只有莫名其妙的加州牛肉沉落了。

現在，我終於走到了那件事的邊緣，瑣瑣碎碎如西紅柿和牛肉統統都說過了，我的面前毫無遮攔光禿禿的，事實上我一眼就看到它了，事實上我在說牛肉和酒杯的時候我心裏想的全是它，我說東道西完全是想讓自己放鬆下來，而它則在沉默中盯著我。

那個遊戲是菜皮提議的。菜皮這種喜歡走南闖北走江湖的詩人比我們在座的大家都更有見識，他知道有各種各樣聚會的時候玩的小遊戲，這些遊戲是為了活躍氣氛用的，就像看手相、說笑話、誹謗他人一樣。在那次以我為主人的唯一的一次聚會上，通知到的人全都到齊了，而且沒有人晚到，我的房間頃刻就擠滿了一屋人，這使我不知所措，除了南紅和菜皮，大多數人都不能算特別熟，南紅為了熱鬧把大家都拉來，大家也覺得這是唯一的一次，而且我馬上就要離開這個地方了，不知什麼時候還能再見到。我給每個人發了一個杯子，南紅盡責地從家裏運來了一批杯子和餐具來，她在我的書桌上將它們排成三排，顯得很有陣容，滿像一回事。

給每個人的杯子倒上酒後我就不知道該幹什麼了，大家剛吃完晚飯，沒有人趕著不停地吃喝，大家端著酒杯看我，等我說點什麼出來。

我平時有兩種情況容易腦子發木，一是人多，二是著急，這次兩樣都趕上了，越急越木，越木越急。這時菜皮便建議做遊戲，他讓我拿出一疊紙，裁成小紙條，給每個人發三張，由每人在第一張紙條上寫上自己的名字，第二張紙條寫地點，第三張則寫幹什麼，有人認真並且心善，就揀好的寫，有的人懷了一點小惡毒，於是專揀惡毒的寫。寫完後揉成小團交上來，按類在書桌上擺成三堆，然後每個人抓鬮，從每堆紙團裏抓出一個，抓出的三個紙團拼起來就是一句有頭有尾的話，再然後由每個人念手上的句子，這樣每個人都有可能被摁到一個滑稽的境地裏讓大家笑一場。

第一輪抓結果出來，我的那張被小艾抓著，小艾是一名素食主義者，她細聲強氣地念出：老黑在家裏發愁。這比較平淡，我沒有介意，只等著聽別人的笑話，「南紅在人民大會堂下蛋」「菜皮在雞窩裏上吊」，小艾的那句令人羨慕：「小艾到白宮赴晚宴」。

抓到第二輪的時候我無端緊張起來，我忽然覺得這抓鬮在別人都是遊戲，唯獨對我有著特殊的意義，怎麼不是呢，這是為我送行的聚會，我這一去前程未卜，這不是大家為我抓鬮又是什麼？我暗暗盼望有手氣好的人給我抓到一句吉祥的話，同時我又預感到這句我盼望的話是不可能出現的，而且我還開始認為第一輪的那句話是一個不祥的預兆，因為它太寫實了，一點玩笑的成份都沒有，既然它已經開了頭，它還會繼續冒上來，它決不會中途而返甚至變成一個相反的東西。

果然有人說：老黑，你這句怎麼像大實話，一點都不好玩。大家聽他念：老黑在北京獨自流淚。眾人一楞，又紛紛說：不好玩不好玩，這句太沒意思了。下一輪再摸，再摸。大家心不在焉地念完剩下的幾個別人的句子，又踴躍地團起手中的紙條歸齊，但氣氛已經不那麼輕鬆了，大家開始覺得這個遊戲跟我好像有點什麼關係，甚至是事關重大。

於是在第三輪亦是最後一輪的抓鬮時，大家不由嚴肅起來，氣氛一下變得有些莊嚴。這莊嚴的氣氛揪緊了我的心，就好像我的命運不是由上帝決定，而是取決於這群凡夫俗子，取決於這幫人與我的親疏，他們心的善惡，而這些混亂的東西就要放在決定我命運的天平上了。我心情既壓抑又緊張，腦子裏一片空白，一點也不明白事情怎麼就演變到了這個地步。我看著大家認真地各各抽取了三粒紙團子，不知道自己該做什麼和說什麼。書桌上三堆紙團一下子就剩下了光禿禿的三小粒，這也使我感到奇怪，這三顆小紙團在書桌上顯得荒涼、弱小和醜陋，它們無助的樣子碰到了我的心。

這時我聽見旁邊有人說：這是你的。我覺得這是一句大有深意的話，而這句話我一聽就聽明白了，我像一個頓悟了的人一下聽到了這句話的深處，聽透徹了，我想原來這就是我的，是一種命中注定。我本能地扭頭看看是誰告訴我這句啟示般的話，但燭光搖晃不定，我沒看清楚是誰。過了一會我才明白，因為我沒有抽籤，所以剩下的紙團是我的。

房間裏很安靜。

每個人都仔細地展開手上的紙團，沒有人說話，這使每個人看上去都顯得高深莫測，連小艾這麼單純的女孩子都在這特定的時刻裏變成了巫女，我又發現他們正好圍著我坐成了一圈，這使他們看起來更像一些判官，掌握著我的生殺大權。我在半明不暗的燭光中望著這一張張忽然變得有些陌生的臉，看不出來到底是誰抓著了寫有我名字的紙團。誰都有點像，同時誰都不太像。

大家也在等著，開始互相看。

這時老圓吞吞吐吐地說，老黑，要不你自己看吧。我說：什麼？老圓說：我念出來你會誤會的。我說：誤會，對。老圓把三張紙條放到我手裏，有點委屈地說：我不是故意的。

就這樣，這句命中注定的、致命的話，經過兩次暗示之後在十三個證人面前出現了，我雖然預感到它會在今晚遲早要出現，但沒想到它是這樣直白，直白到不可能有任何別的解釋，還是這樣密實，無空可鑽。

三張紙條一張寫著我的名字，一張是「老黑家裏」，一張是「上吊」，連起來便成了這樣一句話：老黑在老黑家裏上吊。

這句大白話以它直白的力量橫掃過我的身體，它迅速吸收了前面兩句不祥的話（那其實是它的先聲或影子）以及現場緊張不安（為什麼緊張不安？是否有人暗中希望我此去身敗名裂、頭破血流，這些潛意識或明確的意念飄浮在空氣中，成為一種氣，遊戲正好把這種氣聚集起來，而誰都不是故意的）的氣氛，變得更加富有質量威力無窮。

我想起前面的兩句話，從發愁到流淚再到上吊，完全是每況愈下到最後無路可走的情景，從一個毫無邏輯可言的遊戲、從有著巨大可能性的組合中間竟然出來這樣三句天衣無縫的話，我實在難以阻擋心中的驚懼，我又想到別人名下的句子多少有一種超現實的荒誕性，如在人民大會堂下不了蛋在雞窩裏也上不了吊，人家輕而易舉就把不祥的氣息排除掉了，只有我的一句比一句寫實。老黑在老黑家裏，不祥的氣息在這句話裏凝聚，我看到這句處在預言位置上的話一點點變得堅硬、銳利，它寒冷的光芒覆蓋了那個最後聚會的夜晚。

這種時候我夢見鐵鉤，又猝不及防地記起了這個不祥的預兆，有什麼事情將要發生呢？

第三部

我從東四十條地鐵站出來，一眼看到港澳中心那熟悉的玻璃大樓閃爍著天藍色的光澤，是真正的天的藍色映照在樓體的鋼化玻璃上，與它咫尺相對的保利大廈兩隻巨型的食指正不容置疑地指向天空，保利大廈的前額還懸掛著幾隻巨大的漂亮汽球，色彩鮮艷，圖案各異，這一切都使我注意到明亮的藍天。我站在地鐵站口，對著這片風格各異的建築物看了一會，我已經快半年沒看到它們了，保利大廈北面是少年宮，房頂由一些綠色琉璃瓦和一個有著菠蘿表皮的球體組成，而港澳中心的南面是嶄新的富華大廈，它全身雪白，綴滿了圓柱、穹形的窗臺，顯得細節繁複，曲折有致，因而透著一股古典的巍峨，很像我想像中的歌劇院，可惜它不是，湊巧的是文化部的歌劇院的基建工地就在它的旁邊，那個火柴盒似的建築總是完成不了。富華大廈全身雪白地在太陽下閃閃發光，它們全都在太陽底下閃閃發光，大廈、汽球、立交橋環心的地柏和龍爪槐、汽車、自行車和行人，街心公園和報攤，全都在秋天的陽光下閃閃發光。

北方的秋天才是秋天，它令我精神一振，那些預兆的陰影，好幾年前的陳芝麻爛穀子此刻全都走開了，就像是許多夢中的一個，剛醒來還有一點影子和斷片，一到大白天就消失得無影無蹤了。

我一路往西走回家，陽光斷斷續續地從樹葉間的空隙落到我身上，街上的樹有的已變得金黃，有的是綠中透黃，大多數還是綠的，看到有金黃色的樹我就仰頭看它的樹葉，並透過樹葉看藍天，這時的藍天深不可測，它的美無與倫比，而藍天映襯之下的金黃葉子則更加明亮眩目，它們將陽光吸附到自己身上，又均勻地散布在空氣中，使空氣布滿了樹葉與陽光的氣味。

我一路走，感到陽光正穿過我的毛孔並在那裏停留，使我全身的骨頭發出嘎嘎的聲音，這跟南方那種又悶又熱的感覺完全相反。我全身的毛孔都在告訴我：一切都會好起來的，很快就會好起來。

閔文起的小房間還像我走的時候那樣鎖著門，我下崗之前他曾告訴我，因為業務關係他要去惠州，時間比較長，不過估計一兩個月就會回來一次。沒想到他兩三個月都沒回來，直到我下了崗到深圳去他還沒回來。

離婚的時候閔文起說既然我要帶扣扣，就把這套房大的一間給我住，等以後單位分給我房再搬走，我雖然知道這樣很不方便，但我對自己最終能否在單位分上房子毫無信心，而租房對我來說又難以承受，就這樣我們像大多數城市裏的離婚者一樣，離了婚還住在同一套房子裏。總的來說我們的情況還比較好，協商解決比較平靜，不像有的離婚夫妻鬧得不共戴天也還得住在同一個屋頂下。

我一邊燒開水，一邊用冷水仔細洗了個臉，北京的自來水比南方的冷多了，拍在臉上的感覺像冰水一樣，我最後一絲疲倦完全消失了。

我到菜市買菜。菜市使我感到親切，就像回到自己的家鄉，到處都是面熟的人，他們全都在原來的地方呆著，一點都沒變，魚攤子周圍仍是散發著腥氣的髒水，賣肉的、賣餡餅的、賣鹹菜、賣豆腐的，全都在原來的攤位上，我依次走過去，秋天的瓜菜在陽光下閃耀著健康、結實的光澤，白的白菜、綠的油菜、黃瓜，紅的辣椒、玉黃的玉米和黃中透紅的柿子，它們使我感到充實和平穩。我走到雞蛋的攤位問價，答說三元七角一斤，我清楚地記得春天我最後一次買雞蛋的時候是四元二角一斤，價格降下來這麼多，我感到了生活的善意，在這個時刻我想起從前買菜，價格每往上漲一點，我立馬就感到生活緊逼了一步，我覺得生活就像一個鐵蓋子，被一隻無形的大手高舉著逼近你，不定什麼時候就徹頭徹尾地扣下來了。但是我現在站在菜市中間，生活通過雞蛋的價格變得鬆軟起來了，隱形的鐵蓋子也已退遠，生活就像菜市本身，使我不由自主地迎上去。

我又買了一種叫蛾眉的扁豆，紫色的、彎彎的，我小時候曾在別人家的豆架上看到過，開白色的小花，然後一隻隻薄薄的像新月那樣的豆角垂下來，紫色在它的表皮一天天堆積，又美麗又神秘，令人遐想，沒想到在北京的菜市上能看到，一元三角一斤。我還看到了佛手瓜，這又是一種南方菜，看到它我就備感親切，這種我小時候感到稀奇和神聖的瓜類也來到了這裏，它們排列整齊，疊成三層，下方壓著一張紙，上面寫著：八角一斤。我想北方人一定不知道怎麼對付這種佛手瓜，他們像燒冬瓜或南瓜那樣燒這道菜，結果就變成了八角一斤，比黃瓜還便宜一半。

美好而親切的事物在這個下午一樣接一樣地來到我的眼前，我不知道是因為它們我心情才好起來，還是因為我心情好起來它們才顯得美麗。我幻想著能重新找到工作，然後就把扣扣接來上幼兒園，我早就打聽過離家不遠的那家大機關的幼兒園，贊助一千五百元就能進去，我還有一張兩千元的定期存款單，一直沒動，我忽然覺得自己有點想見到閔文起，這個想法可能一直潛伏在我的意識裏，我在房間裏來回走，抹灰塵，收拾東西，閔文起的房間上著鎖，但是他點點滴滴的好處開始跑出來，進入到廳裏、廚房裏，以及我的大房間裏，它們凝聚成一個往昔的閔文起（被我過濾過的，把壞的方面去掉，把好的方面留下來，是我的記憶與願望混合的閔文起），在暮色漸近的時候出現在我的眼前，他用鑰匙打開門，把菜籃放到廚房裏，然後洗手，坐到沙發上抽煙，他是一個主動買菜的男人，拿著菜進家門是他經常的姿勢，這個姿勢在黃昏裏出現，是這個男人顧家的證明。在提著菜籃的姿勢後面是他扛米的姿勢，這是一個需要男人的力氣，伴隨著汗的氣味（在夏天）和微微喘息的聲音出現的姿勢，然後他站到了那架小型輕便折疊梯子（從前我們沒有這把梯子，需要登高的時候我們就一起把書桌抬出來，再把椅子放到桌面上，他登上書桌，再登上椅子，我則雙手緊扶著椅子腿，仰頭看他換燈泡。後來有一天他就去買了這把折疊梯子，他說：這是一個家庭必備的東西）上，然後，溫暖的黃色光線從他的手指漏下來，他瘦長有力的手指和微突的關節被逼近的光照得通紅。

天已經變黑了，我打開燈，閔文起重疊的姿勢消失在光線中，我看了一下錶，五點半，正是平時做晚飯的時間，我到廚房摘蛾眉豆，我想如果閔文起回來，就請他一起吃晚飯，只需加炒一個佛手瓜就行了。

我豎著耳朵聽門。一邊擦洗灶臺、窗臺和洗碗池，這時我忽然醒悟過來，閔文起也許半年都沒有進過這套房子了，我跑到衛生間，果然沒看到他的毛巾、漱口杯和刮鬍刀。

秋天的風從遠方隱隱地潛行，它們開始聚集，穿過廣場和街道，樹木和電線，從陽臺和半開的窗戶進入我的家。我心裏充滿了失落，廚房、衛生間和門廳也變得荒涼、冷寂，就像人流散盡的菜市，或者潮水退去的礁石。而風不停地進入，在我家的桌子、組合櫃、床、書架、杯子、窗簾上堆積，然後它們舞動起來，從我的頭髮、雙腳和指尖一直進入我的身體，直到我的雙眼。

求職的過程是一個人變成老鼠的過程。

我再次看見自己灰色的身影在北京金黃色的陽光和透明的藍天下迅速變成一隻灰頭灰腦的老鼠，我膽小，容易受驚，恨不得能有一處安全而溫暖的洞穴讓我躲起來，使我跟人的世界變成兩個不同的世界，永遠也不要接通，讓我聽不懂他們的語言，自然也不需要找工作，也不要吃飯，也不要穿衣服，我的扣扣自然也是一隻小老鼠，就像從前無數次遊戲一樣，她偎在我的懷裏說媽媽是老鼠媽媽，我是老鼠孩子。然後我帶領我的孩子去覓食，我相信大米和黃豆到處都可以找到，如果實在沒有，紙也行，找到食物我就和扣扣當場痛吃，我們的牙齒性能良好，嚙咬使我們快樂無比，我們躲在角落裏，誰都不知道我們在這裏，人的腳在我們看來就像一隻大怪物，又笨又重，動作緩慢，毫無靈性，比起我們差遠了，所以不靠陰謀他們根本傷害不了我們，在這些笨重的腳咚咚地到來之前，我們總能快速逃跑，我們飛奔的時候身輕如燕，有一種飛翔的快感，我們的肚皮緊貼地面摩擦而過，就像鳥類的翅膀與空氣的摩擦。然後我們從安全的洞口探出頭來看到那些笨重的腳喪失了方向，這就是我們勝利的時刻。

有時候我們需要往洞裏運糧食（鼠類的這一習性是我們從童話裏看到的，我們親眼目睹的運糧隊伍是螞蟻，那種蟻類的長征曲折而悲壯，給我留下了深刻的印象，這使我把蟻類的事跡安放到了鼠類的身上），我們知道秋天就要到來了，秋風一起我們的皮膚就知道，我們認識落在地上的樹葉，認識發白的泥土和枯萎的草，很早很早以前我們置身於野地，我們還沒有看見過城市、街道以及下水溝，秋風一起我們知道收穫的季節就到了，有許多穀子、黃豆懸掛在它們的樹上，我們遠遠就聞到了香氣，但是從稻莖往上爬有些困難，我們最喜歡收割之後的土地，那些散落在地裏的穀子、黃豆和花生裸露在地裏或者是禾茬之間，我們隨地打一個洞就把它們藏起來了。這真是十分的好！我這樣想著的時候感覺到自己的皮膚正在變深、變厚，變成鼠類那樣的深灰色，堅韌而厚，能順利穿過臭水溝、荒涼的工地，被推平的廢墟，我完全認同這是一種美妙的皮毛，我的眼睛像黃豆那麼大，小而亮，是世界上最美的眼睛，我嘴部的形狀果斷而銳利，有鮮明的指向，不像人類的嘴是橫著長，不得要領。還有，我的尾巴同樣值得讚美，線條優美修長，而且兼備多種功能。

我對自己的各個部位都已確認，當一名自由自在的老鼠就是我此刻的理想，當然最好像童話裏的田螺姑娘，白天是田螺安靜地藏在水缸裏，夜晚才變為人形，或者有人的時候變作一隻老鼠，沒有人的時候變回人，成為一名這樣的耗子精據說要經歷漫長的修煉，看來我只能望洋興嘆。

事實上，我的恍惚和幻想都不能改變我的現狀，即使我躺在水缸裏（做一隻田螺）或者縮在下水道裏，人的臉龐都會像一種流質般的軟體到達我的跟前並且以正面對準我，空氣會立即將壓力傳遞到我的各個部位，皮膚、頭髮、眼睛、鼻子、耳朵，面對壓力我立即還原為人，我痛切地想道：我為什麼不是一隻老鼠！然後我看對面的這個人，準確地說是一張人臉，人只有人臉最讓人恐懼，只有人臉最具備人的本質，人的其他部分經常隱沒在黑暗中，只有他的臉從黑暗（我視覺中的黑暗）裏浮現出來。他頭頂長有頭髮，面部光滑，橫著長著兩隻眼睛，眼睛裏是一種類似石頭那樣的冷光，鼻子長在正中，有兩個孔，並且奇怪地突起來形成一個尖頂，人的嘴同樣莫名其妙，就像被橫著砍了一刀，而翻起來的暗紅色的肉就稱為嘴唇。這樣一副面孔我越看越感到陌生和奇怪，就像看到一個外星人，他力大無比，無法驅趕，他要到哪裏就能到哪裏，無論是水缸還是下水道，你根本躲不開這些人臉，即使變成了老鼠人的臉還會懸浮在周圍。

我在這種面對面的壓力下難以說出一句完整的話，眼前的每一個人，只要我去找他，就總是預先把他放在了上帝的位置上，這使我事先就把自己嚇得發抖，一次又一次，我無法控制，我明白這麼害怕是愚蠢的，但是求職這件事就是一座萬仞高山或萬丈深淵，它是我永遠也跨越不了但是活著就要面對的東西，那個人，那個我去找的人，他坐在辦公桌的後面，他的頭部就是一座萬仞高峰，面對面的壓力由於求職這件事被放大了一百倍，而他的臉龐隱藏在這座萬仞高山的眾峰之中，變得猙獰而巨大，他對我的控制由於我的呼應而更加深入骨髓，我知道我一定說不出該說的話，從第一句到最後一句，我不得不像話劇演員那樣背臺詞，我同時是蹩腳的編劇和蹩腳的導演，我給自己的臺詞卑微、游移、缺乏自信，我在心裏反覆練習，顛三倒四，優柔寡斷，有時覺得這一句要在那一句的前面，有時又覺得必須正好反過來，有時認為要靠哀情制勝，有時又覺得要以樂觀感染人，我的臺詞完全像一些缺乏目標的螞蟻在地上亂竄，忙碌而混亂，飛快地奔跑，碰到一棵草或一粒石子又立即折返，勞而無功，空耗體力。這些臺詞的螞蟻就這樣日夜在我的心裏倒騰，不管我提前多少天在心裏念叨無數遍練習，這些螞蟻永遠形不成統一的隊列。

然後我就站到了某個單位的某個部門負責人的面前，這時我的全身都被我無數遍練習過的臺詞蛀了無數個洞，我的身體和內心就像一種蜂窩狀的物質，有一種虧空的感覺，我深感那些話根本不是什麼臺詞，而是某種致命的、生死攸關的東西，臺詞這個詞實在是太輕鬆了、太無所謂了，跟我要說出的求人的話相比，一個是水，另一個是血。我站在這個人的面前，血液在我的身上流動，它們湧到我的臉上，我的臉漲得通紅，它們回到我的心裏，我就一臉煞白，它們無法正常流動，我控制不了它們，在令人心驚的寂靜中我聽見自己血液流動的聲音時斷時續，在停頓的間歇中我突然驚覺，這是必須開口說話的時刻，巨大的靜場橫亙在我的面前，猶如波濤洶湧的大河，我必須橫渡過去才能到達彼岸。但我不知道從哪裏下腳，從某一塊突出的石頭或者是從一個低矮的草叢，無論從哪裏下水我都害怕，我預先知道我永遠到不了對岸，在我碰到水之前它們就已漫過我的頭頂，有誰知道一個沒有退路的人應該怎樣辦呢？

我聽見自己的聲音奇怪而可笑。

我不知道這到底是不是人的聲音，抑或是石頭的聲音，它低沉而嘶啞，從一個被壓抑的物體內部曲折地發出，缺乏連貫和底氣，如果它是石頭的聲音也是一些質地不夠好在風化之中碎裂的石頭，它在這間別人的辦公室裏突然出現又突然消失，沒有來龍去脈前因後果。我知道自己的嘴在動，有一些氣流從我的胸腔經過我的喉嚨發出，但它們一點都不像我的聲音。我身體內那些預先準備好的語詞像螞蟻突然被火逼近，呼的一下四處亂竄，一切全亂了套。

我的話就停在了半中央。

沒有完，它就停在了半中央，孤零零地前不著村後不著店。這句沒有說完的話本身就像一個聽天由命破罐子破摔的女人，女人站在陌生人辦公室裏聽候發落。

那個男人聽懂了這句說了一半的話的意思，它是表示希望能在這裏當一名文字編輯，這樣的話男人已經聽得夠多的了，他們本來要在晚報上登一則招聘啟事，現在沒有登也一樣來了不少求職的人，從即將畢業的大學生、碩士生、博士生到有經驗的跳槽者，這個年紀不輕的女人根本就沒有競爭力。

女人鼓足勇氣開始說自己的情況，她先說自己的年齡，她認為在所在的因素中這是至關重要的一點，白天黑夜她想得最多的就是所有的單位都只招三十五歲以下的，她已經超出了一歲，她希望人家能在這一歲上寬限一點。她小聲地說她有工作經驗，以前還發表過不少作品，她聽見自己的聲音雖然小，但它這回不像是石頭發出的了，它完全是從自己的身體發出來、帶著自己的體溫、化作自己的樣子站在了房子的中間，她從自己的聲音中聽到了熟悉的東西，就像在這個令人害怕的陌生環境中看到了一個熟人，她感到身上的肌肉鬆弛了下來。那男人看了她一眼，她覺得這一眼還算和氣，於是她進一步說她有北京戶口，而且五年內可以不用單位分房子。

但是男人在又看了她一眼之後問：你為什麼不在原單位幹下去呢？

她好像被問住了。她無法講清楚這件事，種種委屈鋪天蓋地而來，全堵在她的胸口，把她的聲音全堵住了，她自己永遠不願去想這件事，即使她想說，也不知道怎麼說得好一些。

她的眼淚不由得湧了出來。

男人過了一會才發現，他說這樣吧你先回去，把地址電話留下，等我們研究有結果再通知你。

我知道永遠都不會有結果的。

我低著頭走出那人的辦公室，避開電梯（那裏面有人和光線，我現在最怕的就是這兩樣東西）從一個完全沒有亮光的樓梯深一腳淺一腳地往下走，我從來沒有走過這麼黑的樓梯，別的地方多少都會有一點隱隱約約的光線，能看到一點模糊的輪廓，這裏就像一個八面密封的空間，黑暗如同鐵一樣堅硬和厚實，深不可測，我完全看不見自己的手和腳，我整個人都消失在濃重的黑暗中了，就像突然掉進了一個無底深淵，整個被一個叫黑暗的怪獸一口吞掉了。我又害怕又委屈，眼淚停留在臉上，腳下機械地往下走，黑暗好像永無盡頭（後來我才回想起，我是從十二層往下走），我越來越絕望，這種走不到盡頭的絕望跟求職失敗的絕望交織在一起，使絕望加倍巨大，無邊無際，就像這黑暗本身。

我本能地往下走，奔逃的意志一點點蘇醒過來。當我終於逃出那黑暗的洞穴，奔逃的情緒還濃重地停留在身體裏，我飛快地騎著自行車，不顧一切地往前衝，我不知道自己是要逃離這個絕望之地還是要逃離絕望的自己，更可能是後者，我飛快地騎車就是要把那個流淚的、卑微的、喪失了信心的女人拋掉。

我一口氣騎過了兩個十字路口，這才發現我把方向完全搞錯了。

直到我多次碰壁之後，我才知道這一次的失敗微不足道，根本就不存在蒙受委屈的問題，一切都正常之極，氣氛與提問、人的臉色，再也沒有比這更正常的了，我實在是缺少經歷，沒見過世面，把正常的事情無限放大。

我又去找過三次工作，有兩次人家直截了當地告訴我，他們單位不要女的，一家說他們不要女的是因為女編輯太多了，另一家說他們是開了會做過決議的，從此不再進女編輯，並說某某介紹來的一位女士也沒進成。

第三家是我滿懷希望的一家，是一家出版社下屬的一張報紙，聽說正好缺一名編輯，出版社各個編輯室的編輯誰都不願去，我感到這種誰都不願去的地方天生就是為我準備的，我早就知道並且深信那些好的位置、大家都搶著去的好地方永遠都不會屬於我，所以當我一聽說有這樣一個位置的時候我本能地覺得這跟我有著某種關係，或者叫做緣份，它的召喚隱隱約約，使我在意志消沉的日子裏振作起了精神，我重新覺得自己有一點能力和心情去贏得這個職業。我決定用一段時間調整自己的心態，我打算先弄好自己的睡眠，被解聘以來我的睡眠一直不好，幾乎一個星期就有三四天睡不著覺，第二天不管多晚起來都昏頭脹腦，精神萎靡，我想假如我是用人單位也不會錄用這樣的人。

那個我隱約覺得有希望的位置喚起了我的意志力，我發誓要從日常生活做起，控制一切不良情緒和不良生活習慣，重新做一個自強自信自尊自愛的人，我對自己的要求與婦聯工作綱領毫無二致，這樣的口號遍布在所在大小報刊的婦女專欄、專版、專輯、專刊中，幾乎每篇文章都能看到好幾個，它們像一些紅旗喚醒著我們的記憶，我走在工體路三百米長的閱報長廊上，這些自強自信自尊自愛的字眼不時地從報欄的玻璃裏跳出來，像陽光一樣照耀在我身上。我走路的時候有意識地提醒自己不要拖泥帶水，做飯洗衣也盡可能地快捷簡練，我要從行為方式上找回堅定、自信和力量，而我一旦意識到這些字眼，它們立即成為強有力的自我暗示，我感到它們就像一些細小而真實的分子附著在我的肌肉上，它們的力量貫注到我的心靈和大腦，同時它們又如一股氣流，從我的心向外彌散，力量直達我的指尖，就這樣它們在我的身體與內心互相呼應，它們的聲音互相碰撞，像風鈴一樣。

我在入睡前寫三頁毛筆字治療失眠的做法也開始奏效了，很久以前有一位老詩人告訴我這個辦法，他曾有嚴重的失眠症，安眠藥越服越多，後來自己找到了這個寫大字的辦法。這事我本來早就忘記了，現在算來已經有十年，在我離開N城不久，就聽說老詩人去世了。就是在這幾天，我忽然想起了這個與眾不同的偏方，我一下就想了它，我奇怪剛下崗的時候、和南紅住深圳的時候也常常失眠，但為什麼就記不起來，我發現人的記憶與人也有一個緣份問題，它們的相遇正如一個人與另一個人的相遇，不到一定的時空點，兩個人即使走得很近也不會碰到，這同樣是充滿玄機的神秘之事。當時我正在疊衣服，從陽臺收進來的衣服散發出秋天太陽的氣味，這使我比往常有更好些的心情把它們疊好，我在疊一件質地比較柔軟的棉毛衫的時候眼前突然出現了一支毛筆，就像電視裏的毛筆廣告那樣清晰，但它不是那種嶄新而完美的毛筆，嶄新而完美的東西對我缺乏號召力，過於完美總是虛假的，帶有人工性。在我眼前浮現的是一支用過的毛筆，普通的狼毫，有三分之二滲透了墨汁的痕跡，上端還是本來的棕色，對，這肯定是一支用過的毛筆，我已經很多年沒寫大字了，對毛筆早已生疏隔膜，但這個時候它忽然又回到了我的手上，這是一件奇怪的事，我覺得它也許像行星圍繞太陽一樣圍繞我旋轉，在我看不到的地方轉，但它越轉離我越近，然後就到了我的手上。

然後，我在夜晚的燈光下打開新買來的墨汁，墨的香氣頃刻彌漫開來，我深深地吸了一大口，久違的墨香使我感到無比親切，這香氣就像同樣久違了的清朗明靜的心情，一起從墨的汁液裏逸出，雍容地來到我的心裏。我抽出新買的毛筆，這是一支柔軟的羊毫，白色的筆尖挺拔而秀麗，飽含著美好的靈性，使我想起我跟扣扣講的神筆馬良的故事，我並不迷戀這個神話，但我此刻十分羨慕那支神筆，如果我手上這支毛筆是神筆，我會毫不猶豫首先畫一疊錢，這疊錢的數目應該是三千元，因為我剛剛聽說，我準備讓扣扣進的那家幼兒園的贊助費已經從一千五漲到了三千，即使這樣也還算是比較便宜的，聽說北海幼兒園的贊助費已經漲到了五萬元，這使我們這些人連想都不敢想，即使有神筆，也只敢畫三千元，有了三千元我的扣扣就能進幼兒園了。然後我還要畫一疊錢，同樣地厚，也是三千元，我拿著這筆錢立馬就去買飛機票，現在的飛機票好買極了，到處都是售票點，我所在的這條街就有兩家，東頭西頭各一家，拐彎的另一條街還有一家。我拿著錢到最近的一個售票點買一張飛往N城的飛機票，然後帶上扣扣再乘飛機回來。然後我就用神筆畫實物，吃的、用的和穿的，我要畫彌猴桃，扣扣十分喜歡吃這種昂貴之極的水果，二十五元一斤，有一次發了獎金我咬咬牙給她買了一個，還花掉了五元錢，這麼昂貴的價格我永遠都不會忘記。緊接著我要給扣扣買那個叫狗拉車的玩具，有一次我帶扣扣去百貨商場買牙膏，不料她看中了緊挨著的玩具櫃臺上擺著的一隻狗拉車，她牽著我的手走到櫃臺跟前，指著狗拉車說：媽媽買。我看價格竟是五十元，就跟扣扣說，這個太貴了，我們不要買。扣扣一聽就明白了，她從小耳濡目染，常常聽我說什麼東西太貴沒有買，所以我一說她就不吭聲了。但我看她眼巴巴地望著狗拉車，她的眼神讓我心酸，於是我對扣扣說：我們來買一個不太貴的。扣扣聽了就瞪大眼睛在玩具櫃臺來回看，然後指著一隻僅有兒童牙膏的一半那麼大的塑料摩托車問我：媽媽，這個貴嗎？我一看標價：八元，但這個玩具幾乎是整個櫃臺最小的玩具了，扣扣一定以為玩具越大越貴，越小越不貴。我本來心裏打算花三四元、四五元，但我還是買下來了，我實在不忍心讓扣扣再失望，只是在出商場的時候告訴她，這是她十天的牛奶錢。

那個我將要畫的、在過去的櫃臺中的狗拉車就這樣在這片灰暗而傷心的記憶中來到，好在這種畫餅充飢式的戲謔心情大大沖淡了我的傷心，我之所以有這樣良好的心情來幻想馬良的神筆，完全是因為有那個出版社報紙編輯的位置，這是另一隻幻想中的大餅，能充一輩子飢，而且我覺得它已經遙遙在望，離我不遠了。有了職業就可以不用出贊助費了，我的扣扣就能順理成章地進這家出版社上屬機關的幼兒園，而且每天有班車接送。確實一切都不同了。

這隻尚未到手的大餡餅遠遠地散發的光芒就這樣籠罩著我，使我心懷興奮地坐在桌前，我把毛筆探進墨汁裏，墨的汁液攜帶著它的香氣，沿著纖細的毛毫上升，發出植物吸水時的簌簌之聲，白色而纖細的羊毫變得純黑發亮，每一根都飽含了墨汁，它們紛紛從原來緊緊擠著的狀態分離出來變得鬆軟可掬。我把柔軟的筆尖輕輕按在紙上，這種間接的觸覺有一種久違了的舒服，羊毫柔軟而潤澤的質地通過紙獲得了證實和加強並且沿著我的手指胳臂傳導到我的全身，我按照字帖寫下第一個「大」字，這本專為中小學生編選的《顏體大楷字帖》由簡到繁，經過了放大製作，白字黑底，看上去十分舒服，「大大天、平夫不」，這些互不相干的字端莊深厚（這自不必說），同時又由於它們的簡單而有一種憨裏憨氣的感覺，就像一群平頭正臉衣著整潔的好孩子，我仔細地把它們一一按落到紙上，猶如從字帖上領回我的家。這個過程使我去掉了躁動、焦慮和不安，使我安靜平和下來，在安靜中懷有一種包容的母愛。

連續兩天睡好了覺，我感到自己精神煥發，我從鏡子上看到我的皮膚光滑飽滿，細小的皺紋不見了，就像第二張潛在的年輕的面容戰勝了憔悴的面容而浮現出來。我重新開始喜歡自己，我從自己的臉開始再次接受這個世界，從臉擴展到頭髮（這時我發現自己的頭髮太長，長年的馬尾巴髮型使頭髮感到疲憊，我決意馬上把它剪短，這個念頭佔據我的同時我頃刻感到頭上變得輕快極了）、胸部（它依然挺拔而年輕，絲毫沒有因為給扣扣餵奶而變得臃腫下垂而像某種布口袋，生活的日夜奔忙使我長久以來沒有注意到它的優美和從容，當然它不為任何人準備，只為我的自身而存在，我不相信那種女人為男人而美麗的說法，如果我的體態優雅苗條，沒有多餘的肉，首先是我自己感到愉悅）、腰（凹陷、瘦削、輕盈）、腹部（結實、平滑，大概在這個年齡生過孩子的女人中比較少有，它不像終生未育的女人那樣貧瘠，也不像那些一生孩子就膨脹的女人那樣累贅，這是女人身體線條優美流暢的重要部位，我尤為喜愛它，並且希望能為許多人看見，我想像有一片美麗的海灘，我的腹部裸露在燦爛的陽光下，散發出棕色的光芒，或者有一場席捲一切的服裝潮流，連我這種並不年輕也不時髦的普通女人都能自然穿上露出肚臍的夏裝，我知道這些全都是沒邊的幻想，但為什麼就不能幻想呢），連同我的不夠豐滿的臀部和雖然瘦削卻不夠修長的腿以及不夠纖細的腳，我統統再次發現了它們並且像愛我身上最美好的部分那樣愛它們。

我既愛我的身體，也愛我的大腦，既愛我的大腦，更愛我的心靈，我愛我的意志與激情，我愛我對自己的愛，自愛真是一個無比美好的詞，就像一種奇妙的精神大麻（適量的大麻在我的感覺中是褒義詞），完全改變你對世界的看法。

接著我重新喜歡我手上拿著的梳子，這把木質的梳子樸素簡單，能夠保養我的頭髮，我愛面前的鏡子、木凳、方桌、洗臉盆、杯子、牙刷、地板、牆壁、窗戶，我愛窗戶外的樓群、樹木、草地，小賣部、報攤、郵局、電車、電車的長辮子和電線，人流、自行車、垃圾筒、下水道，我愛包含著這一切的街道，我既愛連接著我所在的宿舍樓的街道，也愛所有不相干的街道，我愛街道一直通向的那些公路，公路所連接的田野、農舍、電線桿，以及連接著的更遙遠的群山，太陽從那裏升起，降落到我的頭髮上。

這時我覺得自己有點像惠特曼，那個歌唱自己的人，我至少有十年沒讀過他的詩了，我血液中那點作為人的自豪感也在京城忙碌的生活中消磨乾淨，想不到他現在走了出來，沿著一條青草繁茂、塵土飛揚的鄉間大道，而這條讓人心情開朗的大道就在我的窗外。詩人惠特曼，他在我的血液裏潛伏了十年，現在我看到這些綠色的草葉帶著生命的光澤在我體內迅速成長、抽條，而我將要重新像一棵年輕的樹木（或一棵草，在我的眼中它們完全等值）出現在這個充滿著高樓、玻璃、水泥與瀝青的城市。

然後我走到大街上，陽光再次從我全身的毛孔長驅直入，我先到一家簡陋的髮廊把我八年一貫制的長髮剪掉，剪了一個十分短，短得有時髦嫌疑的髮式。剪髮（我喜歡稱之為削髮）同時也成為一種儀式，把舊的全部扔掉，以獲得新的再生。我望著鏡子裏大不相同的自己（內心的變化也極大地加強了這種不同，曾聽對相術有研究的人說，人的面相、手相都會隨著人的命運而變化，而臨刑者的手相的變化直接證明了這一點。在我看來是內心改變了面相和手相），心想這麼長的時間怎麼就沒想到要換一種髮式，上一次剪髮還是在N城，全N城獨一份的丹麥髮式，意氣風發。生活就這樣毀了我，而我長年沈入在生活裏現在才浮出來發現這一點，我探出頭來，眼睛明亮，看到自己多年的馬尾巴憔悴、疲勞，它搭拉在我的後背使那裏沉重不堪。

我心滿意足地將自己的短髮看了又看，接著我發現了自己的灰衣服，我現在最不喜歡的就是灰色，它象徵了過去灰撲撲的生活，它既是灰色的衣服，又是灰色的圍牆、灰色的大院、灰色的樓房。我從存款裏取出了一五〇元，理髮花掉了一〇元，我帶上全部剩下的錢，從東四到三里屯，最後選中了一件雙層的奶白色短風衣，這件衣服可以從秋天一直穿到初冬，根據氣溫的逐漸轉涼，裏面可以依次穿上短袖T恤、長袖T恤、薄毛衣、厚毛衣，而且奶白的顏色，配什麼都不會太渾濁。我對這件衣服十分滿意，一路快車騎回家，頭腦裏滿是我的各色毛衣（我的毛衣從來不拆不扔不送給災區人民，這個世界從來沒有給過我安全感，我任何時候都能想到自己有朝一日也會跟災區人民一樣飢寒交迫，而到那時不會有人給我任何幫助）配在這件短風衣裏面的樣子。

我首先找出一件黑色低領緊身薄毛衣，這件毛衣緊緊吸在我的身上，我看到黑色細密的絨線下自己的胸、腰、腹各各變得神秘動人，這種感覺如同另一種隱秘的光，一直從我的胸口延伸到脖子、到頭部，同時在我綺麗的短髮映照下，我一時覺得自己美麗極了。我長時間地觀看自己，現在我的時間最多了。在鏡子前我一動不動，我想不到要左右轉身，只盯住一個正面就夠了。我看到胸口那裏一大片空白，忽然想起南紅送給我的一樣飾物，那是一顆玲瓏剔透亮晶晶形狀像一滴水滴那樣的水鑽，南紅說這是一種人工鑽石，假的，她們管這叫「水鑽」，南紅說管它真的假的，好看就行。這顆水鑽她已經帶膩了，就順手送了我，珠寶行裏眼花繚亂的不停進貨，南紅攢了不少真假首飾。她告訴我用一根黑色圓繩子，讓水鑽正好在脖子的正中間，繩子千萬不要太長，不要掛到胸口下面去，那樣鬆鬆垮垮的很不好看，那還是去年冬天她到北京來的時候送給我的，我曾經戴過一次，後來就把它忘了。我找出來戴上，一顆晶瑩閃爍的水滴就懸掛在我頸窩的正中，它的光澤立即使我的身軀和臉部（這是它連接的上下兩處）籠罩上一種嫵媚的魅力，這真是奇怪極了，因為嫵媚是一個從來就離我最遠的詞，我任何時候都沒沾上過它的那怕是一星半點的氣味，我覺得這顆水鑽實在是跟神話裏的咒符有同等效力的東西，它頃刻間就能改變一切。嫵媚好還是不好呢？我又從頭到腳把自己看了一遍，覺得自己從心裏喜歡這個既嫵媚又坦蕩的形象，嫵媚不是狐媚，當然是好的，如果自己都不喜歡自己，我在這個世界就沒有多少希望了。

我帶著新的形象和內心開展了新的一輪行動，我真願意說這是一場新的戰鬥什麼的，戰鬥這個詞潛伏在我早年的閱讀經驗中，充滿了激情和信心，使我產生了一種非和平時期的亢奮，我現在最最需要的就是這些。

我打聽到這家出版社的一名領導是我母校的校友，這個消息猶如一道神啟，使我清晰地看見了亮光，這道亮光從茫茫的人海（連同灰色的樓群和馬路，它們與陌生的人流結為一體，成為擋在我面前的凝固的大海，我左衝右突，找不到一點縫隙，如果我探進一隻腳，任何一種東西都會毫不猶豫地把我擠出來）中打開了一道隱秘的縫隙，剛好有我的身體那麼寬，我將走進這個通道，而某種浮力將托舉我的雙腳，一切障礙都將擋不住我。我在自己製造的亢奮中被這粒消息的火種弄得燃燒起來，我到這位身居要職的校友的辦公室找他，我從容、大方、不卑不亢，我估計自己表現不錯，校友說他一定幫忙，報紙正好是歸他主管，正好是缺一名編輯，他將在下個月的社務會上提出來，他說這件事雖然不敢打包票，但成功的希望還是比較大的，保守一點說也有八成。我在當天下午又去找了兼管報紙的室主任，主任很熱情，說最好能抓緊辦過來，一堆活正等著人幹呢，社裏的其他編輯誰都不願來。

既然直接領導和主管領導都說沒問題，出版社又有獨立的人事權，我覺得這次很有可能成功。我一直就是這樣認為的，我不急不躁，耐心等著聽結果，這中間我再也沒有去找別的單位。我的心情變得開朗起來，我的失眠症也差不多好了，我每天晚上臨兩篇大字，比剛開始的時候像樣一點了，我覺得這比練氣功簡單有趣，又不至於走火入魔，我想到等我把扣扣接來，也要讓她每天練寫毛筆字，窮人家的孩子就不要去想學什麼鋼琴，任何一點奢侈的念頭都不要有，否則就是自尋煩惱。我要讓扣扣成為一個樸素的人，一個腳踏實地的人，從小就不要有不切實際的幻想，這樣就能保證她在精神上能夠平安成長，不至於自殺或者精神崩潰。報紙上報導孩子自殺的事件實在太觸目驚心了，當不了第一名就自殺，分數低兩分就自殺，自殺這個字眼像閃電和驚雷，布滿晚報或文摘的社會新聞版，它既燒灼著父母的心，又燒灼父母的眼睛，使這片從天而降的大火彌漫著父母的視野，他們看到自己的孩子在這片火海中漂浮和掙扎，誰也救不了他們。我在電話裏對扣扣說：好扣扣，媽媽再過兩個月就把你接回來。扣扣說：要把爸爸找回來。

閔文起一直沒回來，不知他在惠州出了什麼事，我送扣扣回N城的時候他曾經給了兩千元，是扣扣一年的撫養費，我如數給了母親，現在一年過去，人卻找不到了。不過閔文起不是那種逃避責任的人，我想他肯定是出了麻煩，我希望他的麻煩不要太大。

在等待的日子裏我去找許森。

看到我他的眼睛一亮，他說：老黑，我差不多認不出你了。然後他幫我把風衣掛在衣架上，還找出一雙新的草編拖鞋給我換上。他說這是出差在南方買的。

草拖鞋的草是那種普通草席（不是臺灣涼席）的草，但它的顏色介於米白與金黃之間，比麥稈淡一點，比稻草又鮮一點，這樣柔和的顏色彌漫在草的質地裏，更讓我感到溫暖婉約，猶如一個饒有情韻而不張揚的女子，十分合我的心意。而塑料拖鞋像什麼？像淺薄的女郎，皮拖鞋則像慵懶無聊的闊太太，繡花拖鞋大概像精致而小器的小家碧玉，它們都不是我的理想所在。可惜現在已經是深秋，我穿著線襪，比較厚，如果在夏天穿著極薄的絲襪，或者在自己家裏，光著腳伸進草拖鞋，就像赤足踏在草上，有一種酥癢頂上腳窩，全身都會鬆下來。草的氣味從緊密的編結中升上來，我彎腰的時候聞到它鮮明的氣味，草為什麼在乾了這麼久還能散發出氣味來呢？這是我長久以來的疑問，它現在在許森的門廳裏又浮了出來，這使我看上去顯得有點心不在焉。於是許森問：你不喜歡草拖鞋嗎？

然後我聞到了一絲若有若無的高檔香水的氣味，我對香水缺乏鑑賞力，從來不用，直到現在也叫不出任何一種香水牌子的名字，我只是憑空認為許森的香水是一種高檔香水，因為它一點都不讓我頭暈，而且他的妻子又在法國，而法國這樣一個浪漫之都天然就跟香水有著緊密聯繫，所有的法國香水都是高檔香水。這氣味好像是從門廳旁邊的衛生間發出的，我到洗臉池跟前洗手，神思一直有些恍惚，洗臉池前的鏡子裏這個頭髮極短的女人使我有一種再度陌生的感覺，在以前幾次出現在這裏的那個身著灰衣、頭紮馬尾巴、神情憂鬱的女人在哪裏跟她重疊呢？在哪一個點上？是從臉到心，還是從胸到腳後跟？什麼樣的感覺才能落回自己的身上呢？水在沖刷我的手，那些從容擱在洗臉架上的女人物品再次鮮明地落入我的眼中，洗面奶、護手霜、晚霜，它們的形狀跟以前不一樣，是新的牌子，而隱藏在它們背後的女人的身影也在我注視這些小瓶子的時候逶迤而出，她們仍是那樣面容不清，但她們的眼睛和嘴唇形狀完美地懸浮出來，但它們缺乏質感與立體感，只是一些優美的線條與晦暗的色彩，這些幻影與香水隱約的氣味混合在一起，散發出一種情欲的味道。

也許正是情欲的氣氛使我神情恍惚，這種遠離了我的身心的東西現在又回來了，我既感到陌生又感到惶惑，但它們在層層加厚，從草拖鞋到香水到洗面奶護手霜，它們從各個點出發，像絲一樣繚繞著我，也繚繞著許森，我感到他與他的房間全都含情脈脈。我臉上開始發燙，心也有點跳，許森問你是不是有點熱，要不要把毛衣脫了。我低垂著眼睛沒有看他，但我覺得他的眼睛正落在我的胸前，這個發現使我立即意識到自己的緊身毛衣，意識到被緊身毛衣所勾勒的身體，特別是意識到我的乳房的形狀在緊身毛衣下暴露無遺，而許森隨時都可以看得一清二楚（雖然他不至於盯著看），我頓時不知道自己應該縮著身子還是應該挺起來，這使我的動作變得有點忸怩，瑣碎，小家子氣，我下意識地把茶杯的蓋打開又蓋上，同時我感到許森在看我，我重新感到了在一個男人的目光下作為一個女人的感覺，這跟我在鏡子前看自己有點不一樣，我感到乳房的每一個顆粒都變得敏感，它們全都像低垂而警惕的眼睛布滿我的胸部，我感到乳房比平常要重一些，而且有點發脹，我開始回憶平時自己對乳房的感覺，對，它們平時一點都不重，除了洗澡我基本上感覺不到它們的存在，它長在我的身上就像我的腳後跟，平時我吃飯、喝水、上街買菜、做飯、看書、寫毛筆字，我一點都沒有格外地發現它。這種對比使我感到乳房越發沉重，它沉甸甸地懸掛在我的胸前，它向外凸出的形狀使我感到即使隔著緊身毛衣也有一定程度的裸露，我便控制自己的呼吸，不讓乳房明顯地起伏，但我感到在我輕而緩慢的吸氣時它還是微微地聳立起來。我真想用手把它們擋住。

它們是多麼的無遮無攔啊！

很有可能，這個時候我坐在沙發上顯得羞答答的，羞澀感同時使我楚楚動人。使我臉上有點微微發紅。我想許森把這一切都看在了眼裏，他這樣一個對女人有著豐富經驗的人（想想衛生間裏的那些女性用品吧）的眼睛已經千錘百煉，他即使不看也能感覺到，雖然他的文章平庸無味，他對待女人卻有可能才華橫溢。他說：現在你顯得年輕了，也漂亮了。然後他就坐在我的旁邊，用手輕輕按住我的肩膀。

他的手像樹葉一樣在我的肩頭拂動，我身體的第一陣收縮尚未過去，樹葉的第二次拂動就已到來，它完全打亂了我收放的節奏，我一時變得呼吸不勻身體僵硬，我的肩膀既敏感又麻木，或者說一時敏感一時麻木，感覺十分奇怪。這時樹葉運動的方向卻改變了，或者說是風的方向，風的源頭就在許森的心裏，「風吹藤動銅鈴動，風停藤停銅鈴停」，這是我教扣扣念的繞口令，現在的情況是風吹藤動樹葉動，樹葉從肩頭到我的脖子，他坐在我的右邊，他左手的手指停留在我脖子的左側，那裏有一根血管（是不是靜脈？），他的手指準確地找到了它，他的手指這時變成了一隻蟲子在我脖子左邊的血管上爬來爬去，有點癢，蟲子忽然停了下來，停了一會，許森說：你的心跳得真快。樹葉重新拂動，從我的頭髮到我的臉，我臉上毛孔的無數細小的眼睛在樹葉的拂動下一一閉上。閉合的顫動像細小的漣漪一直擴散到我的心。

我不說話，這使整個態勢看起來像一種默許，我是不是默許他的一切動作呢？我一點都不知道，一點都拿不定主意，我已經很久沒有過這樣的經驗。我的頭腦茫然失措，但身體的欲望在蘇醒，這使我處在一種欲醉欲醒的狀態中，一種類似於酒的東西從許森的身上彌漫過來，通過他的手，注入我的毛孔。

他撫摸我的臉，他不說話。忽然他一下把我抱起來，失重的感覺劈頭蓋腦地把我打翻了，暈眩使我閉上了眼睛。他沒有到有床的地方去，我全身在他胸口的高度浮動了片刻又結結實實靠在了他的身體上，我想他是在沙發上重新坐下來了。我感到有瓣溫熱的橘子落到我的臉上和脖子上，它乾燥的筋胳在我的皮膚上摩擦，但很快它就打開了一道縫，因為我感到有一小片熱氣從那裏出來，它突然又抿緊了，我被包含的那點皮膚頃刻灼熱而潮濕，他的舌頭飛快地掠過我的皮膚，就像是一種陌生而危險的動物觸到了我，我一下驚叫起來。

他說你別怕別怕，不要怕。他說你都生過孩子了怎麼還害怕這件事呢？他還拍拍我的臉說：會很好的，會非常好，非常舒服。說完他就俯下身親我的嘴唇，他的動作很輕很小心，生怕會嚇著我。與此同時，樹葉又開始落到我身上了，它有點發熱，它一停留在我低領毛衣的那一片裸露的肌膚上，我馬上又感到了乳房的重量。樹葉在我的領口拂動了一下，我覺得它快要進到我衣服裏面了，它在領口的邊緣來回晃動，既像猶豫又像詢問。但我沒法說話，我的嘴唇在他嘴唇的下面被緊緊壓著。我用一隻手擋在胸前，但這個動作恰恰變成了某種暗示（或者在他看來是鼓勵），給了他藉口和啟發，他拿開我的手，長驅直入，一切土崩瓦解。我猶如一截被浪濤驅趕的木頭飛快前進，我方向不明、意志喪失，而浪濤從四面八方湧來，前後左右擠壓，洶湧澎湃的波浪從我的胸部降落，頃刻覆蓋我的全身，它以雷霆萬鈞之勢一下把我舉到了空中，我緊閉著眼睛，但我知道我正在一道萬丈瀑布的頂端，一眨眼就會隨著飛瀑順勢而下。

我感到緊身的衣服在鬆動，就像有一些蟲子在搬動我的扣子，我的扣子十分緊，蟲子們又忙又亂。間隙使我清醒過來，我本能地用手驅趕那些盯在我衣扣上的蟲子，我趕不開它們，我不知道該怎麼辦，我看見自己正在這道萬丈瀑布的頂端，馬上就會隨著瀑布掉下來，激越的水流不可阻擋，它將把我徹底吞沒。而現在正處在一個暫停的時間，就像正在放的錄像按了暫停鍵，誰再一按，畫面就會恢復流動，而我將被激流席捲而去。那個暫停鍵就是我衣服上的扣子，那個操縱畫面的手就是停留在扣子上的蟲子。我感到這件事有點不應該，有點不對，我在道德上一直沒有堅定的認識，我左右搖擺，有時覺得應該，有時覺得不應該，時而傳統，時而現代，我同時感到這是一件非同小可的事和一件不必深究的事，我拿不準我應該怎樣看待許森（他是一個流氓嗎？他是一個亂搞女人的人嗎？）和怎樣對待他（是拒絕還是接受？現在還來得及），同時我也不知道怎樣看待自己（我是不是一個蕩婦？是不是一個以肉體換取職業的女人？要知道，許森也是可以幫我找到工作的，我曾打算在走投無路的時候就求他幫忙），不知道應該停下來還是應該放縱一次。所有這些念頭在我腦袋裏飛來飛去，互相糾纏，亂成一團麻，也許根本不是麻，而是一團霧，因為它們根本不是由一根根線組成的，而是比線更分散，它們是一些顆粒，成為一團緊密的霧充塞在我的腦子裏。

我的毛孔張開又閉攏，潮汐洶湧又退卻。本能猶如天空，寬闊無邊，理性則如一道閃電，在瞬間將天空撕裂和驅趕。在我的身上，蟲子剛剛戰勝了衣扣，按鍵剛剛被按下，我閃電般地掙脫了出來，我說我要喝水。我坐起來拿杯子，卻把茶水打翻了，許森不得不為我倒水。一喝水事情就發生了變化，水這樣一種東西真是奇妙，它從我的喉嚨進來，迅速滲透到身體的四面八方，肌肉裏、骨頭裏、血液裏，那些小小的火焰，飄動的火焰，碰到水就熄滅了。我長長地呼著氣，身體鬆弛下來。

許森問：你怎麼啦？我搖搖頭。搖頭真是一個最好的動作，包含了一切的不，不知道、不要、沒關係等等統統都在其中，但我若將它們一一說出就太沒趣了。許森重新扶著我的肩膀，他問：你怎麼啦？他又在我的耳邊低聲說：我以為你想要，我看到你的身體想要……到底怎麼啦？我再次喝了一大口水，然後我說：對不起。

許森去上廁所。然後他坐到我的對面，他看了我一會兒，說：你不要不放心，我會幫你找到一個工作的。

我不作聲，他的話把兩樣不相干的事情連在了一起，或者是我，或者是他，或者是我們兩個人都在暗地裏把這兩件事連在了一起。我來找他本來沒想到求他幫忙，我覺得我的工作已經不成問題，這使我心情很好，而許森是我在這個城市唯一一位我既喜歡與他交往又是獨身的男人。我一時覺得有點無聊，搞不清楚自己什麼時候變得這麼理性，還道德兮兮的。也許是潛意識裏不願意讓許森把我看成是一個隨便跟人上床的女人，在幻想中希望跟他長久發展關係，也許有一天還能重新結婚，身邊有一個人和一個家庭。

我亂糟糟的想不清楚。不管想清楚了還是沒想清楚，事情一到了腦子裏，欲望和激情就全部消退了，我沒有從瀑布的頂端順流而下掉入水中，而是從空中落到了沙灘上，咚的一下。

有什麼事情比自己的錯覺更糟糕的呢？或者叫做判斷失誤，或者叫做期待落空，完全不是你想像的那樣。

我現在對一切細節都沒有記憶，也不知道將來有一天是不是能回憶起來，在我混亂的絕望中浮上來的只有那句話，那是幾句話，從我的校友、出版社的領導嘴裏說出來，他是轉述，但我直接聽到的是他的聲音，他的聲音從天花板和他的辦公桌傳過來，顯得有點奇怪，我不知道到底是他的聲音還是別人的聲音。這個聲音說：那天你來社裏，有個副社長在樓道看到你了，他的意見是，出版社的女編輯，既不要長得太難看，但也不要長得太好看，生活方式既不要太守舊，但也不要太新潮。

女編輯，不能難看，也不能好看；不能守舊，也不能新潮。

這幾句話在穿越了我的大腦嗡嗡作響的混亂和顛三倒四的翻騰之後，自動排列成了以上的形狀，關鍵的詞就像一些堅硬而有著怪異生命的角質植物在一片語言的草地上聳立起來，對，它們自己有生命，像一些精靈，自己知道應該以什麼方式排列，怎樣最有力量，最簡潔。它們一個字一個字敲擊著我的身體，像一些凶猛而又壯碩的螞蟻（不是生活中我所看見的螞蟻，而是某種像木偶一樣動作僵硬的機器蟻，是這個機器時代的產物）一隻又一隻地穿越我的心，它們這些外星蟻、機器臭蟲，冰冷而堅硬，它們完全不是肉做的，沒有血，它們永遠不會知道人是怎麼一回事。但是它們在穿越了我的身體之後又手拉手圍成了一個圓圈，把我緊緊地圍在了中間，一點空隙都沒有。女編輯，不能難看，也不能好看；不能守舊，也不能新潮。它們的嘴一開一合，整齊地朗誦出以上的句子，它們的聲音既是蟻語又是雷鳴，我被圈在圈子裏，任何方向都能看見它們洞黑的嘴張開又閉上，如果我閉上眼睛，我有時會誤認為這是某種童謠或民謠，我一睜開眼睛就意識到它實際上是咒語，它布滿在空氣中和石頭裏，街道、汽車、電線、煤、煙囪，處處都有它的影子，然後在某一天，它們聚集到一個人的身體裏，排著隊，從這個人的喉嚨裏整齊地蹦出來。

就是這樣。

對，我現在想起來一點細節了，我首先想起來的就是石灰的氣味，這幢灰色的大樓內部的牆壁正在粉刷，它又灰又舊，已經幾十年，歲月一層一層堆積，在堆積中腐爛和陳舊，散發出朽壞的氣味，令人感到不祥、沉悶，無法振作。因而每年都要粉刷一次，用一層石灰水把一切都覆蓋住，使它看起來乾淨而純潔。我進門的時候看到一個人提著一桶放著一個長把刷子的石灰水，他藍色的衣服沾上了一些白色的斑點，我朝兩頭光線昏暗的走廊張望了一下（到陌生的地方我喜歡東張西望，這是我永遠也改不了的毛病，我對陌生的環境有強烈的不安全感，危機四伏，就潛藏在我所不知道的地方，即使有禮儀這樣一把軟刀子，也無法改變我的習慣），看見一把粗糙的木梯子正立在一頭走廊的燈光下，兩腿叉開，恰是一個冷漠而高大的男人形象，它讓我想起活體試驗的主刀人、監獄外手持電棍的獄卒、往太平間抬屍體的人，或者是來自太空眉臉不清毫無感情的太空人。這個形象使我感到恐懼和不祥，我上一次來的時候這些東西都沒有，它們為什麼在這個時候出現呢？

我走上樓梯，感覺一點都不好，遲疑和驚懼尚未消散，樓梯正對著的一大塊牆壁上是個大櫥窗，裏面展示著該出版社出版的經典名著，這是出版社輝煌的實績和端莊的面孔。我在櫥窗跟前停了下來，我從它的玻璃上看到一個女人面容憂鬱，她理著很短的頭髮，穿著低領黑色緊身毛衣，脖子中間有一顆亮晶晶的水滴，像一滴在陽光下閃光的真正的水停留在那裏，毛衣的外面她套了一件米白色的短風衣。上一次來找校友我也是這樣打扮的，我也曾站在櫥窗跟前看，那時候我目光明亮，也許顯得富有生氣容光煥發，我不知道問題是不是出在這裏。我回想起上一次我站在櫥窗前，是有一個人從樓梯上走下來，他走得很慢，是一個歲數不小的男人，我沒有正面看到他，不知道他的臉容，他也許就是出版社的另一個頭，他看了我好幾眼，我沒有去找他，我從櫥窗的玻璃上看到了他的身影，這樣一個模糊的身影就能對我的生存構成威脅，這到底為了什麼？我不知道我到底算難看，還是算好看，到底算守舊，還是算新潮。我想我正是中庸無比的啊！正是既不難看也不好看，也不守舊也不新潮，我不知道他從我的臉上和身上看到了什麼，也許他什麼都沒看，看到的只是一個女人，這個女人來求職，卻沒有去找他。

我從出版社的大樓出來，陽光一片冰冷。黃色的光照射在我皮膚上就像秋天的雨，使我身上一陣陣發冷，我從未有過這樣的體驗，這種顏色的光線在我皮膚上產生的截然不同的感覺使我感到陌生極了，天空和街道，汽車與樹木，全都由於這種質地奇怪的陽光而顯得奇怪和恐怖，我意識到有什麼東西本來就隱藏在這些事物的背後，時候不到我發現不了它們。黃色的光，黃色的光線到底來自哪裏呢？

我身體的水份在乾枯，我站在大街上，像一種沒有根的植物，在黃色的光線的照射下迅速枯萎，我的身體變得輕飄飄的，像枯草一樣輕，像灰燼一樣輕。風一吹，我的手臂就會像翅膀似的揚起來，我的整個身體都會飄到空中，而這種冰冷的黃色光線仍將繼續穿透我的身體，我看見自己像一隻斷了線的紙風箏，飄蕩在這個城市的上空，無數煙囪噴出的濃煙和風沙、灰塵劈頭蓋腦地布滿了這隻風箏。

隨著我身體的重量被抽取，我的心卻像注了鉛一樣越來越重，它變重的過程就像針扎，無數針尖從黃色光線中呼嘯而出，進入我的心，我聽見它的聲音嘎嘎響，硫磺般焦糊的氣味從我的鼻子和喉嚨、眼睛和耳朵裏冒出來，一些火苗緊跟著跳出來，在這個乾燥的一觸即發的初冬裏遊走。有一朵火苗輕車熟路，來到我從前工作的大院，那裏有兩棵樹木已經死去，所有的草都已枯黃，這真是一個絕好的季節，一個絕好的時機，一點就要著火了，火苗看到枯草，猶如孩子看到蛋糕，一滴水看到一條河流，它義無反顧地撲過去，呼的一下，一朵火苗頃刻變成無數火苗，它們連成一片，你呼我應，洶湧澎湃。它們無聲地燃燒，猶如一群啞巴，怒目蒼天，在灰色的院子中，比落日還要壯觀。

更多的火苗擁塞在我的心裏，它們的重量是鐵的重量，我看到我的心從我輕薄無比的身體掉出來落到地上，發出咚的一下響聲。從此我的身體和心，一個在天上，一個在地下。

我騎著自行車在街上亂走，我對街道和人流毫無感覺，它們就像從我身旁掠過的空氣。我一股勁地往前騎，落葉在我的前方飄落，「我已經枯萎衰竭，我已經百依百順，我的高傲傷害了那麼多的人，我的智慧傷害了那麼多全能的人」這是誰的詩？誰的詩呢？「每一個夜晚是一個深淵，你們占有我猶如黑夜占有螢火，我的靈魂將化為煙雲，讓我的屍體百依百順。」

這是誰的聲音呢？

我在街上胡亂騎了很久，我不想回家，後來我看了一下周圍，發現我正在東直門內大街上，這裏離許森住的地方已經很近了。對，許森，此刻我希望他壓在我的身上，讓他的骨頭壓著我的胸口，讓他的臉壓著我的眼睛，讓他的身體像石頭那麼沉，像鐵那麼重，把我的身體的血液砸出來，把我最後的水份壓榨乾，讓他身上長出長刺和劍戟，既鋒利又堅硬，插進我的內臟和骨頭。讓他不是許森，而是一名又老又醜的性無能者，讓他身上充滿煙臭、肌肉鬆弛、牙齒殘缺不全，就讓這樣的一個人，像山一樣壓在我的身上吧，我的身體已經麻木，任何東西都不能壓疼我，我的血液快要冷卻了，馬上就要像冰一樣。讓我的心在天上，像冰山之上的月亮，俯看這個沒有知覺的身體，它正在泥土中，與泥土成為一體，任何東西將不能再傷害她，不管是野獸還是雷電。

許森的家房門緊閉。

一種冰碰到了另一種冰，一種自虐的狂想碰到了一扇門，一個女人在門外。

這個女人在門外，她敲門，一次比一次加重，後來她喊他的名字，但沒有任何聲音傳出來。他是不在呢？還是跟別的女人在一起？沒有人知道。

門在這個時候是一種奇怪的東西，或者說我忽然發現它是如此奇怪，在這一天，我發現所有的東西都變得奇怪，門本來是門，但它瞬間就變成了牆，哪裏的門都變成了牆，統統都變成了牆，沒有一絲縫隙，卻有一隻陰險的貓眼，不動聲色地瞪著你。陽光本來是陽光，但它說變就變，變得像冰一樣冷。

我神志恍惚，騎在自行車上覺得就像在泥濘的泥地裏走路，深一腳淺一腳的，也許車胎一點氣都沒有了，腳下十分滯重。不知什麼時候開始起風了，打著一個又一個旋，從地面把垃圾和塵土一團一團地捲起來，與此同時，初冬的樹枝上殘存的最後一批樹葉正在被刮落，它們有兩張落到我前面的車筐裏，綠色還在葉子的體內停留，但誰也敵不過季節。就是這樣。

天正在暗下來，我想起自己早上九點出門，中午什麼東西都沒吃，既沒吃飯，也沒喝水，一天在混亂的思維中不知不覺就過去了，我想不起來這一天除了出版社和許森家都去過哪裏，充滿在頭腦裏的是一些互不相干亂七八糟的東西，黃色而冰冷的光（現在它已經沒有了）、沾滿石灰水的木梯子、灰色的樓、門上的貓眼，等等，它們攪成一團，互相重疊和撕扯，變成噪音在我頭腦裏嗡嗡作響，使我對別的東西一概聽不見。我想我也許快要發瘋了，那些發了瘋的人之所以在大街上旁若無人地手舞足蹈，大哭大笑大叫，肯定就是因為他們根本聽不見（不懂）別人在說什麼，也看不見周圍的一切。我要是真的瘋了就好了，瘋狂是一種真空，一步跨進去（或掉進去）就身輕如燕，完全自由，對一切包括對自己都不用負責任。我想像自己衣衫襤褸在街上狂歌狂舞，我可以到廣場上撒尿，把口水吐到櫥窗上。我想起閱報欄的櫥窗裏有一篇文章的標題為《下崗與婦女解放》，竟然認為下崗是婦女解放的一個途徑，這都是吃飽了飯沒事幹的人寫的，如果她們下了崗，沒有任何收入、餓著肚子，她們還會說這樣的話嗎？飽漢不知餓漢飢，這是千真萬確的真理。如果我瘋了，我就可以去殺人（我可能永遠也殺不了人，只不過是一個狂想者）、去放火，放火這件事真的可以去試一試，連汽油都不用準備，到處都是一點即燃的物質，我用身體變做一朵火焰，風助火勢，一去千里，聽到自己身體噼噼剝剝燃燒的聲音，將是一種難以取代的高峰體驗。我在今天已經不止一次想到過這件事情了，我身體的火焰在聚集，趁著天黑風急，我是否去一展身手？

一個瘋女人，一個快要發瘋的女人，她光著腳、披頭散髮（如果我瘋了，我的頭髮一夜之間就會長長，長到肩頭和腰間，長得足夠藏污納垢，長長的頭髮互相糾纏打著結，盛滿灰塵，像枯草一樣乾燥，古今中外，所有瘋女人都是這樣披著一頭又髒又亂的長髮，怒目蒼天）、衣衫不整在街上行走，但她身後如果跟著一個四歲的孩子，一個沒有父親撫養的孩子，這一切又該怎麼辦呢？

在路過東四十條的時候我想到了我的扣扣，東四十條的那個幼兒園是我嚮往已久的幼兒園，每次路過我總要放慢速度，滿懷艷羨地朝裏張望，它綠色的大門在我看來就是宮殿的門口，神秘而高不可攀，我無端對它懷著深深的敬畏，它常常關閉得嚴嚴實實，一點縫都不開，只有一個沉默的人和一雙盯著門口的眼睛。如果它偶爾敞開一扇門，我就會一眼看到裏面牆上的壁畫，色彩鮮艷、線條稚拙，布滿了花朵與動物，它們遠離塵世，完美而快樂，為上帝所餵養和寵愛，而那棵高大的槐樹下彩色的滑梯正如一種登上天堂的梯子，每一個孩子都能從這裏走上雲端。但是我的扣扣現在被一座大山擋住了，有半年時間裏我一直以為扣扣能夠走進這個有著大樹和葡萄架、動物與滑梯的地方，我常常幸福地幻想在下午五點我在這扇綠色的大門跟前等候接扣扣的情景。但是大山從天而降，憑空又擴大了一倍，本來要贊助一千五百元，現在加到了三千元，就像有一個魔鬼，它吹一口氣就把山吹大了，念一句咒語就把山穩住了，它專門要跟孩子過不去，是最惡最沒有人性的魔鬼。面對這樣的惡魔我們有什麼辦法呢？

我跟隨著慣性往家裏走，天完全黑下來了，我摸黑打開信箱，盼望有母親寫來的關於扣扣的信。但我看到了另一封信，是N城文聯的一位朋友寫來的，她是我在N城除母親外唯一有聯繫的人，她一直寫詩，三十五歲了還沒有結婚，我把這看作是她喜歡寫信的原因之一，她不願意與周圍的人交往，文聯也無班可上，在N城漫長的白天和漫長的雨夜，如果她不寫信那她怎麼辦呢？在無窮無盡的時間裏，寫信大概是她除了看書和寫詩之外的一種生活，信畢竟通向一個具體的人。

但這次她告訴我一個驚人的消息：南紅死了。她說她剛到深圳參加了一個筆會，在深圳她給南紅掛電話，南紅的同事說她兩天前剛剛火化掉，是宮外孕大出血，一開始的時候以為是急性闌尾炎，醫院處理得也不夠及時，後來就晚了。N城的信使我頭腦一片空白，我已經極度疲勞，各種瘋狂的念頭把我全身的力氣都抽走了，我覺得身上的肌肉就像一絲一絲的乾燥纖維，而南紅的血，從那封N城的信中流淌下來，一直流到我的床單上和地板上，它們鮮紅的顏色在黑夜裏閃爍。

我和衣躺在床上，關上燈，既不想吃東西，也不想喝水，我眼前滿是南紅的臉和她的眼睛，她身穿睡衣站在赤尾村的房子前向我招手的形象再次像輕盈的紙片站在我的床前。

我問她：你為什麼變得這麼薄？

她說：我的血已經流盡了。

我說：那你怎麼還能站得穩呢？

她說：我是站不穩了。

我說那你躺到我身邊來吧，我把我的血輸一點給你。

她躺到我給她騰出來的半邊床上。我摸到她的手，像冰一樣冷，但我一點力氣都沒有了，我跟她並排躺著，我發現我的手也在變冷，變得跟她的手一樣冷。我忽然意識到，她的血也是我的血，它正從我的子宮向外流淌，而我的身體也正在變輕，變得像紙一樣薄。

我昏昏沉沉地不知躺了多久，電話鈴聲把我吵醒了。母親從N城打來長途，她說扣扣發燒三天不退，已經在醫院裏打了一天點滴，她希望我明天就動身回去。母親又說本來不想告訴我，但這事責任重大，所以還是讓我盡早回去。她的語調冷靜從容，並沒有什麼驚慌失措。

放下電話我就坐在床沿上發愣，我不明白為什麼所有的事情都發生在今天，就像一齣戲，到了高潮的部分，如果是好事都來了當然好，事實通常是壞事同時來。而生活總是比戲劇本身更戲劇化，如果我們置身其外，戲劇會使我們興奮，濃縮的生活充滿激情，使我們像火一樣燃燒，我們噼噼啪啪鼓掌的聲音猶如火焰燃燒的聲音。但我們不幸置身其中，在同一天，同一個時刻，各種打擊接踵而來，它們像石頭接二連三地砸到你頭上，讓你喘不過氣；又像揚在你頭頂的泥土，一鏟一鏟又一鏟，足夠把你埋掉，連哭都來不及。

到天亮我就到火車站去，但我一點都不知道怎麼才能上得了這趟開往N城的唯一的列車，我只知道我必須上去。或者死，或者擠上這趟火車，我沒有別的選擇。我肯定買不到臥鋪票，也不一定買得到座位票，如果我買一張站臺票，還要向別人借一張當日的車票。即使有了站臺票，也不一定能混上車，這裏是首發的大站，一切都很嚴格。我的面前是無數的規則和柵欄，無數的繩索和障礙，我已經沒有能力越過它們。而這趟火車將準點出發。

它將越開越快，呼嘯而去，像閃電一樣迅猛，像驚雷一樣無可阻擋。一節又一節黑色的車廂，它們到底是什麼？

我看見一個女人在黑夜裏哭泣，她的眼淚滴落在冰冷的鐵軌上。從白天到黑夜，她的眼淚落在鐵軌上。我看見她的眼淚脫離著身體，成為漫遊於世的塵土，這些細小的塵土又是無數隱形的眼睛和嘴唇，由於脫離了身體而復活，它們停留在世間，在晴天和雨天，發出無聲的嚎叫，人們以為這是風。其實不是，只有我知道，這是一種叫喊的聲音。

有一些女人的喉嚨將永遠不再叫喊，而另一些女人憔悴的聲音仍在訴說。

林白論

陳思和

林白是九〇年代大陸文壇上最具有爭議性的女作家之一。她來自西南邊陲的北流縣——這個地方因設隘道「鬼門關」而著名，至今仍有兩石對峙，間闊三十步，古代流放犯人對此留下兩句歌謠：「過了鬼門關，十去九不還」。從北流到北京，幾乎等於是從邊地草間到達世俗權力的禁中，從巫風猶存的自然生態形式到達百病叢生的現代轉型社會，其文化差異之大，精神衝擊之猛，可以想像。那片瘴氣纏繞、毒霧瀰漫的土地不僅為這個南方女人的文學創作帶來了清淒而濃厚的異域風情，而且自然地推動她走向世俗文明的對立面。林白是帶了自己獨特的童年記憶進入文壇的，她來到北京以後，無論是出於一個邊城女子對現代文明的嚮往，還是作為女性亙古而來的軟弱，她都自覺地願意向主流的文明社會臣服，並且消除那些來自蠻荒之地的記憶，這表現在她的創作裡總是瀰散了難以言說的委屈和自怨自艾。可是她自身所帶來的那股詭祕氣息卻頑強地表現出與世俗道德文化格格不入的精神，那些古怪而詭祕的文學經驗始終沒有被高大華美的京城主流文化所接納。林白現在雖然身體和戶口都留在了北京，但其精神世界依然被放逐在「鬼門關」之外，這使林白的聲音變得獨特而異樣，彷彿是異類發出的受傷的悲鳴。

孤獨的、被異化的生存處境玉成了放逐者林白的文學想像。從八〇年代末起她的小說裡就出現了一系列與世隔絕、行為怪誕的女人，她們幾乎全是想像的產物，神祕莫測，或與一條小狗相伴，或者飄忽不定人鬼不分：她們沒有異性相伴或者苦戀不得，欲火中燒乃至越軌：自戀、同性戀、或者更變態的方式，沒有妥協只有在痛苦和自虐的烈火中苦苦煎熬。受苦中的女人美麗而有光彩，如果是出現在男性作家的筆下，很可能會被視為獵奇，但女性作家林白卻明白無誤地以此洩露了被拒絕的絕望。中篇小說《同心愛者不能分手》那個帶著永恆的傷痛拒絕社會的神祕女人以自淫與人畜戀了卻殘生、《子彈穿過蘋果》裡巫女蓼苦戀不得終以暴力自盡、《回廊之椅》中僕主倆在充滿欺詐與殘殺的男人世界裡忘我地投入了同性相愛的遊戲……這些怪異的場景即使在一些世界級的作家的筆底出現，有時也難以避免猥褻曖昧的趣味，這倒不僅僅出於道德上的禁忌，還有美感方面的傳統習慣。林白卻輕易地跨過了這個障礙，她輕而易舉地表達了一般作家難以下筆的題材，以唯美態度的寫作把文明社會中人們難以啟齒的經驗寫得如此美好和不忍。儘管林白的小說後來受到許多指責，但這一組美輪美奐的中篇卻很少被道德的子彈所攻擊。我起先把這些局部成功歸結為作家的唯美主義傾向和小說的技巧性構思（如後者，作家經常在作品裡穿插了對現代青年性愛心理與愛情觀念的嘲諷，以致使人們誤以為這些令人難堪卻優美怪異的性愛經驗僅僅是作為嘲諷不良風氣而設置的傷感情緒，是虛幻而美麗的性幻想，於是看輕了它的現實力度）；但慢慢地發現，它的成功還應該與作家所持的女性寫作立場有關，它涉及了女性身體、情欲及女性自覺等一系列美學疆域的重新界定。

其實作為一個男性的批評家，我不是討論這些問題的合適人選。曾經有人批評說，為什麼男性批評家熱衷於女性作家寫自我隱祕經驗？我對此類問題無以言答，只是將問題反過來想，女性的隱祕經驗如果不是女作家來寫，專由男性作家來代言，是否就正常呢？當然，如扯開去討論女性的隱祕經驗能否允許文學表達，或哪一類經驗才被允許表現，那就更複雜了。我們姑且把這些疑問懸置起來，專來討論女性隱祕經驗該是由男性作家（如曹雪芹、D・H・勞倫斯等）來代言，還是應該由女性作家自己來發現並且描寫？我想這個答案應該是不言而喻的。與此相關的男性與女性之間誰可能更加準確地描寫出女性經驗？我想這個答案也是不言而喻的。在文學史上司空見慣的由男性作家作為女性代言人來表現女性經驗的時代裡，女性作家能否奪回這個領域的發言權，我以為至少是女性文學成熟的標誌之一。這個問題在世界文學史上以及臺灣文學史上也許早就不是一個「問題」，但長期被禁錮在道德禁欲主義下的中國大陸文學，女性意識的覺醒要遲緩得多。當然，女性意識以至女權主義批評話語在中國也是傳播了好幾年的事情，套用那些概念來表現女性意識的文學作品已有過不少，但林白的創造性的貢獻是真正以女性的坦然和獨特的文字魅力表達了這些理論概念，我驚異林白對這些概念幾乎是無師自通，她全然依賴於自己隱祕而散亂的個人經驗創造出文學的生命之美，一開始就在美學上接近和把握了那些隱祕的經驗。常人感到猥褻困惑的經驗在那些美麗的文字段落下讓人受到一次感情的淨化，坦然而不恥地表達人類的淫蕩本能，本身就證明了人類的健全，但這種坦然而不恥的語言不是醫學的，更不是倫理的，只是美學和藝術的，才能充分顯示人類文明的真正航標。林白小說裡大量的對女性身體的描述都不是孤立的和鑒賞性的，而是飽含了女性對自身身體美的發現、情欲的開掘和自我意識的覺醒。在《子彈穿過蘋果》裡作家寫到巫女蓼的裸體：

> 我還是願意想像叢林中的蓼，一個在閣樓裡濕漉漉涼滋滋皮膚像蛇一樣的女人呆在叢林裡該是多麼合適，她就跟樹的顏色一樣，她要是在叢林裡脫掉上衣趕路，裸露著她那橄欖色的發亮的乳房，這該是老木在學院時創作的一幅畫，那時候我已經跟他講過蓼。事實上，雖然我從未跟著蓼到叢林裡去過，但是在我們家鄉漫長而炎熱的下午，在密不透風的叢林裡，蓼要走上十華里的林中小路回到她住的地方，她很可能把上衣脫掉，林中的瘴氣流瀉到她裸露的皮膚上就像月光流瀉到河面上，使她遍體生輝。

很難想像，沒有熱帶叢林生活的作家能寫出這段美文，一個裸女不帶半點羞色地坦然立在讀者的面前，她應該是一幅畫，一幅高更筆下的女土著畫像。如果說有什麼不同，那麼高更筆下的人物以碩大的乳房和黝黑的膚色多少滲透了男性白人的獵奇趣味，而林白筆下的巫女則健康地顯現出女性作家對同性的身體魅力的驕傲和讚嘆。南方女人的特有風情、魅力及其性格在這幅素描中突兀而現。在《回廊之椅》中，作家進一步描寫了朱涼太太讓使女為她洗澡的場景，似乎更能說明這種文字特色：

朱涼洗澡總是要花費比別的太太多兩倍的時間，她讓七葉在她全身所有的地方拍打一遍，她那美麗的裸體在太陽落山光線變化最豐富的時刻呈現在七葉的面前，落日的暗紅頰色停留在她濕淋淋而閃亮的裸體上，像上了一層絕妙的油彩，四周暗淡無色，只有她的肩膀和乳房浮在蒸汽中，令人想到這暗紅色的落日餘暉經過漫長的夏日就是為了等待這一時刻，它順應了某種魔力，將它全部的光輝照亮了這個人，它用盡了沉落之前的最後力量，將它最最豐富最最微妙的光統統灑落在她的身上。她身上的水滴由暗紅變成淡紅，變成灰紅、淺灰、深灰，七葉的雙手不停地拍打她的全身，在她的肩頭不停地澆些熱水，她舒服地吟叫，聲音極輕，像某種蟲子。

這段略有一點頹廢的文字包含了「美麗的毒藥」的美學內涵。落日、裸體女人和未成年的小女孩，三者之間構成一幅意味深長的圖畫。落日照在裸女的身上，似乎顯示了陽性威力對女性的最後籠罩，可惜是夕陽西下，它在裸女身上的光澤一寸寸地退出，越來越暗淡，而兩個女性愈是逼近黑暗也就愈是歡快，因為黑暗才是她們的真正家園，她們在黑暗中用自己的方式尋求肌膚相親之悅，實現女性之間性和生命的自娛。這部小說以一幢老房子為界，劃出了外部／內部兩個相對峙的世界，前者是陽性的、政治的、充滿了散發性的衝突與殘殺；後者是女性的、感性的、包孕了孤獨與美的本質，而這幅主僕沐浴圖正是這孤獨與美的極致。也許那兩個女人在自娛中隱含了某種曖昧的意味，但美麗的文學描寫已經洗淨了世俗道德賦予它的罪惡含義，任何人讀了這段文字也不會引起淫穢的念頭——這兩個段落都讓我們注意到：表面上產生作用的是作家的唯美主義創作方法，但真正的美感，顯然是來自某些女性意識的觀念。

這些段落都直接描寫到女性的體軀之美，這種描寫不是靜止的欣賞性的文字（如通常男性視角下的女性體軀描寫），它飽和了女性表達情欲的方式。前一例有關蓼的描寫，是在表現蓼得不到所愛之人回報的心情（叢林裡裸身奔跑的形象），後一例更是直接表達了微妙的同性之愛，她們都在一種與現實世界相隔絕的狀態下展示自身的美，如果有一雙高高在上的窺探的眼睛，那也是女性自己的眼睛，「用女性的目光對著另一個優秀而完美的女性，去盡了男性的欲望，從而散發出來自女性的真正的美」，林白在一部小說裡如是說，這也可以看作是林白女性小說的真正的美學特徵。其女性意識並不在於表現了人類某些隱祕的感情方式和變態的性愛形態，這些因素在男性作家筆下同樣是可以表現的，林白在表現「去盡了男性欲望」的女性美方面才顯示了真正的特色，她的人物並非毫無欲望，只是在男性一頭的絕望使其欲望變成無對象的展示，情色成為一種真正的自娛，在純粹的意義上完成了女性的自覺。林白本質上是個詩人，她不具備構建小說所必要的嚴密邏輯思維，這些小說在結構上相當散漫，有不少剪裁失當的段落讓人感到冗長和沈悶；同時也缺乏嚴密的敘事邏輯，她的小說創作衝動幾乎沒有一次是來自完整的故事情節，多半是一些記憶深處的閃爍著女性美的片斷。這正是任何男性作家都無法達到的藝術勝境，也是任何觀念性的因素所無法企及的。

林白小說所展現的這種女性文學的美學特徵，是與林白身處邊陲和浸淫著民間文化因素的來歷有關，種種邊緣文化的心理積澱和童年記憶幾乎與生俱來地把她隔絕在京城主流文化以外，差使她在小說裡自然地流露出文明死角的一些驚心動魄的精神現象。但這並不表明林白不希望京城的主流文化對她的接納，從女性主義的立場說，林白也僅僅在唯美的意義上展示了女性的魅力，並非表明她不在乎陽性權力中心對她的拒絕。那一組唯美傾向的中篇寫於八〇年代末到九〇年代初，這正是她從邊地小城到省城又一步步向北京接近的時期，小說中展示的兩個世界的對峙只是具有結構功能的含義，挑戰不是直接的，更不是自覺的。可是到一九九四年她身居北京發表長篇小說《一個人的戰爭》，衝突就變得現實而且尖銳起來。

「一個人的戰爭」作為一個被拒絕女性的經典形象，早在她的《同心愛者不能分手》裡就出現過：「一個人的戰爭意味著一個巴掌自己拍自己，一面牆自己擋住自己，一朵花自己毀滅自己。一個人的戰爭意味著一個女人自己嫁給自己。」因為在《同心愛者不能分手》裡那個被拒絕的女人形象幻想性很強，所以人物特徵並沒有引起社會的憤怒，但在以「一個人的戰爭」為書名的長篇小說裡，為了加強女性的現實遭際的效果，林白採用了教育小說的形式，使人物帶有某種心理傳記的暗示。從主人公多米自幼在蚊帳裡對性的發現一直到少女時代被強暴、誘姦和同居的經歷，處處揭示了社會對女性的損害和拒絕，多米並不是一個自覺的女權主義的精神標本，相反，她對於男性為主體的社會採取了卑賤的迎合態度，以求獲得他者的認同，可是這個社會輕易地打破了她的期望和幻想，把她逼進了一個返回到自我內心深處的封閉性絕境。多米女性意識的成熟，也正是她走出男性世界的制約與觀照之際。這部小說裡多處涉及到異性間的性愛描寫，都是女性失敗的記錄，最後她的性事只能通過富有象徵性的自戕自淫來完成。下面一段關於性的描寫段落曾使林白倍受指責：

冰涼的綢緞觸摸著她灼熱的皮膚，就像一個不可名狀的碩大器官在她的全身往返。她覺得自己在水裡游動，她的手在波浪形的身體上起伏，她體內深處的泉水源源不斷地奔流，透明的液體滲透了她，她拼命掙扎，嘴唇半開著，發出致命的呻吟聲。她的手尋找著，猶豫著固執地推進，終於到達那濕漉漉蓬亂的地方，她的中指觸著了這雜亂中心的潮濕柔軟的進口，她觸電般地驚叫了一聲，她自己把自己吞沒了。她覺得自己變成了水，她的手變成了魚。

像這樣大膽、直率的性的描寫，在大陸的嚴肅創作裡是不多見的。它受到批評和誤解（有一家出版社曾把這本書包裝成春宮書）可以想像。但我在這兒整段引用它是想為討論文學中情色描寫提供一個樣本，即嚴肅文學中對情色所持的寬容限度在哪裡？藝術的鑒定無法用科學定量的方法，只能通過美學的和邏輯的方式來把握。大陸女作家中描寫性的場面最成功的當推王安憶，《三戀》和《崗上的世紀》中大段的兩性的描寫，都是用華美的象徵語言來暗示的，而林白卻直接描寫了性的器官、性的行為和性的狀態。由於描寫心理的坦蕩，由於她描寫的是一件既沒有主體（「她自己把自己吞沒了」）也沒有對象（「一個女人自己嫁給自己」）

的性行為，它插在文本裡沒有因果，沒有故事，只是一個孤立的詩性片斷，就像一段流動的音樂或一幅抽象畫一樣，讀者並不因此聯想到曖昧、淫穢的暗示，這段文字相當飽滿，讀上去彷彿滿溢了生命的汁液，從性的自戕行為中揭示出人物身體／心理、欲望／自制的深層關係，讓人讀後生出一種震撼來。不能不承認它是屬於文學性的情色描寫。再之，這個片斷是孤立地插入小說文本，所以它在小說文本中的不同位置也會相應地產生意義上的變化，小說初版時它作為「一個人的戰爭」的象徵置於題記，後來收入文集時，作家作了改動，將它置於末尾的最後一個段落。我認為這樣的移動是合理的，當主人公多米遭到一而再三的損害和拒絕以後，她只能封閉了自己，在性的自娛中完成女性的自我實現，它在小說最後的出現不但合乎邏輯，也更加強了女人遭遇「一個人的戰爭」的沈重感。

《一個人的戰爭》直接寫到了女性在陽性權力中心社會裡的失敗，使本來潛伏在她的小說裡的兩個對立世界的衝突驟然尖銳起來，女性意識不再躲藏在唯美主義的幻想裡展示自身，而是準備進入現實社會而含垢忍辱、身敗名裂以至置死地後生。林白的尖銳與絕望似乎與一個來自亞熱帶的水性柔弱女子面對嚴寒、乾燥的北方政治文化背景種種不適有關，尖銳和絕望使她易於產生血腥暴力的奇想，於是有了中篇小說《致命的飛翔》。這是一個從《一個人的戰爭》中派生出來的故事，北諾是《一個人的戰爭》中的一個人物，由另一個女子（敘事人）李萵斷斷續續地講述北諾向損害她的權力象徵（禿頭男人）復仇的故事，由於李萵對北諾不熟悉，所以敘事中屢屢插入關於自己的情色故事，其意義與北諾的故事複合重疊起來，反覆講述男人利用權力誘惑女人的醜陋事件，為了突出這類事件的全社會性，作家在描述中不斷使用「我們」的複數，使所有受到損害的女性的仇恨都聚集在主人公北諾的復仇行為裡。終於，狂歡的場面出現了：鮮血立即以一種力量噴射出來，它們呼嘯著衝向天花板，它們像紅色的雨點打在天花板上，又像焰火般落下來，落得滿屋都是……兩性間的故事依然是這部小說的主幹，但與《一個人的戰爭》中的純粹男女不一樣了，兩性糾纏著權力和利益的分配，充滿著政治（如李萵的情人不停地鑽研共產黨高層的權力鬥爭）與權欲（禿頭男人的所作所為）的陽性世界終於驅逐了獨立女性的最後居住地，小說結尾時寫到越來越冷的氣候形勢下李萵準備與情人結婚，而殺人犯北諾卻永遠活在虛幻的木棉花的艷紅背景下「奮力一躍」。這是林白最好的作品，熱烈而血性，女性意識從虛幻的想像世界走向醜陋的現實以後，再生出健康的創造能力。

在這個意義上我們似乎可以討論林白的新著《說吧，房間》了。這個故事又是從《致命的飛翔》脫胎而來，兩個女性主人公換了被解聘者老黑和被遺棄者南紅，於是職業與性構成了當代社會女性的兩大困境。《致命的飛翔》也涉及這兩大困境，但「復仇」過於壯麗而淹沒了現實的內容，《說吧，房間》則成了一部完全貼近現實的小說，唯美主義者林白從唯美的幻想中走出，切切實實地感受著現實環境中的困惑。小說也是從失業者老黑要寫一部關於被遺棄者南紅的小說開始的，敘事者在斷斷續續的寫作中插入了有關自己的故事片斷，女性求職困難與性的困擾幾乎同時出現的。老黑一開始就寫到：南紅在深圳的幾年生活中，每一點轉折都隱藏了一個男人的影子，一個住處，一份職業、一點機會，幾乎全都與一名男朋友有關。南紅被男人遺棄的結果是同時也丟掉了職業。進而老黑推人及己地發現，自己被解聘的真正原因也正是與丈夫的離婚造成的，因為她失去了「背景」。在一個陽性權力中心的社會裡，權力的背景只能是來自男人，不管這種背景是曖昧的還是合法的。隨著小說敘事的發展，林白漸漸地將當代女性引進了一個令人困惑的怪圈：女人因為離婚而失去了工作，那麼又是什麼原因導致了女人的離婚呢？恰恰是職業婦女過於沈重的日常工作和生活造成了精神的極度疲乏和性的厭倦冷漠，無法滿足男人的欲望。女性並不因為有了職業就有了性的歡樂，也不因為有了性的苟且就能保證職業的安全，實際結果往往是朝著相反的方向在運動：女人總是因為性關係的失敗而丟失了職業，或者是因為職業帶來的壓力失去了性的歡樂。女性在社會上的性別歧視和情色上的社會壓迫，兩者水乳難分地混淆為一體。

大陸研究女性文學的學者劉思謙教授指出中國大陸的女性文學經歷了「人—女人—個

人」三個層面的發展，即從五四一代女作家發出「女人也是人」的呼喊，到文革後張辛欣、張潔們表現「做女人難」的主題再到陳染、林白們發出個人立場的話語，走過了一個完整的發展階段。這是很有見地的解釋。關於個人寫作，又常常與私人話語相混淆，其實兩者是有不一樣的含義，關於私人生活經驗的文學表現，只是文學從宏大的社會歷史敘事中擺脫出來後的一種極端的表現，它遠不能涵蓋寫作者的個人性立場。依我的理解，個人性的立場並不迴避它對社會種種困境的描述，不過是必須游離了時代共名所規定的語境去表現。林白的創作到《一個人的戰爭》為止還是採取了迴避現實生活的唯美主義態度，著力於個人內心發展和想像的效應。《致命的飛翔》是過渡，其中還摻雜了想像的復仇。而《說吧，房間》則從個人的立場上發出了對社會現象的抗議和回應。其實真正的女性主義文學都是產生在現實社會的批判和反抗之上的，只有戰鬥的女性主義，沒有逃避和遐想的女性主義，小說雖然從消極的立場上表達了女性的真實困境，但它仍然充滿了批判的激情和令人心酸的敘述。這部作品也許在中國女性文學史上會產生一種走出狹弄的效應。

不能忽視這部小說仍然是極其女性化的敘事。在象徵上一再出現「房間」的意象，籠罩著兩個女性的命運。自從弗吉尼亞・伍爾芙為女性爭取了一個「自己的房間」後，它一直是文學中女性指稱的縮影，林白在小說裡把這扇神祕的門打開了，讓它痛痛快快地傾訴自己的命運：小說裡出現過三個房間的場景，一個是老黑婚後的臥室——合法夫妻的房間，「室內」一節寫盡了婚姻的虛幻性，卻句句落實在對房間、月光、色彩的描寫上，寫出了「平板無味的房間裡本來一覽無餘，但是層層陰影和神奇的變化就隱藏在同樣的空氣中，在月光照臨的夜晚瞬間呈現」美好的印象；一個是單身男人許森的房間，那是情人的房間，那裡處處是女人的痕跡，卻不見女人的真身，她們彷彿是「面容不清」，雖然「眼睛和嘴唇形狀完美地懸浮出來，但它們缺乏質感和立體感，只是一些優美的線條與晦暗的色彩」；只有第三個房間——才是現實中屬於女人自己的房間，那是在一個叫「赤尾村」的破房間，「聽地名就有一種窮途末路之感」，也就在這個遠離喧囂的邊緣之地，演出了兩個落魄女人的一場悲喜劇。小說在敘事上也充滿了女性特徵：幾乎粉碎了男性審視視角建構起來的小說美學框架，中心主義和敘事理性被消解了，女人的命運故事化作零星的碎片，漫無邊際地飄散在空氣裡，隨手抓住一片都是一節詩性的片斷，一篇短小的美文。碎片綴連起敘事的結構，只有開頭沒有結尾，內在旋律周而復始，敘事角色的轉換隨意自由——我、我們、她的交替使用，在閱讀上也帶來全新的感受。

　　小說的語言奇特而富有反叛意味，處處體現出女作家對身體感官的獨特感受。我們從本文前面所引用的小說段落中就不難發現，作家對身體接受撫摸的感受非常強烈，但據作家自稱，她在現實生活中感官「幾乎是麻木的」，而寫作卻使她重新找回感官的刺激。這種遐想而來的肌膚感受在《說吧，房間》成為一種強烈的語言特色，作家寫乳房的感覺，墮胎的感覺，懷孕的感覺，肌膚相親的感覺，幾乎獨創了一個男性作家無法染指的女性語言王國，使女性文學納入了由身體出發的想像港灣。身體型的獨特感受強化了文學語言的感官性，產生出與以平庸枯澀為主調的九〇年代文風絕不相容的反叛性語言，我們在八〇年代的莫言小說裡曾經遭遇過粗鄙男性的豐富的感官性語言，而林白卻以女性的淒厲驚豔，讓我們重溫了遭遇這種語言的快感。

在林白發表《致命的飛翔》時，有評論家認為這是林白的「最後衝刺」，或說是一場「致命的寫作」，意思是說徹底返回到內心經驗裡去寫作的林白將有被自己的極端態度所埋葬的危險，為此評論家發出了「生活的盡頭，林白將向何處去」的疑問。我想林白是勇敢的，她扛著宣言「以血代墨」的旗幟，固執地走出了自我設置的困境，走向了個人主義的社會批判。《說吧，房間》也許正是一個良好的開端。

一九九八年一月二十四日於黑水齋

三民叢刊書目

㉖作家與作品　謝冰瑩著
㉗冰瑩書信　謝冰瑩著
㉘冰瑩遊記　謝冰瑩著
㉙冰瑩憶往　謝冰瑩著
㉚冰瑩懷舊　謝冰瑩著
㉛與世界文壇對話　鄭樹森著
㉜捉狂下的興嘆　南方朔著
㉝猶記風吹水上鱗
・錢穆與現代中國學術　余英時著
㉞形象與言語
・西方現代藝術評論文集　李明明著
㉟紅學論集　潘重規著
㊱憂鬱與狂熱　孫瑋芒著
㊲黃昏過客　沙　究著
㊳帶詩蹺課去　徐望雲著
㊴走出銅像國　龔鵬程著
㊵伴我半世紀的那把琴　鄧昌國著
㊶深層思考與思考深層
・轉型期國際政治的觀察　劉必榮著
㊷瞬　間　周志文著
㊸兩岸迷宮遊戲　楊　渡著
㊹德國問題與歐洲秩序　彭滂沱著
㊺文學關懷　李瑞騰著
㊻未能忘情　劉紹銘著
㊼發展路上艱難多　孫　震著
㊽胡適叢論　周質平著
㊾水與水神
・中國的民俗與人文　王孝廉著
㊿由英雄的人到人的泯滅
・法國當代文學論集　金恆杰著
51重商主義的窘境　賴建誠著
52中國文化與現代變遷　余英時著
53橡溪雜拾　思　果著
54統一後的德國　郭恆鈺主編
55愛廬談文學　黃永武著
56南十字星座　呂大明著
57重疊的足跡　韓　秀著
58書鄉長短調　黃碧端著
59愛情・仇恨・政治
・漢姆雷特專論及其他　朱立民著

⑥⓪ 蝴蝶球傳奇　顏匯增著
　・真實與虛構
⑥① 文化啓示錄　南方朔著
⑥② 日本這個國家　章　陸著
⑥③ 在沉寂與鼎沸之間　黃碧端著
⑥④ 民主與兩岸動向　余英時著
⑥⑤ 靈魂的按摩　劉紹銘著
⑥⑥ 迎向眾聲　向　陽著
　・八〇年代臺灣文化情境觀察
⑥⑦ 蛻變中的臺灣經濟　于宗先著
⑥⑧ 從現代到當代　鄭樹森著
⑥⑨ 嚴肅的遊戲　楊錦郁著
　・當代文藝訪談錄
⑦⓪ 甜鹹酸梅　向　明著
⑦① 楓　香　黃國彬著
⑦② 日本深層　齊　濤著
⑦③ 美麗的負荷　封德屏著
⑦④ 現代文明的隱者　周陽山著
⑦⑤ 煙火與噴泉　白　靈著

⑦⑥ 七十浮跡　項退結著
　・生活體驗與思考
⑦⑦ 永恆的彩虹　小　民著
⑦⑧ 情繫一環　梁錫華著
⑦⑨ 遠山一抹　思　果著
⑧⓪ 尋找希望的星空　呂大明著
⑧① 領養一株雲杉　黃文範著
⑧② 浮世情懷　劉安諾著
⑧③ 天涯長青　趙淑俠著
⑧④ 文學札記　黃國彬著
⑧⑤ 訪草（第一卷）　陳冠學著
⑧⑥ 藍色的斷想　陳冠學著
　・孤獨者隨想錄
　A・B・C全卷
⑧⑦ 追不回的永恆　彭　歌著
⑧⑧ 紫水晶戒指　小　民著
⑧⑨ 心路的嬉逐　劉延湘著
⑨⓪ 情書外一章　韓　秀著
⑨① 情到深處　簡　宛著
⑨② 父女對話　陳冠學著

⑬¹生肖與童年　小　民著
⑬²京都一年　喜　樂圖
⑬³山水與古典　林文月著
⑬⁴冬天黃昏的風笛　呂大明著
⑬⁵心靈的花朵　戚宜君著
⑬⁶親　戚　韓　秀著
⑬⁷清詞選講　葉嘉瑩著
⑬⁸迦陵談詞　葉嘉瑩著
⑬⁹神樹　鄭　義著
⑭⁰琦君說童年　琦　君著
⑭¹域外知音　張堂錡著
⑭²遠方的戰爭　鄭寶娟著
⑭³留著記憶・留著光　陳其茂著
⑭⁴滾滾遼河　紀　剛著
⑭⁵王禎和的小說世界　高全之著
⑭⁶永恆與現在　劉述先著
⑭⁷東方・西方　夏小舟著
⑭⁸嗚咽海　程明琤著
⑭⁹沙發椅的聯想　梅　新著
⑮⁰資訊爆炸的落塵　徐佳士著

⑮1 沙漠裡的狼

白樺 著

像在冷冽的冬夜裡啜飲著濃烈的茶，感受一種在蒼茫大地上，心海澎湃的震顫。那麼地古老、深沈，剎時間，恍若置身廣闊的大漠，一回首，就是長城。這是金鼎獎作家又一直指人性，內容深刻的作品，請您在一個適合沈思的夜晚，漫步中國。

⑮2 風信子女郎

虹影 著

一本能深刻引起讀者共鳴的小說，其必然與人世現實生活有著緊密的關連。本書作者秉持著對人的命運的關切，遠勝於對以往藝術形式的關注，賦予了文學創作的生命。從本書作者對人物刻劃描述的過程中，可窺知作者對此一理念的堅守。

⑮3 塵沙掠影

馬遜 著

生命的旅途中，有許多可掌握的機運，但似乎一半早已註定……。馬遜教授從故鄉到異國求學，最後來臺定居，繼而與佛結了不解之緣。滿懷豐富的情感，細膩的筆觸，深刻的寫下了旅赴歐美等地之點滴情事，而念舊懷恩之情愫亦時時浮現於文中。

⑮4 飄泊的雲

莊因 著

歲月的洗禮，在人們內心深處烙印著痛苦、悲哀、快樂與美好的回憶。由於時代的變動、戰爭的摧折，作者歷盡滄桑的輾轉遷徙，使那些漂流不定、幻化多變的過往，煥發出人生的智慧。就讓我們乘著飄泊的雲，領會「知足常樂，隨遇而安」的生活哲理。

⑮⑤ 和泉式部日記

林文月 譯・圖

本書為日本平安時代文學作品中與《源氏物語》、《枕草子》鼎足而立的不朽之作。書中以簡淨的日記形式，記錄了一段不為俗世所容的戀情。優美的文字，纏綿的情詩，展現出愛情生活中細膩的起伏感受與歡愁，穿越時空，緊扣你我心弦。

⑮⑥ 愛的美麗與哀愁

夏小舟 著

愛情之於女人，常常是引誘飛蛾撲火的明燈，是絢麗的毒花，可女人偏偏渴望愛情。作者列舉許多男女的愛情、婚姻故事，郎才女貌未必幸福，摯情摯愛未必有緣，只是男人與女人之間如同萬物的規則，一物降一物，鹵水點豆腐，魔高一尺，道高一丈。

⑮⑦ 黑月

樊小玉 著

丁小玎隨著所在的中國公司到國外做勞務承包。因為是公司的英語翻譯，加上辦事勤快，見了人又總是一個柔柔和和的笑，於是很快就引起當地大部分男人的注意；而小玎能否在心儀的外交人員與愛慕自己的餐廳老闆間找到最後情感的歸宿？……

⑮⑧ 流香溪

季仲 著

作者透過一群「沿江吉普賽人」在流香溪畔發生的動人故事，牽引出現代觀念與傳統文化的價值矛盾、中日文化的碰撞衝突、人與自然的挑戰，以及善與惡的拉扯等；全書行文時而如行雲流水，時而又如波濤洶湧，讀來意趣盎然，發人深省。

⑮9 史記評賞

賴漢屏 著

司馬遷《史記》一三〇篇，既是「究天人之際，通古今之變」的史學鉅著，也是我國古代傳記文學的精華。本書作者自幼即喜讀《史記》，從師學習，如今蘊藉已深，以其深厚的治學基礎，發為見解獨具的文采手華，帶領讀者一探《史記》博雅的世界。

⑯0 文學靈魂的閱讀

張堂錡 著

文學的力量使孤寂的心靈得到慰藉，貧乏的人生變得富有，唯有肯駐足品味的人才能透晰其所傳達出最深藏的祕密。本書共分三輯，窺視文學蘊含的殷情深意；感受其求新求變以及對大環境的價值。各自激發不盡的聯想與深沈的感動。

⑯1 抒情時代

鄭寶娟 著

在平淡無奇的生活中，你可曾留意生命中點點滴滴不平凡的小故事？作者以其平實的筆觸，刻劃出看似平凡卻令人難以遺忘的人生軌跡，你我都可能身在其中。書中情節所到之處，或許平凡、或許悲傷，但卻也不時充滿著生命的躍動，值得細細體會。

⑯2 九十九朵曇花

何修仁 著

人生有多少夢境會在現實中重複出現？是山間的樵歌？白雲間的群雁？還是昔日遠方純樸、悠閒的鄉間漫步？作者來自屏東，以濃郁深摯的筆調，縷縷細述人生中最動人的記憶，伴隨你我，步履於南臺灣的舊日情懷，一同感受人間最純摯的情感。

⑯③ 說故事的人
彭歌 著

這是作者多年來觀察文壇、社會與新聞界的肺腑之言。輯一故事與小說自不同角度探討小說寫作；輯二人與文刻劃出許多已逝人物卓然不凡的風範；輯三海外生涯則寫遊記、觀賞職籃等旅居海外之觀感。讀了此書，彷彿親身經歷了一趟時空之旅。

⑯④ 日本原形
齊濤 著

從明治維新以來，日本的一舉一動都對世界有著深遠的影響，尤其對臺灣來說，其影響更是巨大。作者長期旅日，摒除坊間「媚日」或「仇日」的論調，以客觀的描述，剖析日本的現形。對想要了解日本時勢與脈動的人來說，是不得不看的一本好書。

⑯⑤ 從張愛玲到林懷民
高全之 著

作者以嚴謹誠虔的態度，客觀分析的筆調，來評論臺灣當代小說，深深讓讀者了解近代文學的特點，進而深入九位作者的作品中，提供一些深刻的創見，帶領你我欣賞文學的美與實，進而體驗文學對生命喜悅、悲哀等生動的描述。

⑯⑥ 莎士比亞識字不多？
陳冠學 著

莎士比亞識字不多！一直以來被誤認是個偉大的作者。讀過本書，應能還莎士比亞一個清白，他絕對不是一個掠美者。這把聖火在臺灣重新點燃，希望將來這聖火能夠由臺灣再度傳回英國，傳到世界各地，也好讓莎士比亞的靈魂得到真正的安息。

⑯⑦ 情思・情絲

龔華 著

「妳，像野薑花；清香，混合在黎明裏，催我甦醒。沒有妳，我睜不開眼睛，走進陽光的世界。她，是我在黃昏裏，永遠踩不到的影子。像夜來香，惑我走進黑夜的濃郁……」本書集結了龔華在〈中副〉發表的散文，篇篇情意真摯，意境深遠，值得細細品味。

⑯⑧ 說吧，房間

林白 著

一個是離婚、失業的中年婦女，一個是愛熱鬧的單身貴族。兩個背景、個性迥然不同的女子，為何會發展出一段患難與共的交情？且看兩個女子的心情告白。本書在作者犀利細膩的筆調下，深刻描繪出都會女子的愛恨情仇、悲歡離合，值得細細品味。

⑯⑨ 自由鳥

鄭義 著

六四事件的悲憤情緒才剛平復，對八九民運功過的批判聲音竟已隨之響起。對此，大陸流亡作家鄭義，以一幕幕民運歷程與鐵幕紀實，申訴著他的心痛與不平。文中流露對同胞的關懷和自由的嚮往，深深地牽引著每一個中國人心中的沈痛與感動。

⑰⓪ 魚川讀詩

梅新 著

詩是抒情的天堂，但並非每個人都能領會其中的意涵。本書是梅新先生的遺作，首創以雜文式的筆調評論詩作，不依恃理論，反而使篇章更形活潑，有就事論事的評述，也有尖銳的諷喻，語帶機鋒，趣味盎然。引領您一窺知性與感性的詩情世界。

⑰ 好詩共欣賞

葉嘉瑩 著

本書作者葉嘉瑩教授，融會西方接受美學、符號學及中國詩論，來解讀陶淵明、杜甫、李商隱的作品，分析了三人作品的形象、情意和其中所含的隱微深意，並從興發感動讀者的角度來詮釋作品的成功與否，是喜愛古典詩的讀者不可錯過的好書。

⑰ 永不磨滅的愛

楊秋生 著

現代人的生活壓力大，使得人生危機四伏，生活充滿徬徨、疲倦和無力感。如何化解此一危機？作者以多年學佛的體驗，以及和家人朋友互動的點點滴滴，而了解到愛的真義，並希望能將愛分享給每個人，以重燃信心和希望。

⑰ 晴空星月

馬 遜 著

大崙山上，晴空萬里，夜色如銀，星月交輝。作者因佛緣，追隨曉雲法師的步履，出掌華梵大學，以發揚佛教教育為己任。本書除叮嚀青年學子的話語外，還有對社會大眾闡發佛法精神的演講。其智慧的話語，如醍醐灌頂，為淨化心靈的一帖良方。

⑰ 風 景

韓 秀 著

韓秀，一個出生於紐約，卻長年往返於世界各地的奇女子。在雅典、在開羅、在布達佩斯、在臺北、在高雄、在北京，作者皆能以其敏銳的心觀察她所造訪過的每一寸土地，以其向具纖細的筆觸，使一幅又一幅的動人「風景」躍然出現在您的面前！

⑰⑤ 談歷史　話教學

張元　著

作者以二位高一新生對歷史課程的困惑為引子，藉著師生座談對話的方式，從北京人時代到西晉，針對高中歷史教材，試圖以「史料閱讀」的方法鮮明地建構各代的歷史圖像，在活潑的對白間既談歷史意涵又話歷史教學，相當適合高中教學的參考。

⑰⑥ 兩極紀實

位夢華　著

任何人想要親臨兩極之地恐怕都不是件容易的事。作者因從事研究工作之便，足跡跨越兩極，將在極地所見所聞之動物奇觀、自然景致乃至當地所受文明衝擊，或以幽默輕鬆，或以深沈關懷的筆調娓娓道來，是無緣親至極地的讀者絕不可錯過的佳作。

⑰⑦ 遙遠的歌

夏小舟　著

世上只有兩種人，男人和女人。然而男女之間的恩愛情仇，卻糾葛難解。本書作者以一篇篇幽默的短篇故事，道盡世間男女的愛恨嗔痴。在她細膩委婉的筆下，愛情的本質和婚姻的面貌都一一呈現，必可帶給你前所未有的感受與體悟。

⑰⑧ 時間的通道

簡宛　著

「人生，是一條時間的通道，每一個人所走的方向和目標雖然不一樣，但是經過的路程卻是相似的……」當人們沈溺於歲月不待人的迷茫和感嘆時，作者平實的筆調將帶著我們對生活多用一點心思和一點執著，會使我們的「通道」裏，留下一點痕跡。

⑰燃燒的眼睛　簡宛 著

作者以自身多年來在美國的異域生活為背景，輔之敏銳的觀察力、豐富的情感、濃郁深摯的筆調，從而幻化出一篇篇感人肺腑的故事。尤其對於旅居海外異鄉遊子們的心境描寫更是深刻動人，是一本值得再三玩味的小說。

⑱月兒彎彎照美洲　李靜平 著

沒來美國時還不知那生活啥款；來了才知樣——啊！真夭壽！　來到美國，是穿梭在黑白紅黃人群間；還或在房裡看華語電視？是在壁爐邊吃耶誕大餐；還是窩伴著一桌熱火鍋？在忙碌的陽光下，可想起夜空裡一彎新月？月兒彎彎，訴說的又是誰的故事？

⑱愛盧談諺詩　黃永武 著

諺詩，是指用諺語聯成的詩，由於聯接巧妙加上意外組合，因此往往會有不可料想的妙趣出脫。如捉豬上板櫈，走馬看天花；成人不自在，做鬼也風流，等等。本書將帶你悠遊中國式幽默，探索諺語的源頭，喜愛好書的你，可千萬不能錯過！

⑱劉真傳　黃守誠 著

劉真，一位自四十年代開始影響國內教育最鉅的教育家。本書自劉真先生家學淵源寫起，隨著時間軌跡，記錄了他如何在風雨飄搖的年代裡為教育此類百年大業做出努力；因此雖然本書為劉真先生個人傳記，卻同時也是了解現今教育體制的最佳參照。

⑱3 天涯縱橫

位夢華　著

以兩極生態氣候的研究為基礎，作者建構了此書的論理與想像世界。內容從極地景致、開拓艱辛及天文物理觀念，引申至有關宇宙天人及環保的許多想法，包容科學與文學，兼具知性與感性。讓您在詼諧而深切的筆調中，激發對地球的關懷與熱愛。

⑱4 中國新詩論

許世旭　著

中國詩歌，無論新舊，是一座甘泉，若不掬飲，口渴神焦，……。作者係韓國人士，長年沈浸在中國文學之中，對於在中國新詩的源起及兩岸新詩風格的異同，均有獨到而精闢的見解。是讀者拓寬視野，更深入了解中國新詩之發展所必備的好書。